FRANZ KAFKA

Cartas a Milena

CONHEÇA NOSSO LIVROS
ACESSANDO AQUI!

Copyright desta tradução © IBC - Instituto Brasileiro De Cultura, 2023

Título original: Briefe an Milena
Reservados todos os direitos desta tradução e produção, pela lei 9.610 de 19.2.1998.

2ª Impressão 2024

Presidente: Paulo Roberto Houch
MTB 0083982/SP

Coordenação Editorial: Priscilla Sipans
Coordenação de Arte: Rubens Martim
Tradução: Fábio Kataoka
Revisão e Preparação de Texto: Gabriel Hernandez, Leonan Mariano, Mirella Moreno Verzola.

Vendas: Tel.: (11) 3393-7727 (comercial2@editoraonline.com.br)

Foi feito o depósito legal.
Impresso na China

	Dados Internacionais de Catalogação na Publicação (CIP) de acordo com ISBD	
K11c	Kafka, Franz	
	Cartas a Milena / Franz Kafka. - Barueri : Camelot Editora, 2023. 192 p. ; 15,1cm x 23cm	
	ISBN: 978-65-85168-66-3	
	1. Filosofia. 2. Franz Kafka. I. Título.	
2023-2389		CDD 100 CDU 1
	Elaborado por Odilio Hilario Moreira Junior - CRB-8/9949	

IBC — Instituto Brasileiro de Cultura LTDA
CNPJ 04.207.648/0001-94
Avenida Juruá, 762 — Alphaville Industrial
CEP. 06455-010 — Barueri/SP
www.editoraonline.com.br

INTRODUÇÃO

As cartas a Milena foram publicadas originalmente em alemão em 1952, como *Briefe an Milena*, e editadas por Willy Haas, um crítico e editor amigo de Kafka. Haas decidiu apagar algumas passagens que poderiam causar constrangimento a algumas pessoas que ainda viviam na época. A coleção de cartas foi publicada pela primeira vez em língua inglesa pela Schocken Books, em 1953.

Kafka conheceu Milena Jesenská em um círculo de literatura em Praga, em 1920, quando ela ficou fascinada pelo conto kafkiano *O Foguista*. A jovem de 23 anos propôs a Kafka que traduzisse seus contos para o tcheco. Após ler as traduções de seus textos, Kafka percebeu que Milena interpretava as situações da mesma forma que ele. A primeira carta de Kafka a Milena de que se tem notícia é datada de abril de 1920, e a última correspondência, um cartão postal enviado de Berlim-Steglitz para o endereço de Milena em Viena, datada de 25/12/1923. Não se sabe quantas cartas foram destruídas ou desapareceram. Devido à sua personalidade, Kafka percebeu que não poderia se casar com Milena não apenas porque seria incapaz de garantir-lhe um relacionamento sereno, mas também porque Milena não podia deixar o marido. Entre as mulheres da vida de Kafka, ela foi a única escritora. E embora as cartas que escreveu tenham sido destruídas, ainda podemos ouvir sua voz, em passagens citadas por Kafka; que instruiu que todas as suas cartas e manuscritos fossem queimados sem serem lidos. No entanto, ele fez o pedido a seu amigo Max Brod, que jurou que nunca poderia obedecer.

A correspondência terminou repentinamente devido a mal-entendidos. Kafka morreu de tuberculose alguns meses depois.

Milena, que desde então se tornou uma conhecida jornalista, dedicou-lhe o seguinte obituário:

"... Ele era tímido, angustiado, sereno e bom, mas escreveu livros terríveis e dolorosos. Ele via o mundo cheio de demônios invisíveis que aniquilavam e despedaçavam as pessoas indefesas. Ele era perspicaz demais, sábio demais para poder viver e fraco demais para lutar com a fraqueza das pessoas nobres e belas que evitam a luta não por medo de desentendimentos, indelicadeza e mentira espiritual — embora saibam de antemão que são impotentes e que se submetem assim para expor o vencedor..."

Nota sobre o texto

O leitor irá notar que o texto de Kafka tem muitas passagens obscuras, respostas a comentários ou perguntas que se perderam com as cartas de Milena. Além disso, elas não estão livres de erros, rabiscos nas margens e irregularidades de estilo; mas isso não torna o texto incompreensível.

CARTAS A MILENA

Abril de 1920

Meran-Untermais, Pensão Ottoburg

Prezada senhora Milena,

 Após dois dias e uma noite de chuva, o tempo acalmou, talvez apenas temporariamente, mas ainda assim considero um evento digno de comemoração, e por isso estou escrevendo para você. Aliás, a chuva estava suportável; afinal, é um país estrangeiro, mas faz bem ao coração. Se minha impressão estiver correta (evidentemente, a memória de um único encontro, breve e um pouco silencioso, não será esquecida), você também estava desfrutando de Viena como uma cidade estranha, embora circunstâncias posteriores possam ter diminuído esse prazer, mas você também está desfrutando dessa estranheza? (O que pode ser um mau sinal, aliás, um sinal de que tal prazer não deveria existir).

 Estou vivendo muito bem aqui; o corpo mortal dificilmente aguentaria mais cuidados. A varanda do meu quarto dá para um jardim, coberto de mato e arbustos floridos (a vegetação aqui é estranha; num tempo frio o suficiente para congelar as poças em Praga, as flores desabrocham lentamente em frente à minha varanda), além disso, este jardim recebe sol pleno (ou nuvens carregadas, como há quase uma semana), lagartos e pássaros, e até casais improváveis vêm me visitar: eu gostaria muito de compartilhar Merano com você. Recentemente você escreveu sobre uma dificuldade em respirar. Essa imagem e seu significado se aproximam um do outro, e aqui ambos encontrariam um pouco de alívio.

 Com cordiais saudações,
 F. Kafka.

Abril de 1920
Meran-Untermais, Pensão Ottoburg

Prezada senhora Milena,

Eu lhe enviei uma carta de Praga e depois uma de Merano, mas não recebi nenhuma resposta. Acontece que elas não exigem uma resposta particularmente rápida, e se o silêncio nada mais for que um sinal de relativo bem-estar, que muitas vezes se expressa na aversão à escrita, então estou completamente satisfeito. No entanto, também é possível — e é por isso que estou escrevendo —, que as minhas cartas, de alguma forma, a tenham machucado (e que mão descuidada eu devo ter tido; se isso aconteceu, foi contra todas as minhas intenções), ou então, o que é claro, seria muito pior. A fase tranquila e relaxada que antes havia descrito passou, e maus tempos novamente a alcançaram. Caso a primeira hipótese seja verdadeira, não sei o que dizer, isso está tão longe dos meus pensamentos e todo o resto está tão perto. Para a segunda, não tenho nenhum conselho — como teria? Uma pergunta simples, talvez: por que não sai de Viena por um tempo? Afinal, você não é uma sem-teto como muitas pessoas. Algum tempo na Boêmia não renovaria suas forças? E se, por motivos que desconheço, você não quiser ir para a Boêmia, então que vá para outro lugar; talvez até Merano fosse bom. Conhece Merano?

Então, estou esperando uma de duas coisas: o silêncio contínuo, que significa: "Não se preocupe, estou bem", ou então algumas linhas de resposta.

Cordialmente,
Kafka.

Ocorre-me que realmente não consigo me lembrar de seu rosto em nenhum detalhe preciso. A maneira como você foi embora passando pelas mesas do café, sua figura, sua silhueta, são tudo o que ainda lembro.

***

Merano, abril de 1920

Prezada senhora Milena,

Você está trabalhando na tradução em meio a essa triste atmosfera de Viena. De alguma forma, estou tocado e envergonhado. Provavelmente já recebeu uma carta de Wolff — pelo menos ele me escreveu há algum tempo a respeito de tal. Eu não escrevi nenhuma obra intitulada *Assassinos* (embora isso aparentemente tenha sido anunciado em um catálogo) — trata-se de um mal-entendido, mas como dizem ser a melhor obra do tal catálogo, talvez seja minha, afinal.

A julgar pelas suas duas últimas cartas, a ansiedade e a preocupação parecem ter finalmente cessado em sua vida, e isso provavelmente se aplica ao seu marido também, algo que muito desejo para vocês dois. Lembro-me de uma tarde de domingo, anos atrás, em que passando ao longo das casas no Franzensquai, encontrei Ernst vindo em minha direção — dois especialistas em dor de cabeça, naturalmente cada um à sua maneira. Não me lembro se continuamos juntos ou passamos um pelo outro, e a diferença entre essas duas possibilidades não deve ter sido muito grande. Mas isso é passado e deve permanecer enterrado no passado. Tudo bem em casa?

Saudações cordiais,
Kafka.

***

Merano, abril de 1920

Então são os pulmões. Passei o dia todo revirando tal pensamento, incapaz de pensar em outra coisa. Não que isso me assuste; provavelmente e esperançosamente — você parece indicar — deve ter um caso leve, e até mesmo uma doença pulmonar avançada (metade das pessoas na Europa Ocidental têm pulmões mais ou menos deficientes), que me afeta há anos, me trouxe mais coisas boas do que ruins. No meu caso, começou há cerca de três anos com uma hemorragia violenta no meio da noite. Eu estava instigado, como todos sempre ficamos com algo novo, naturalmente um tanto assustado também. Levantava-me (em vez de ficar na cama, que é o tratamento prescrito como descobri mais tarde), ia até a janela, debruçava-me, ia até a pia, andava pelo quarto, sentava-me na cama — e nada do sangramento parar. Mas eu não estava nada infeliz, pois aos poucos percebi que pela primeira vez em três, quatro anos, praticamente sem dormir, havia uma razão clara para curar a insônia, desde que aquilo parasse. Realmente parou (e não voltou desde então), e eu dormi pelo resto da noite. Na manhã seguinte, a criada apareceu (na época eu tinha um apartamento no Palácio Schönborn). Era dedicada, mas extremamente franca; viu o sangue e disse: "Sr. Doutor, o senhor não vai durar muito". Mas eu estava me sentindo melhor do que o normal, e fui ao consultório ver um médico mais tarde, naquele dia. O resto da história é irrelevante.

Só queria lhe dizer: não é a sua doença que me assusta (sobretudo porque fico me interrompendo ao lembrar que, por baixo de toda a sua fragilidade, noto o vigor de uma camponesa, e concluo: não, você não está doente; isso é apenas um aviso, mas não uma doença do pulmão). De qualquer forma, não é isso que me assusta, mas o pensamento do que deve ter precedido tal distúrbio. No momento, estou simplesmente ignorando o restante de sua carta, como: falta de dinheiro, chá e maçã — diariamente de duas a oito. São coisas que não consigo entender, e evidentemente exigem explicação oral.

Então, vou ignorar tudo isso (embora apenas nesta carta, pois não posso esquecer de vez) e apenas recordar a explicação que dei ao meu próprio caso naquela época, que se encaixa em muitos casos. Meu cérebro não era mais capaz de suportar a dor e a ansiedade com que estava sobrecarregado. Ele dizia: "Estou desistindo, mas se existe alguém aqui que se preocupa em manter tudo intacto, deve dividir a carga comigo, e então duraremos um pouco mais". Meus pulmões provavelmente não tinham muito a perder, de qualquer maneira, então responderam. Essas negociações entre cérebro e pulmões, que aconteceram sem meu conhecimento, podem ter sido bastante aterrorizantes.

E o que você vai fazer agora? O fato de estar sendo cuidada alivia a preocupação. Quem se importa, quando percebe que precisamos de um pouco de cuidado, com nada mais se importa. Então, há salvação? Como eu dizia... não, não estou com humor para fazer piadas, não estou alegre nem um pouco, e não serei novamente até que você me tenha escrito sobre como está planejando um modo de vida novo e mais saudável. Depois de sua última carta, não vou perguntar os motivos pelos quais não sai de Viena por um tempo. Agora eu entendo, mas, afinal, também há lugares lindos perto daí, que oferecem muitas curas e possibilidades de tratamentos alternativos diferentes.

Hoje não vou escrever sobre mais nada, pois não tenho nada mais importante para trazer à tona. Estou guardando tudo para amanhã, incluindo o meu agradecimento pela edição do *Kmen*, que me comove e envergonha, alegra e entristece. Há apenas uma coisa: se perder um minuto do seu sono nessa tradução, será como se estivesse me amaldiçoando. Pois quando chegamos a um julgamento, não há mais investigações; eles simplesmente estabelecerão um fato: Kafka a roubou de seu sono. Com isso serei condenado, e com razão. Assim, estou lutando por mim mesmo quando lhe peço que pare.

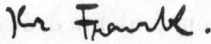

***

Merano, fim de abril de 1920

Prezada senhora Milena,

Hoje gostaria de escrever sobre outra coisa, mas não posso. Não que isso realmente me incomode, mas de vez em quando uma espreguiçadeira certamente deveria estar pronta para você em algum lugar do jardim, metade na sombra, com cerca de dez copos de leite ao seu alcance. Pode até ser em Viena, mesmo agora no verão — mas sem fome e em paz. Isso é impossível? E não há ninguém para torná-lo possível? O que o médico diz?

Quando tirei sua tradução do envelope, quase fiquei desapontado. Eu queria ter ouvido sua voz, e não a voz da velha sepultura que bem conheço. Por que tinha que ficar entre nós? Então, percebi que essa mesma voz também se interpôs entre nós, como mediadora. Mas, fora isso, é inconcebível para mim que você assuma uma tarefa tão difícil, e me comovo com sua fidelidade em cada pequena frase, uma fidelidade que eu não teria imaginado ser possível alcançar em tcheco, muito menos com a proficiência nativa que você alcança. Seriam o alemão e o tcheco tão próximos um do outro? Mas, seja como for, a história é, de qualquer forma, terrivelmente ruim, o que eu poderia provar a você, querida Milena, com uma facilidade sem igual, exceto que meu desgosto superaria as evidências. Naturalmente, o fato de você gostar da história lhe dá algum valor, embora também torne minha visão do mundo um pouco mais obscura. Chega de falar sobre isso. Wolff lhe enviará o conto *Médico Rural*, escrevi para ele.

É claro que entendo tcheco. Algumas vezes já quis lhe perguntar por que nunca me escreve em tcheco. Não é como se eu insinuasse que você não domina perfeitamente o alemão. Em geral, você domina a língua de maneira surpreendente, e se alguma vez acontece o contrário, ela se curva espontaneamente perante você, e é quando fica ainda mais bonita; afinal de contas, um alemão não ousa esperar tal coisa de sua própria língua, pois não escreve de modo informal. Mas eu queria ler algo escrito por você em língua tcheca, já que você nasceu dentro dela, pois só ali é que está a Milena por inteiro (a tradução confirma isso), enquanto que em alemão há apenas a Milena oriunda de Viena ou a que se prepara para Viena. Portanto, por favor, use o tcheco. E também nos folhetins que mencionou, mesmo que sejam maltrapilhos, afinal, você conseguiu ler através da mesquinhez da minha história — até onde, não sei. Talvez eu possa fazer o mesmo; no entanto, se eu não conseguir ir até o fim, pelo menos ficarei preso no melhor preconceito possível.

Você pergunta sobre meu noivado. Fiquei noivo duas vezes (na verdade, três vezes, sendo duas vezes com a mesma garota), então três vezes fui privado do casamento, mesmo estando próximo dele. O primeiro está completamente acabado (ouvi dizer que ela se casou e tem um filho), o segundo ainda está vivo, embora sem qualquer perspectiva de casamento, o que prova que realmente não está vivo, então, ou melhor, está vivendo uma vida independente ao custo das pessoas envolvidas.

Em geral, descobri aqui e em outros lugares que os homens podem sofrer mais ou, se preferir, eles têm menos resistência a essas questões; as mulheres, no entanto, sempre sofrem sem sentirem culpa e não apenas porque "não podem fazer nada", mas no sentido mais estrito da palavra, o que pode, no entanto, levar ao "não posso fazer nada". Aliás, meditar sobre tais coisas é inútil. É como tentar revirar um único caldeirão no inferno; primeiro, o empreendimento não teria sucesso, e segundo, se for bem-sucedido, a pessoa seria consumida pelo efluente borbulhante, enquanto o inferno permaneceria intacto em toda a sua glória.

O problema deve ser abordado de forma diferente. Em qualquer caso, a primeira coisa é deitar-se em um jardim e extrair o máximo de doçura possível da doença, especialmente se não for uma doença realmente grave. Há muita doçura nisso.

Franz K.

***

Merano, abril-maio de 1920

Prezada senhora Milena,

Dando início, para que você não deduza isso da minha carta contra minha vontade: há cerca de quatorze dias tenho sofrido de uma insônia crescente, e geralmente não me preocupo, pois momentos como este vêm e vão. Tais momentos sempre têm mais explicações do que realmente precisam (isso é ridículo, mas segundo Baedeker, pode até ser o ar de Merano). E mesmo que muitas vezes sejam pouco visíveis, tais causas ainda podem nos deixar tão insensíveis quanto blocos de madeira, e ao mesmo tempo tão inquietos quanto animais selvagens.

No entanto, eu tenho uma compensação. Você dormiu pacificamente, mesmo que de forma um pouco "estranha", mesmo que ontem ainda estivesse indisposta — apesar disso, seu sono foi tranquilo. Então, quando o sono passa por mim durante a noite, eu sei para onde ele está indo e aceito isso. Claro que seria estúpido resistir, o sono é a criatura mais inocente que existe, e um homem insone é sempre o mais culpado. E você agradece a esse homem insone em sua última carta. Se um estranho não iniciado lesse, pensaria: "Que homem! Ele deve ter movido montanhas". Mas, em verdade, ele nada fez, não levantou um dedo sequer (exceto para escrever), está vivendo de leite e coisas boas — apesar de não sempre (porém muitas vezes) ver "chá e maçãs" apenas — e em geral ele permite que as coisas sigam seu curso e deixa as montanhas em paz.

Você conhece a história do primeiro sucesso de Dostoiévski? Ela engloba muitas coisas; além disso, cito-o apenas porque o grande nome torna fácil fazê-lo, pois uma história vizinha ou ainda mais próxima teria a mesma significância. Aliás, minha memória da história, e até dos nomes, é inexata. Quando Dostoiévski escreveu seu primeiro romance, *Gente Pobre*, ele morava com seu amigo Grigoriev, um homem letrado. Esse último viu durante meses as páginas escritas na mesa, mas não recebeu o manuscrito até que estivesse terminado. Ele leu o romance, ficou encantado e levou-o a Nekrasov, um famoso crítico contemporâneo, sem dizer nada a Dostoiévski.

Naquela madrugada, às 3h, a campainha tocou, eram Grigoriev e Nekrasov. Eles entraram na sala, abraçaram e beijaram Dostoiévski. Nekrasov, que não o conhecia antes, chama-o de esperança da Rússia, e passaram uma ou duas horas falando principalmente sobre o romance, e não saíram até de manhã. Dostoiévski, que sempre descreveu tal noite como a mais feliz de sua vida, debruçou-se na janela para vê-los sair, perdeu o controle e começou a chorar. Seu sentimento básico naquele momento, que ele descreveu, embora eu esqueça onde li, foi algo como: "Pessoas maravilhosas! São tão bons e nobres! E eu sou tão mesquinho!

Se pudessem me ver por dentro! Se eu simplesmente disser a eles, não vão acreditar em mim." O fato de Dostoiévski depois ter se comprometido a imitá-los é a penas um embelezamento, apenas a última palavra que a juventude exige em sua invencibilidade, e não faz mais parte da minha história que, consequentemente, termina aqui. Você, querida Milena, vê o mistério nessa história; você vê o que a razão não pode compreender? Acho que é isso: até onde podemos generalizar, Grigoriev e Nekrasov certamente não foram mais nobres que Dostoiévski, mas agora deixe de lado a visão geral, que nem mesmo Dostoiévski exigiu naquela noite e que é inútil em casos específicos, concentre-se apenas em Dostoiévski e você estará convencida de que Grigoriev e Nekrasov realmente eram maravilhosos, que Dostoiévski era impuro, infinitamente mau, que ele nunca chegaria nem perto de alcançar Grigoriev e Nekrasov, muito menos retribuir por sua boa ação monstruosamente gentil e imerecida. Você pode realmente vê-los da janela enquanto eles iam embora, indicando assim sua inacessibilidade.

Infelizmente o significado da história é obliterado pelo grande nome Dostoiévski. Para onde minha insônia me levou? Certamente a nada que não fosse bem-intencionado.

Franz K.

★★★

Merano, maio de 1920

Prezada senhora Milena,

Escreverei novamente para você amanhã; hoje estou escrevendo apenas para meu próprio bem, para fazer algo por mim, para dissipar um pouco a impressão que sua carta me causou; caso contrário, pesaria sobre mim dia e noite. Você é realmente incomum, Milena; mesmo morando em Viena, onde tem que aturar isso e aquilo, ainda encontra tempo para pensar que outras pessoas — eu, por exemplo — não estão indo muito bem, e que em certas noites durmo um pouco pior que nas noites anteriores. Nessa questão as minhas três amigas aqui (três irmãs, a mais velha com cinco anos) têm uma visão mais saudável, e querem me jogar na água em todas as oportunidades, estejamos à beira do rio ou não, e não porque fiz algo significativo para elas, longe disso.

Quando os adultos ameaçam as crianças dessa maneira, é claro que tudo é brincadeira e amor; significa algo como: agora vamos em frente, e dizemos as coisas mais impossíveis apenas por diversão. Mas as crianças levam tudo a sério e não reconhecem a impossibilidade, podendo falhar dez vezes na tentativa de derrubar algo e ainda se convencendo de que a próxima será bem-sucedida; elas nem percebem que suas tentativas anteriores não tiveram sucesso.

As crianças tornam-se estranhas sempre que suas palavras e intenções são dotadas da sabedoria de um adulto. Quando uma menina tão pequena, de quatro anos — ainda um pouco bebê, e, ao mesmo tempo, forte como um urso —, que não parece existir para outro propósito além de ser beijada e abraçada, ataca, e outras duas irmãs juntam-se à direita e à esquerda, tendo qualquer recuo cortado pela grade, e quando o pai amigável e a mãe gordinha (em pé ao lado do carrinho) apenas sorriem de longe sem querer ajudar, então está praticamente tudo acabado e é impossível descrever como alguém conseguiria escapar. Sem motivo aparente, essas crianças sensatas ou intuitivas queriam me derrubar, talvez porque me considerassem supérfluo, embora soubessem menos de mim do que suas cartas e minhas respostas.

Você não precisa se assustar com o "bem-intencionado" da minha última carta. Foi uma época de completa insônia, e de forma alguma a única aqui. Eu tinha escrito essa história, que pensei muitas vezes ter relação com você, mas uma vez que terminada eu não sabia mais porque a havia contado, com toda a tensão atravessando minhas têmporas de um lado para o outro; além disso, a maior parte do que eu queria dizer a você, sentado na varanda, ainda não havia se cristalizado em minha mente, então tudo o que podia fazer era referir-me ao meu sentimento básico; mesmo agora não há muito mais que eu possa fazer. Você tem tudo o que foi publicado, exceto o último livro, *Médico Rural*, uma coletânea de contos que Wolff lhe enviará; pelo menos eu lhe escrevi sobre isso há uma semana.

Nada está sendo impresso no momento, nem faço ideia do que pode aparecer depois. Tudo o que você quiser fazer com os livros e as traduções vai ficar bom, e é uma pena que eles não valham mais tanto para mim, para que, ao deixá-los em suas mãos, eu pudesse realmente expressar minha confiança em você. Por outro lado, fico feliz em poder fazer sugestões com as poucas notas que você deixou em *O Foguista*; isso servirá de prazer antecipado para aquele tormento do inferno que consiste em rever toda a vida com um conhecimento em retrospectiva, onde o pior não é o confronto com malfeitos óbvios, mas com atos outrora considerados dignos. Apesar de tudo isso, escrever é realmente uma coisa boa.

Estou bem mais calmo do que há duas horas, na varanda, devido a sua carta. Enquanto estava deitado ali, um besouro havia caído de costas, e tentava desesperadamente se endireitar; eu teria ajudado de bom grado — era tão fácil, tão óbvio, bastava um passo e um pequeno empurrão — mas esqueci por causa de sua carta. Fui incapaz de me levantar. Apenas um lagarto me fez perceber de novo a vida ao meu redor; seu caminho passava sobre o besouro, que já estava tão petrificado que eu disse a mim mesmo: não é um acidente, mas sim a agonia da morte, o drama raramente testemunhado da morte natural de um animal; mas quando o lagarto deslizou sobre o besouro, o inseto se endireitou, embora tenha ficado ali um pouco mais como se estivesse morto, e depois subiu pela parede da casa como se nada tivesse acontecido.

De alguma forma, isso provavelmente me deu também um pouco de coragem; levantei-me, bebi um pouco de leite e escrevi para você.

Franz K.

Então, aqui estão as notas:

1. A coluna I na linha 2: *braço* tem o significado secundário: lamentável, mas sem nenhuma ênfase especial de sentimento, uma simpatia sem compreensão que Karl tem com seus pais também, talvez *ubozí*.
2. Na coluna I na linha 9: *freie Lüfte* talvez seja um pouco mais grandioso, mas provavelmente não há alternativa.
3. Na coluna I linha 17: *z dobré nálady a ponevadž byl silný chlapec* deve ser removido completamente.

Prefiro enviar a carta amanhã com as notas. De qualquer forma são poucas, e embora a verdade de sua tradução seja óbvia, ela ainda me surpreende — dificilmente é um único mal-entendido; o que não significaria muito por si só, mas acho que há uma compreensão constante, poderosa e decisiva também. Só não sei se os tchecos não colocariam sua fidelidade contra você, o que para mim é a parte mais interessante da tradução (não por causa da história, mas por mim mesmo); o meu sentimento para com os tchecos — eu também tenho um —, é totalmente satisfeito, mas extremamente tendencioso. De qualquer forma, se alguém a atacar nesse ponto, tente equilibrar a ofensa com minha gratidão.

***

Merano, maio de 1920

Prezada senhora Milena,

Sim, este título está se tornando pesado, embora seja algo para se agarrar neste mundo incerto, como uma muleta para os doentes; mas não é sinal de recuperação quando as muletas se tornam um fardo. Nunca vivi entre alemães. O alemão é minha língua materna e, como tal, mais natural para mim, mas considero o tcheco muito mais afetuoso, razão pela qual sua carta elimina várias incertezas. Eu vejo você com mais clareza: os movimentos do seu corpo, das suas mãos, tão rápidos, tão resolutos, quase como um encontro; mesmo assim, quando quero erguer os olhos para o seu rosto, no meio da carta — que história —, irrompe um fogo e não vejo nada além disso. Alguém pode tentar acreditar naquela lei que estabeleceu para sua vida. Naturalmente você não quer ter pena dessas regras às quais presumivelmente adere, pois, estabelecer a lei nada mais é do que pura arrogância e vaidade ("eu sou aquele que paga"); no entanto, os casos em que você colocou tal lei à prova não exigem mais discussão: só se pode beijar sua mão em silêncio. No que me diz respeito, acredito em sua lei, mas não posso acreditar que ela possa pairar sobre sua vida de forma tão exclusiva, para sempre e descaradamente cruel. É claro que é uma reflexão, mas apenas uma reflexão ao longo do caminho, e o caminho é infinito. Mas não influenciado por isso, é assustador para o pensar mundanamente limitado de um humano vê-la no forno superaquecido em que vive.

Por enquanto só quero falar de mim. Se tratarmos a coisa toda como uma tarefa escolar, você teria três maneiras possíveis de lidar comigo. Por exemplo: poderia ter se abstido de dizer qualquer coisa sobre si mesma, mas então me privaria da boa sorte de conhecê-la e da sorte ainda maior de poder me colocar à prova. E então, realmente não teria permissão para permanecer longe de mim. Pode ter ocultado certas coisas, ou encoberto outras, e ainda poderia fazê-lo, mas, no meu estado atual, sentiria isso mesmo se não dissesse, e isso me machucaria duas vezes mais. Então você também não tem permissão para fazer isso. Resta apenas a terceira opção: cuidar um pouco de si mesma.

Na verdade, suas cartas mostram que essa é uma pequena possibilidade. Fala frequentemente sobre estabilidade e calma, mas leio frequentemente também sobre outras coisas (embora apenas por enquanto) e recentemente li até: "horror absoluto". O que você diz sobre sua saúde (a minha é boa, só que não durmo bem no ar da montanha) não me satisfaz. Não acho o diagnóstico do médico especialmente favorável, na verdade não é nem favorável nem desfavorável, só a sua atitude pode decidir como deve ser interpretado. Claro que os médicos são estúpidos, ou melhor, não são mais estúpidos do que as outras pessoas, mas suas pretensões são ridículas — ainda assim, temos que contar com eles nos tornando cada vez mais estúpidos a partir do momento em que começamos a lidar com eles, e o que o médico está exigindo agora não é tão estúpido nem impossível.

No entanto, é e permanecerá impossível você ficar seriamente doente. Como sua vida mudou desde que falou com o médico — essa é a questão principal. Mas agora, por favor, permita-me algumas perguntas: desde quando você não tem dinheiro? Você tem contato com seus parentes? (Acho que deve ter, porque uma vez me deu um endereço do qual recebia entregas com frequência, eles cessaram?) Por que você encontrava tantas pessoas em Viena e agora, não encontra ninguém? Você não quer me enviar seus folhetins, então obviamente não confia em mim para adequalos à imagem que tenho de você.

Tudo bem então, vou ficar bravo com você nesse ponto, o que aliás não é uma grande lástima, pois as coisas se equilibram muito bem se houver um pouco de rancor por você à espreita em algum canto do meu coração.

Franz K.

✳✳✳

Merano, 29 de maio de 1920

Prezada senhora Milena,

O dia é tão curto entre você e algumas outras coisas que não têm importância. Quase não sobra tempo para escrever para a verdadeira Milena, já que a mais verdadeira ainda esteve aqui o dia todo, no quarto, na varanda, nas nuvens.

De onde vem a vivacidade, o bom humor, a despreocupação de sua última carta? Alguma coisa mudou? Ou estou enganado e as peças em prosa estão ajudando? Ou você está tão no controle de si mesma e de outras coisas também? O que é isso? Sua carta começa como um juiz pronunciando uma sentença, quero dizer honestamente. E você está certa com sua acusação "ou não tão inteiramente correta", assim como você estava basicamente certa sobre o "bem-intencionado". Isso é óbvio. Se eu estivesse tão completa e incessantemente preocupado como escrevi, não teria suportado ficar deitado na espreguiçadeira e teria aparecido em seu quarto no dia seguinte, apesar de todos os obstáculos.

A única prova de sinceridade seria tal, todo o resto é mera conversa, inclusive. Ou um apelo ao sentimento implícito, que, no entanto, permanece em silêncio, apenas girando os polegares. Como é que você não está farta das pessoas ridículas que descreve (com amor e, portanto, com magia), o curioso, por exemplo, e muitos outros? Afinal, você deve pronunciar a sentença, pois no final é sempre a mulher que julga. (A lenda de Paris obscurece um pouco isso, mas até mesmo Paris apenas julga qual deusa tem a palavra final mais forte.) Não importa se o que eles façam seja ridículo; pode ser apenas um absurdo temporário, que então se torna completamente sério e virtuoso. É essa esperança que a mantém ligada a essas pessoas? Quem pretende conhecer os pensamentos secretos do juiz? Tenho a impressão de que você tolera esses absurdos como tais, que os compreende, ama e enobrece com seu amor. Mas nada mais são do que a corrida em zigue-zague de um cachorro, enquanto seu dono segue caminhando, reto, não exatamente pelo meio, mas para aonde quer que o caminho leve.

Mesmo assim, deve haver alguma razão para o seu amor, acredito firmemente nisso (mas não posso deixar de fazer a pergunta a você, e acho estranho) e me lembra um pronunciamento feito por um dos funcionários do meu escritório, que vou relacionar apenas para enfatizar um aspecto do problema. Há alguns anos, eu costumava remar no Moldau em um pequeno barco; remava rio acima e depois flutuava com a corrente sob as pontes, completamente esticado. Por causa do meu emagrecimento, isso provavelmente parecia muito cômico olhando da ponte. Esse aspecto risível não passou despercebido ao escriturário mencionado acima, quando certa vez me viu, de costas dessa maneira. Ele passou a resumir suas impressões da seguinte forma: "Parecia que o Juízo Final estava próximo; os caixões tinham acabado de ser abertos, mas os mortos ainda estavam ali, imóveis".

***

Fiz um pequeno passeio (não o longo que mencionei e que nunca se concretizou) e durante quase três dias fiquei praticamente impossibilitado de fazer qualquer coisa, até mesmo de escrever, devido ao cansaço (não desagradável). Acabo de ler sua carta e seus ensaios, duas vezes, convencido de que tal prosa não existe apenas por si mesma, mas serve como um sinal no caminho do ser humano, um caminho que se segue cada vez mais feliz, até chegar em algum momento brilhante do qual não se está progredindo, e simplesmente percorrendo o próprio labirinto, só que de forma mais ansiosa, mais confusa do que antes. Mas em todo caso: isso não foi escrito por nenhum escritor comum.

Depois de ler tudo, tenho quase tanta fé em sua escrita quanto em você mesma. A única voz musical que conheço em tcheco (dado o meu conhecimento limitado) é a de Bozena Nemcová, essa música é diferente, mas relacionada com a de Nemcová em sua resolução, paixão, encanto e sobretudo em certa inteligência clarividente. E esse é o resultado somente dos últimos anos? Você também escrevia antes? Claro que pode dizer que sou ridiculamente tendencioso e que você está certa, mas não sou tendencioso pelo que descobri de início nas peças (que, aliás, são desiguais, revelando a influência prejudicial do jornal em alguns lugares), mas o que redescobri nelas.

No entanto, você pode reconhecer imediatamente a inferioridade do meu julgamento, pelo fato de que fui enganado por duas passagens ao pensar que o artigo de moda, mutilado, também era seu. Eu ficaria com os recortes de bom grado, pelo menos o tempo suficiente para mostrá-los a minha irmã, mas como você precisa deles imediatamente, estou anexando-os, e também noto que alguma aritmética está na margem. Aparentemente eu tinha julgado seu marido de forma diferente. No círculo do café ele me parecia a pessoa mais calma, mais confiável, compreensiva, quase exageradamente paternal, embora também incompreensível, mas não o suficiente para anular os atributos acima. Sempre o respeitei, nunca tive a oportunidade ou a capacidade de conhecê-lo melhor, mas meus amigos, especialmente Max Brod, tinham uma boa opinião sobre ele, e isso está em minha mente sempre que penso nele.

Houve uma época em que gostei especialmente de seu hábito peculiar de receber telefonemas noturnos em todos os cafés. Provavelmente alguém estava sentado ao lado do telefone em vez de dormir, apenas cochilando, usando o encosto da cadeira como travesseiro, pulando de vez em quando para ligar. Um estado que entendo tão bem que talvez seja a única razão pela qual estou escrevendo sobre ele. Aliás, acho que Stasa e ele estão certos. Posso justificar qualquer coisa que não consiga alcançar por mim mesmo, mas quando ninguém está me observando secretamente, acho que Stasa está mais certa. O que você acha? Ainda posso receber uma carta até domingo? Deve ser possível. Mas essa paixão pelas letras não tem sentido.

Uma carta não é suficiente, não é uma certeza suficiente? Claro que é, mas mesmo assim estou inclinando a cabeça para trás, bebendo delas, ciente apenas de que não quero parar de as beber. Explique isso, professora Milena!

Franz K.

***

Merano, 30 de maio, 1920

Quão bem, Milena, você conhece a natureza humana? Às vezes tenho minhas dúvidas. Por exemplo, quando você escreveu sobre Werfel, escreveu com amor e talvez apenas com amor, mas tal é sem compreensão, e mesmo que ignore tudo o que Werfel é e apenas se atenha à acusação de que ele é gordo (o que, aliás, me parece injustificado; embora eu só o veja de passagem, acho que está ficando cada vez mais bonito e adorável a cada ano). Você não sabe que só as pessoas gordas são confiáveis? Somente nas paredes de vasos sanguíneos fortes como os deles tudo fica bem preparado, e apenas esses capitalistas do espaço aéreo estão imunes à preocupação e à insanidade, na medida em que é humanamente possível, e só eles podem seguir com calma seus negócios e, como alguém disse uma vez, eles são os únicos cidadãos úteis deste planeta, pois fornecem calor no norte e sombra no sul. (É claro que isso pode ser distorcido, mas não é verdade.)

Depois, há a questão de ser judeu. Você me pergunta se sou judeu, e talvez seja apenas uma piada, ou talvez esteja apenas perguntando para saber se eu sou um daqueles judeus ansiosos; de qualquer forma, como uma mulher de Praga, você não pode ser tão inócua a esse respeito como foi, por exemplo, Mathilde, esposa de Heine. Talvez não conheça a história.

Parece-me que eu tinha algo mais importante para lhe contar, e além disso, estou convencido de que de alguma forma vou me prejudicar; não tanto com a história como com a sua narração, mas também deveria ouvir algo bom de mim pelo menos uma vez.

Meissner, um escritor boêmio alemão — não judeu — conta isso em suas memórias. Mathilde sempre o irritava com suas explosões contra eles: "os alemães são maliciosos, pedantes, hipócritas, mesquinhos, agressivos; em suma, insuportáveis." "Mas você não conhece os alemães", Meissner finalmente respondeu um dia, "afinal, as únicas pessoas que Henry vê são jornalistas alemães, e aqui em Paris todos eles são judeus." "Ah", disse Mathilde, "você está exagerando; pode haver um judeu entre eles aqui e ali, por exemplo Seiffert..." "Não", disse Meissner, "ele é o único que não é judeu". "O quê?", disse Mathilde. "Quer dizer que Jeitteles (um homem grande, forte e loiro) é judeu?" "Absolutamente", disse Meissner. "Mas e Bamberger? Mas e Arnstein?" "Eles também." E continuaram assim, esgotando todos os seus conhecidos. Finalmente Mathilde se aborreceu e disse: "Você está apenas brincando comigo, e no final vai dizer que Kahn é um nome judeu também, mas Kahn é um dos sobrinhos de Henry, e Henry é luterano". Meissner não tinha nada a dizer sobre isso.

De qualquer forma, você não parece ter medo dos judeus. E isso é bastante heroico, considerando as duas últimas gerações de judeus em nossas cidades e, brincadeiras à parte, quando uma garota pura e inocente diz a seus parentes: "Deixe-me ir", e se muda para uma dessas cidades, significa mais do que Joana d'Arc partindo de sua vila. Além disso, pode censurar os judeus por seu tipo particular de ansiedade, no entanto, uma acusação tão generalista, mostra um conhecimento mais teórico da natureza humana do que prática; mais teórica porque, primeiro, a censura não se aplica — de acordo com sua descrição anterior — ao seu marido, segundo — de acordo com minha experiência —, não se aplica à maioria dos judeus, e terceiro, só se aplica em casos isolados, mas muito fortemente, como acontece comigo.

O mais estranho de tudo é que a censura é geralmente infundada. A posição insegura deles, insegura dentro de si, e insegura entre as pessoas, explicaria acima de tudo porque os judeus acreditam possuir apenas o que seguram nas mãos, ou apertam entre os dentes, e que, além disso, acreditam que apenas posses tangíveis lhes dão o direito de viver, e que, por último, nunca mais irão adquirir o que uma vez perderam — e afastando-se felizmente, está perdido para sempre. Os judeus são ameaçados por perigos dos lados mais improváveis ou, para ser mais preciso, deixemos os perigos de lado e digamos: "Eles são ameaçados por ameaças". Um exemplo perto de você. É verdade que prometi não falar sobre isso (no momento em que mal a conhecia), mas agora falo sem hesitar, pois não vou dizer nada de novo, apenas mostrar-lhe o amor dos parentes, e não mencionarei nomes e detalhes, pois os esqueci.

Minha irmã mais nova deve se casar com um tcheco, um cristão; uma vez ele estava conversando com um parente seu sobre sua intenção de se casar com uma judia, e essa pessoa disse: "Qualquer coisa menos isso; só não vá se misturar com judeus!" Onde estou tentando levá-la com tudo isso? Eu me perdi um pouco, mas isso não importa, porque se me acompanha, então nós dois estamos perdidos. Algo particularmente bonito em sua tradução, que é fiel, vá em frente e me repreenda por causa desse "fiel"!

Saiba que pode fazer tudo, mas talvez repreenda melhor que qualquer coisa, e eu gostaria de ser seu aluno apenas para que me repreendesse constantemente; estou sentado a minha mesa, mal ousando olhar para cima, e você curvada sobre mim, com seu dedo indicador balançando no ar, apenas encontra falhas, não é assim? Como dizia, sua tradução é fiel, e tenho a sensação de a levar pela mão, pelas passagens subterrâneas da história, sombrias, baixas, feias, quase intermináveis — por isso as frases são quase intermináveis, não é? Percebe? Quase intermináveis — apenas dois meses, você diz? Espero que assim sejam para que, conforme o bom senso, desapareçam à luz do dia na saída.

Um lembrete para parar por hoje, para soltar minha mão, essa portadora de boa sorte. Amanhã escreverei de novo e explicarei porque — já que posso falar por mim — não posso ir a Viena, e não ficarei satisfeito até que você diga: "Ele está certo."

Por favor, escreva o endereço de forma um pouco mais legível; uma vez que sua carta está no envelope, então já é praticamente propriedade minha, e você deve tratar a propriedade de outras pessoas com mais cuidado, com maior senso de responsabilidade. Aliás, também tenho a impressão, sem poder averiguar nada mais precisamente, que uma de minhas cartas se perdeu. Ansiedade judaica! Em vez de ansiar que as cartas pudessem ter chegado em segurança!

Agora vou novamente dizer algo estúpido sobre o mesmo assunto; é estúpido da minha parte dizer algo que acho correto quando sei que vai me machucar. E ainda por cima, Milena continua falando de ansiedade, batendo no peito ou perguntando: *jste žid*?[1] Algo que, em tcheco, tem o mesmo movimento e som. Você não vê como o punho é puxado para trás na palavra *jste*, para ganhar força muscular? E então, na palavra *žid*, o sopro feliz voa infalivelmente para a frente? Por exemplo, você perguntou uma vez como pude fazer minha estadia aqui depender de uma carta, e então respondeu imediatamente a sua própria pergunta: *necbápu*[2], uma palavra estranha em tcheco, e até na sua boca tão severa, tão insensível, de olhos frios, mesquinho e acima de tudo, como um quebra-nozes, pronunciá-la requer três estalos consecutivos da mandíbula ou, mais precisamente, a primeira sílaba tenta segurar a noz, em vão; a segunda então abre bem a boca, e a noz agora cabe dentro, onde é finalmente rachada pela terceira sílaba: pode ouvir os dentes? É realmente muito bom às vezes, por exemplo, quando a outra pessoa está balbuciando tanto quanto eu estou agora. Ao que o tagarela responde, suplicante: "Mas as pessoas só balbuciam se estiverem, pelo menos, um pouco felizes, finalmente."

De qualquer forma, nenhuma carta veio de você hoje, e o que realmente pretendia dizer no final, permanece não dito. Amanhã gostaria muito de ouvir algo de você; as últimas palavras que ouvi dizer antes da porta se fechar — todas as portas batidas são detestáveis — foram terríveis.

Frank.

---

[1] Você é judeu? (N. do T.)
[2] Eu não entendi. (N. do T.)

É possível que as três sílabas também signifiquem os três movimentos dos Apóstolos no relógio de Praga. Chegada, aparição e partida irada.

***

Merano, 31 de maio de 1920
Segunda-feira

Então, vamos à explicação que prometi ontem: não quero (Milena, me ajude! Entenda mais do que estou dizendo), não quero (isso não é gagueira) ir a Viena, porque não aguentarei o estresse mental. Estou espiritualmente doente, e minha doença pulmonar nada mais é do que um transbordamento disso. Estou doente assim desde os quatro ou cinco anos dos meus dois primeiros noivados. (Levou algum tempo até eu finalmente entender porque sua última carta foi tão alegre; esqueço constantemente o fato de que é tão jovem; talvez nem tenha 25, talvez apenas 23 anos. Eu tenho 37 anos, quase 38, quase mais velho do que uma curta geração, quase grisalho por conta de todas as noites e dores de cabeça.)

Não quero desdobrar toda a longa história com sua verdadeira floresta de detalhes, que ainda me assustam como a uma criança, apesar de me faltar o poder infantil de esquecer. O que todos os três noivados tinham em comum era que: tudo era minha culpa, total e inquestionavelmente. Fiz as duas garotas infelizes e, — aqui estou me referindo apenas à primeira; não posso falar da segunda, pois ela é sensível, e qualquer palavra, mesmo a mais amigável, seria o insulto mais monstruoso, e eu a entendo — tenho certeza, pois ela (que poderia ter se sacrificado caso eu pedisse) não foi capaz de me fazer feliz, calmo, determinado, aberto ao casamento, apesar de minhas repetidas e inteiramente voluntárias garantias de que esse era o caso. Apesar do fato de que às vezes eu pensava que a amava desesperadamente, e de que não conhecia nenhuma aspiração mais digna do que o casamento.

Por quase cinco anos eu continuei tratando-a com dureza (ou a mim mesmo, se você preferir), mas felizmente ela se mostrou inquebrável, uma mistura prussiano-judaica, algo fortemente triunfante. Eu mesmo não era tão forte, e de qualquer forma tudo o que ela tinha a fazer era sofrer, enquanto eu precisava tratá-la com dureza e também sofrer.

***

Finalizo, embora eu estivesse apenas começando, sem poder escrever mais nada, explicar mais nada; é claro que eu deveria descrever a doença espiritual, deveria mencionar as outras razões para não partir. Um telegrama, chegou: "Encontre-me em Karlsbad, oitava carta de solicitação." Confesso que fiz uma cara terrível quando li, apesar de ter sido enviada pelo ser mais altruísta, tranquilo, modesto, e que em última análise provinha do meu próprio desejo. Não posso explicar isso agora, pois não posso apelar para uma descrição da doença. Mas uma coisa é certa: vou embora segunda-feira.

De vez em quando olho para o telegrama e mal consigo lê-lo — como se contivesse um código secreto, que apaga a mensagem acima e diz: "Viaje para Viena!" Uma ordem clara, mas sem vestígios do terror que as ordens sempre contêm. Não farei isso, mesmo à primeira vista, não faz sentido não pegar a rota curta via Munique, para pegar outra duas vezes mais longa por Linz e depois ainda mais por Viena. Estou fazendo um experimento: um pardal está sentado na varanda esperando que eu jogue para ele um pouco de pão da minha mesa; mas em vez disso eu o jogo no chão ao meu lado no meio da sala. O pardal está do lado de fora e vê o alimento de sua vida ali na penumbra, sedutor além da medida, ele se sacode, está mais dentro do que fora, mas aqui dentro há escuridão e ao lado do pão estou eu, o poder misterioso.

Mesmo assim, ele pula a soleira, dá mais alguns saltos, mas não ousa ir mais longe e, de repente, assustado, voa. Mas, a vitalidade está escondida neste pássaro triste — depois de um tempo ele volta, inspecionando a situação. Espalhei mais algumas migalhas para facilitar a vida dele, e se não o tivesse expulsado com um leve movimento — não intencionalmente e intencionalmente ao mesmo tempo(que é o modo das forças secretas) — ele teria obtido seu pão. Fato é que minhas férias terminarão no final de junho e, para variar, gostaria de ir para outro lugar do país; além disso, já está ficando muito quente aqui. Ela queria ir também; agora vamos nos encontrar lá; ficarei alguns dias, depois talvez mais outros dias em Konstantinsbad com meus pais, e então viajarei para Praga. Examinando esses planos de viagem e comparando-os com meu estado mental, sinto-me um pouco como Napoleão deve ter se sentido se, ao mesmo tempo em que planejava a campanha russa, soubesse exatamente qual seria o resultado.

Quando sua primeira carta chegou — creio que foi pouco antes do casamento pretendido (os planos para o qual, a título de exemplo, foram feitos exclusivamente por mim) — fiquei feliz e mostrei a ela. Depois — não, nada mais; e não vou rasgar esta carta uma segunda vez. Nossos personagens têm traços semelhantes, mas não tenho nenhum forno por perto e há certos indícios que me fazem temer ter escrito uma vez para aquela garota, no verso de uma dessas cartas inacabadas. Mas, tudo isso é irrelevante; mesmo sem o telegrama eu não teria conseguido ir a Viena, pelo contrário: é mais um argumento a favor da viagem.

Eu definitivamente não irei, no entanto, se eu for — isso não vai acontecer — afinal, não vou me encontrar em Viena, para minha terrível surpresa, então não precisarei nem do café da manhã, nem do jantar, mas provavelmente de uma maca onde eu possa me deitar para um tempo. Adeus, não vai ser uma semana fácil aqui.

F.

Se quiser me escrever quando eu estiver em Karlsbad, envie para o serviço do correio geral, e não para Praga.

Que escolas monstruosas são aquelas onde você ensina, 200 alunos, 50 alunos. Eu gostaria de me sentar perto da janela na última fila, por uma hora, então abdicaria de qualquer reunião com você (o que não vai acontecer de qualquer maneira); abdicaria de todas as viagens e — basta, este papel branco sem fim queima nossos olhos, e é por isso que se escreve.

Isso foi à tarde, agora são quase onze horas da noite. Eu organizei-me da única maneira que posso no momento. Telegrafei a Praga para dizer que não posso ir a Karlsbad; vou justificar isso pelo meu estado de confusão, que é verdade por um lado, mas não muito consistente por outro, pois foi precisamente por causa dessa confusão que eu queria ir a Karlsbad em primeiro lugar. É assim que brinco com um ser humano real e vivo. Mas não posso fazer mais nada; em Karlsbad eu seria incapaz de falar ou de silenciar, ou mais precisamente: falaria mesmo com meu silêncio, porque neste momento não sou mais que uma única palavra. Agora, não há dúvida de que viajarei segunda-feira para Munique, e não para Viena! Não sei onde, Karlsbad, Marienbad, em todo caso, sozinho. Posso escrever para você, mas não receberei suas cartas por três semanas, não até que esteja em Praga. [...] para compensar tudo.

***

Merano, 1º de junho de 1920

Terça-feira

Imagino: escrito no sábado, apesar do domingo, já chegaria na terça-feira ao meio-dia, e assim foi arrancada das mãos da criada; que serviço de correios maravilhoso! E segunda-feira tenho que sair e desistir delas chegarem antes. Você é tão gentil em se preocupar, sentir falta das minhas cartas; sim, houve alguns dias na semana passada em que não escrevi, mas tenho todos os dias desde sábado escrito, para que receba três cartas nesse meio tempo, o que fará com que comemore o tempo que ficou sem nada receber. Você vai perceber que absolutamente todos os seus medos são justificados, para ser específico, que estou muito bravo com você em geral e, em particular, que suas cartas continham muitas coisas que eu não gostei de ler; os folhetins me incomodaram, entre outras coisas. Não, Milena, você não deveria temer tudo isso, mas o contrário deveria fazê-la tremer!

E tão maravilhoso ter recebido sua carta, e ter que respondê-la com minha mente insone. Não consigo pensar em nada para escrever, só estou andando por aqui nas entrelinhas, sob a luz dos seus olhos, no sopro da sua boca como em um lindo dia feliz, que continua lindo e feliz mesmo que minha cabeça esteja doente, cansada, e se eu tiver que partir segunda-feira para Munique.

F.

Você correu para casa por minha causa, sem fôlego? Então não está doente e não preciso mais me preocupar com você? Realmente é assim, não tenho nenhuma preocupação — não, estou exagerando tanto agora quanto naquela época — mas é o tipo de preocupação que eu teria se você estivesse aqui sob minha supervisão. Se ao mesmo tempo eu pudesse alimentá-la com o leite que bebo, dar-lhe as forças com o ar que respiro, que vem do jardim; não, tudo isso não bastaria, teria que lhe dar muito mais força do que dou a mim. Por várias razões, provavelmente não sairei na segunda-feira. No entanto, estou viajando diretamente para Praga; recentemente eles adicionaram um trem expresso direto, Bolzano-Munique-Praga. Caso ainda queira me escrever algumas linhas, você pode; se não chegarem a mim, serão encaminhados para Praga.

Fique bem por mim!

F.

Eu realmente sou um modelo de estupidez. Estou lendo um livro sobre o Tibete; com a descrição de um assentamento nas montanhas, na fronteira com o Tibete, meu coração de repente fica pesado, tão desesperadamente abandonado que me vejo no vilarejo, tão longe de Viena. O que considero estúpida é a ideia de que o Tibete está longe de Viena. Estaria realmente longe?

✴✴✴

Merano, 2 de junho de 1920
Quarta-feira

Suas duas cartas chegaram juntas, ao meio-dia; elas não estão lá para serem lidas, mas para serem desdobradas, para se descansar o rosto enquanto me perco nos pensamentos. Agora, acaba sendo uma coisa boa que os pensamentos estejam parcialmente perdidos, pois então o resto durará o maior tempo possível. E é por tal motivo que meus 38 anos judaicos têm isso a dizer diante de seus 24 anos cristãos: Como acontece? E onde estão as leis do mundo e toda a força guardiã do céu? Você tem 38 anos e provavelmente está mais cansado do que a mera idade poderia deixá-lo. Ou mais corretamente: você não está nada cansado, apenas inquieto, com medo de dar um passo nesta Terra cheia de armadilhas, e é por isso que sempre mantém os dois pés no ar ao mesmo tempo; você não está cansado, apenas com medo da terrível fadiga que se seguirá após a terrível inquietação e (afinal, você é judeu e sabe o que é ter medo e ansiedade) que pode, na melhor das hipóteses, ser visualizada ao sentar-se no jardim do manicômio atrás da Karlsplatz, olhando para o espaço como um idiota. Tudo bem, então essa é a sua posição.

Você lutou algumas batalhas, tornando amigos e inimigos infelizes no processo (além disso, você só tinha amigos, pessoas boas e gentis, nenhum inimigo) — isso já o transformou em um inválido, um daqueles que treme ao ver uma pistola de brinquedo e agora, de repente, sente que está sendo chamado para se juntar à grande batalha para salvar o mundo. Não seria muito estranho? Considere também o fato de que talvez o melhor momento de sua vida, que ainda não discutiu com ninguém, foram aqueles oito meses passados em uma vila há cerca de dois anos, quando sentiu que tinha chegado a um acordo com a vida, que estava livre, exceto do que estava inquestionavelmente trancado dentro de você; livre de cartas, da correspondência de cinco anos de Berlim, protegida por sua doença, exigindo pouca mudança, tendo apenas que retraçar um pouco mais os velhos contornos estreitos de seu caráter, com firmeza (afinal, por baixo dos cabelos grisalhos, seu rosto quase não mudou desde os seis anos de idade).

Infelizmente, nos últimos dezoito meses, descobriu que isso não era tudo, e dificilmente poderia ter sucumbido ainda mais (exceto no outono passado, quando estava lutando respeitavelmente pelo casamento); dificilmente poderia ter arrastado outra alma mais para baixo junto com você, uma garota boa e gentil, discreta em sua abnegação, isso criou um beco sem saída, um lugar onde não havia mais como descer mais fundo. Até aí tudo bem. E agora Milena chama-o com uma voz que penetra seu coração tão profundamente quanto sua razão. Claro que Milena o conhece pessoalmente, ela foi seduzida por algumas histórias e cartas.

Ela é como o mar, poderosa e avassaladora como as massas de água colidindo com toda a força. No entanto assim como o mar, por algum motivo, ela segue o capricho da lua, morta e sobretudo distante. Ela não o conhece e talvez queira que você seja um presságio de algo verdadeiro. Mas você pode ter certeza de que sua presença real não a cegará mais. É por isso que você hesita, alma terna, por que é exatamente isso que teme? Mas convenhamos: você possui mais de cem razões internas para não ir (apesar de que, inevitavelmente, você vá) e outra externa, a saber, que você não poderá falar com o marido de Milena ou mesmo vê-lo, e será igualmente impossível de falar ou ver Milena se o marido não estiver lá.

Considerando tudo isso, ainda há dois argumentos contra: primeiro, quando você disser que está vindo, Milena pode não mais assim desejar, não por inconstância, mas apenas exaustão, o que é compreensível; ela ficará feliz e aliviada em deixá-lo viajar como quiser. Em segundo lugar, basta ir a Viena! Milena só pensa no momento em que a porta se abrir. Claro que será aberta, mas e depois? Então estará ali um homem magricela e esguio, sorrindo amavelmente (o que fará incessantemente, herdou isso de uma tia velha que também costumava sorrir sem parar, mas em ambos os casos mais por constrangimento do que por desígnio) e então sentará onde lhe for dito.

Quando as cerimônias terminarem, mal falará, e não terá forças para o fazer (o meu novo companheiro de mesa comentou ontem no restaurante vegetariano: "Considero a carne absolutamente essencial para o trabalho mental"). Ele não estava feliz, pois também lhe falta força para isso. Então veja, Milena, estou falando francamente. Mas você é inteligente, o tempo todo tem notado que eu realmente falo a verdade (a verdade completa, incondicional e precisa como um fio de cabelo), e que o faço com muita franqueza. Afinal, eu poderia ter me mostrado sem esse aviso e enganado você sem mais delongas. Mas o fato de não ter feito isso é apenas mais uma prova de minha lisura, minha fraqueza.

Vou ficar mais 14 dias, principalmente porque tenho vergonha e medo de voltar com esses resultados e enfrentar a pressão de mostrar uma recuperação completa. Em casa e no trabalho — o que é especialmente irritante — eles esperam que minha licença produza algo próximo da recuperação total. Seus interrogatórios são uma tortura: "Quanto engordou desta vez?" Enquanto, na verdade, estou perdendo peso. "Não se preocupe em gastar dinheiro!" (Dirigindo a minha mesquinhez.) E pago minha pensão, mas não consigo comer. Piadas assim. Há muito mais a dizer, mas a carta nunca seria enviada. E há mais uma coisa que eu gostaria de mencionar: se ao fim dos 14 dias, você ainda quiser que eu vá, como mencionou na sexta-feira, então eu irei.

* * *

Merano, 3 de junho de 1920

Quinta-feira

Veja, Milena, estou deitado na espreguiçadeira de manhã, nu, meio ao sol, meio à sombra, depois de uma noite quase sem dormir; como eu poderia ter dormido, quando meu sono é tão leve? Estava constantemente voando ao seu redor, e eu estava verdadeiramente com medo (assim como você escreveu hoje) "do que caiu no meu colo", com medo da maneira como eles descrevem os profetas, que eram crianças frágeis (já ou ainda não importa) e ouviram a voz que os chamava, hesitaram e sentiram medo, enraizaram-se no chão, e deixaram o medo então rasgar suas mentes. É verdade que eles já haviam ouvido vozes antes e não sabiam porque essa voz tinha um tom tão assustador — era porque seus ouvidos eram fracos ou a voz era extraordinariamente forte? Já haviam triunfado, mas o medo deles era simplesmente uma sentinela, enviada antecipadamente para encontrar alojamento e apropriar-se deles.

Contudo, nada disso significava que eles necessariamente se tornariam profetas, pois embora muitos ouçam a voz, ainda é objetivamente muito questionável se são dignos dela; e o caminho mais seguro seria dizer categoricamente que não são — era assim que eu estava pensando quando suas duas cartas chegaram. Acho que há uma idiossincrasia que compartilhamos, Milena: somos tão tímidos e ansiosos que quase todas as cartas são diferentes, quase todas se assustam com a carta anterior, e mais ainda as respostas. É fácil ver que você não é assim por natureza, e eu, talvez também, não seja assim também, mas isso quase se tornou minha natureza, passando apenas quando estou desesperado ou, no máximo, zangado; é desnecessário dizer: quando estou com medo.

Às vezes, sinto que somos como dois indivíduos em um quarto com portas em lados opostos, cada um segurando sua maçaneta. Num piscar de olhos, o outro pode rapidamente se trancar atrás da porta. Portanto, se a primeira pessoa pronunciar uma única palavra errada, o segundo certamente trancará a porta atrás dele, a fim de permanecer invisível. A pessoa terá então que abrir a porta novamente, pois pode ser uma sala sem saída.

Se apenas a primeira pessoa não fosse tão idêntica à segunda, então a primeira ficaria calma e agiria como se não se importasse com a segunda. Ela organizaria o quarto lenta e ordenadamente, como faria em qualquer outro lugar. No entanto, a primeira pessoa repete o mesmo comportamento na porta. Às vezes, as duas pessoas estão atrás de suas portas ao mesmo tempo, e o lindo quarto fica vazio.

O resultado são mal-entendidos angustiantes. Milena, você se queixa de algumas cartas que lê em todas as direções possíveis e nada se encaixa, mas se eu não estiver errado, essas são exatamente aquelas em que eu estava tão próximo de você, meu sangue tão contido, restringindo também o seu, tão no coração da floresta, tão em repouso, que nada precisava ser dito, exceto talvez que apreciasse o céu através das árvores — isso é tudo. Essas palavras são repetidas uma hora depois, e realmente "não há uma única palavra que não tenha sido cuidadosamente considerada". Mas isso dura apenas por um momento, no máximo; as trombetas da noite sem sono logo soarão novamente.

Considere também, Milena, como cheguei até você — a jornada de 38 anos que percorri (e porque sou judeu, outra jornada, muito mais longa, também). E se, nesse caminho que parece uma curva acidental, encontro-a, algo que nunca esperava, especialmente agora, tão tarde na jornada, então, Milena, não posso gritar: não há um grito dentro de mim, e nem pronunciarei palavras banais; elas não estão em mim (estou excluindo outra bobagem da qual tenho em abundância). Sinto apenas que estou ajoelhado, porque vejo seus pés bem diante dos meus olhos, e os estou acariciando. E não me peça sinceridade, Milena. Ninguém pode exigir mais de mim do que eu mesmo, e, mesmo assim, tenho certeza de que muitas coisas me escapam, talvez até tudo.

No entanto, me animar nessa caçada não me estimula; pelo contrário, isso me paralisa. De repente, tudo se transforma em mentira, e os perseguidos se tornam caçadores. Estou em um caminho tão perigoso, Milena. Você está ao pé de uma árvore, jovem e bela, seus olhos iluminam as tristezas do mundo com seu brilho. Estamos jogando *škatule škatule hejbejte se*. Eu estou rastejando da sombra de uma árvore para outra; estou no meio do caminho. Você me chama, apontando os perigos, querendo me encorajar. Você está assustada com meu passo hesitante, e me lembra quão sério é o jogo — eu não posso fazer isso, eu caio, já derrotado. Não posso ouvir as vozes interiores aterrorizantes e ouvi-la simultaneamente, mas posso ouvir o que estão dizendo, e compartilho isso com você, confiando em você mais do que em qualquer outra pessoa no mundo.

F.

***

Merano, 3 de junho de 1920

Depois de ler esta carta — que não é terrível de verdade, embora possa parecer — não é fácil expressar a alegria que senti com sua chegada. Hoje é um feriado; o correio regular não teria chegado, e também era incerto que algo seu chegaria amanhã, sexta-feira. Portanto, havia uma espécie de silêncio oprimido em relação a você, embora não triste. Você foi tão forte em sua última carta que eu a observava como se estivesse observando escaladores sentado em minha cadeira, podendo vê-los, na neve, lá de baixo. E então, finalmente, a carta chegou, pouco antes do jantar. Pude segurá-la, tirá-la do bolso, colocá-la sobre a mesa, devolvê-la ao bolso — como as mãos gostam de brincar com as letras; você só observa e aproveita, como se fossem crianças. Durante todo esse tempo, não reconheci o general e o engenheiro sentados a minha frente (pessoas excelentes e amigáveis). Eu mal ouvi o que estavam dizendo.

    A comida, que voltei a comer hoje (ontem não comi nada), não me incomodou, e dos truques de aritmética feitos após o jantar, os problemas curtos eram muito mais claros para mim do que as soluções longas. Enquanto isso, pela janela aberta, tinha uma visão clara: pinheiros, sol, montanhas, uma vila, e acima de tudo, um lampejo de Viena. Mas, é claro, li sua carta com atenção, isto é, a carta de domingo. Estou adiando uma leitura semelhante da carta de segunda-feira até que a próxima chegue, porque ela contém coisas que não consigo enfrentar completamente. Parece que ainda não estou totalmente recuperado. Além disso, a carta está desatualizada; de acordo com meus cálculos, cinco cartas devem estar a caminho, das quais pelo menos três devem estar em suas mãos. Mesmo que outra carta tenha sido extraviada, ou mesmo se as cartas registradas demorarem mais. Só me resta pedir que você me responda imediatamente, com uma única palavra. Mas essa palavra precisa ser capaz de neutralizar todas as críticas contidas na carta de segunda-feira e torná-las compreensíveis. A propósito, foi naquela segunda-feira que minha própria razão sofreu um tremendo abalo (e não sem consequências).   E agora, sobre a outra carta. Mas já está tarde. Após várias promessas indefinidas, disse ao engenheiro que definitivamente veria os retratos de seus filhos hoje, que são grandes demais para trazer aqui. Ele é um pouco mais velho do que eu, bávaro, um fabricante, altamente especializado, mas também perspicaz e engraçado. Ele tinha cinco filhos, mas só dois sobreviveram (e, devido à esposa, não terá mais). O menino tem treze anos e a menina onze. Que mundo! E ele suporta isso com equilíbrio. Não, Milena, você não deveria dizer nada contra o equilíbrio.

F.

    Vou escrever mais amanhã. Mas se for no dia seguinte, por favor, não me "odeie" novamente, não isso.
    Reli a carta de domingo; é ainda mais assustadora do que eu pensava a princípio. Alguém deveria, Milena, segurar seu rosto com as duas mãos e olhar profundamente em seus olhos, para que você se veja refletida no olhar de outra pessoa. Então, talvez você não possa sequer pensar nas coisas que escreveu.

Merano, 4 de junho de 1920

Sexta-feira

Para começar, Milena:

Como é o apartamento de onde você escreveu no domingo? É espaçoso e vazio? Você está sozinha? Dia e noite? De qualquer forma, deve ser triste estar sentada aí sozinha em uma bela tarde de domingo, diante de um "estranho" cujo rosto é nada mais do que "papel de carta escrito".

Estou muito melhor agora! Embora meu próprio quarto seja pequeno, a verdadeira Milena está aqui. Aquela que se esquivou de você no domingo. Acredite, estar com ela é maravilhoso.

Você reclama da inutilidade. Houve dias diferentes, e haverá ainda mais. A única frase (quando ela foi dita?) que a perturba é, no entanto, tão clara e já foi expressa ou pensada com esse significado inúmeras vezes. Um homem atormentado por seus próprios demônios se vinga de seu semelhante sem considerar as consequências. Nestes momentos, você desejaria ser um redentor e consideraria-se inútil caso não pudesse alcançar esse objetivo completamente. Mas a quem é permitida tal blasfêmia? Ninguém jamais conseguiu tal coisa, nem mesmo Jesus. Ele só podia dizer: "Siga-me", e então a grande frase (que estou citando infelizmente de forma imprecisa): "Observe minha palavra e você verá que não é a palavra do homem, mas a palavra de Deus." Ele expulsou os demônios apenas daqueles que o seguiram. E mesmo isso não durou para sempre, pois uma vez que o abandonaram, até ele se tornou ineficaz e "inútil". É verdade — e este é o único ponto que lhe garanto —, ele também sucumbiu à tentação.

***

Merano, 4 de junho de 1920

Sexta-feira

Ao anoitecer de hoje, fiz uma longa caminhada sozinho. Pela primeira vez, na verdade. Sempre fui com outras pessoas ou, na maioria das vezes, fiquei em casa descansando. Que campo! Deus do céu, Milena, se você estivesse aqui, junto da minha mente lamentável e irracional! E eu ainda estaria mentindo se dissesse que senti sua falta. É a magia mais perfeita e dolorosa de todas. Você está aqui, assim como eu, e ainda mais. Onde quer que eu esteja, você também estará lá, de maneira ainda mais intensa. Isso não é uma piada. De vez em quando, imagino que você realmente está aqui, sentindo minha falta, perguntando: "Onde ele pode estar? Ele não escreveu que está em Merano?"

F.

Recebeu minhas duas cartas em resposta a sua?

*∗∗

Merano, 5 de junho de 1920
Sábado

    Fico me questionando se você percebeu que minha resposta tinha que ser da forma como foi, considerando meu estado de espírito. Na verdade, foi muito amável, muito enganadora, muito enfeitada. Dia e noite, continuo me questionando, tremendo ansiosamente antes de sua resposta. Me questiono, de maneira incansável, como se eu tivesse sido incumbido de martelar um prego em uma pedra por uma semana inteira, sem descanso noturno, e eu fosse tanto o martelo quanto o prego, fundidos em um só. Milena!
    De acordo com os rumores — embora eu não possa acreditar —, todo o tráfego ferroviário que passa por Tirol irá parar esta noite devido a greves.

*∗∗

Merano, 5 de junho de 1920
Sábado

    Sua carta chegou, trazendo alegria. Entre todas as outras coisas, ela contém um ponto central: a possibilidade de que talvez você não possa mais me escrever quando eu estiver em Praga. Em primeiro lugar, estou enfatizando isso para que todos possam ver, incluindo você, Milena. É assim que um ser humano ameaça outro, mesmo compreendendo os motivos dessa pessoa, pelo menos em parte. E ainda assim, tal pessoa finge tratar bem o outro ser humano. Mas talvez você esteja certa em considerar parar de me escrever; várias passagens de sua carta apontam para essa necessidade. Não há argumentos que eu possa apresentar contra esses pontos. Precisamente por tais partes da carta, compreendo plenamente e reconheço com a maior seriedade que estou em uma situação difícil, mas, justamente por isso, o ar me é escasso demais para os pulmões, rarefeito, e eu preciso descansar. Vou escrever novamente amanhã.

***

Merano, 6 de junho de 1920

Domingo

Este discurso de duas páginas em sua carta, Milena, emerge das profundezas do seu coração ferido ("isso me magoou" é o que você escreveu, e eu fiz isso com você). Você se expressa tão clara e orgulhosamente, como se eu estivesse batendo em aço e não em seu coração, exigindo coisas óbvias e, além disso, interpretando mal o que lhe escrevo (pois o meu "povo ridículo" não é outro senão o seu próprio; aliás: quando foi que tomei partido entre vocês dois? Onde está tal frase? Onde eu teria inventado essa infame ideia? E quem sou eu para condenar, eu que estou tão abaixo de vocês dois em todos os aspectos essenciais — casamento, trabalho, coragem, devoção, pureza, liberdade, independência, verdade — que me enoja até falar sobre isso.

E quando eu teria ousado oferecer uma assistência mais ativa? E se eu tivesse ousado, como poderia realmente ter ajudado? Chega de perguntas: elas estavam dormindo profundamente no submundo, por que trazê-las à luz do dia? Elas são cinzentas e tristes, e nos afetam mesmo assim. Não tenha tanta certeza de que duas horas de vida valem mais do que duas páginas de escrita, pois a escrita é mais pobre, porém mais clara) —, e assim sua fala mostra que me compreende muito mal: ela se dirige a mim e eu não sou inocente, mas justamente não sou porque as perguntas acima devem ser respondidas com um "não", ou com "lugar nenhum". Então chegou o seu gentil telegrama, para me consolar durante a noite, minha velha inimiga (se o consolo não durar, realmente não é culpa sua, mas das noites; essas curtas noites terrenas são suficientes para temer a noite eterna) — é claro que a carta contém um poder de consolo maravilhoso, mas, no geral, deve ser tratada como uma unidade à parte, atormentada pelas duas páginas.

O telegrama, por outro lado, é independente e não sabe nada disso. No entanto, Milena, posso dizer isso sobre o telegrama: se, desconsiderando todo o resto, eu tivesse ido a Viena e você tivesse me dado o mesmo sermão (que, como eu disse, não passa diretamente por mim, mas me atinge, e com razão, não com força total, mas o suficiente) cara a cara — e se não fosse dito, teria que ser pensado de alguma forma, através do olhar, de uma expressão reprimida, ou pelo menos presumido — então, com um golpe, eu teria caído prostrado. E não importa quão boa enfermeira você seja, você não poderia me ajudar a me levantar novamente. E se isso não tivesse acontecido, então algo pior teria acontecido. Você entende, Milena.

F.

***

Merano, 10 de junho de 1920
Quinta-feira

Agora só quero dizer isto:

Ainda não li suas cartas completamente; apenas voei ao redor delas como uma mosca que circula uma lâmpada, queimando minha cabeça várias vezes. Aliás, são duas cartas separadas, como eu descobri; uma para ser completamente absorvida, e outra projetada para horrorizar. A segunda provavelmente é a última. Se você se deparar com um conhecido e perguntar com urgência quanto é 2 x 2, a pergunta parecerá lunática; por outro lado é muito apropriada no ensino fundamental.

Com a minha pergunta a você, Milena, ambos os elementos estão presentes, tanto o asilo quanto a escola — felizmente, a escola também está. Eu nunca consegui entender como pessoas se envolvem comigo, e há muitos relacionamentos (por exemplo, aquele com Weiss) que eu destruí com minha disposição lógica, minha tendência a acreditar cada vez mais que a outra pessoa errou, e cada vez menos em milagres (pelo menos em relação a mim mesmo). Pensei: por que usar essas coisas para agitar as águas da vida ainda mais do que já são agitadas?

Posso ver um trecho da estrada à frente, a estrada que é possível para mim, e sei o quão longe — provavelmente intangivelmente longe — eu teria que vir de minha posição atual para merecer um olhar casual (de mim mesmo, para não mencionar dos outros; isso não é modéstia, mas arrogância, se você pensar bem), e mesmo em um olhar casual, agora recebo suas cartas, Milena. Como devo descrever a diferença? Um homem está deitado na imundície e fedor de seu leito de morte, e o Anjo da Morte, o mais abençoado de todos os anjos, chega e o contempla. Este homem pode mesmo ousar morrer? Ele rola, enterrando-se cada vez mais fundo em sua cama, e é incapaz de morrer.

Resumindo: não acredito no que você escreve, Milena, e não há como provar isso para mim (nem ninguém poderia provar isso para Dostoiévski naquela noite, e minha vida consiste em uma noite). Só eu poderia provar isso para mim mesmo, e posso imaginar ser capaz de fazê-lo (assim como você imaginou o homem na espreguiçadeira), mas também não seria capaz de acreditar em mim mesmo. Assim esta pergunta era um artifício ridículo — como você notou imediatamente, é claro, do tipo que um professor às vezes usa quando, por exaustao e desejo, ele deliberadamente se deixa enganar por uma resposta correta, e acredita que o aluno entende completamente do assunto, quando na realidade o conhece por alguma razão irrelevante, e é de fato incapaz de uma compreensão mais abrangente, pois somente o professor poderia ensiná-lo.

Mas não choramingando, reclamando, afagando, suplicando, sonhando (você tem as últimas cinco, seis cartas? Você deveria dar uma olhada nelas, pois fazem parte do todo), vamos deixar isso em aberto.

Ao dar uma olhada em sua carta, vejo que você também menciona a garota. Para que não haja dúvidas: além da dor momentânea, você fez o melhor possível por essa garota. Não consigo pensar em outra maneira dela ter se libertado de mim. É claro que ela tinha um certo pressentimento doloroso, mas não tinha a menor ideia de onde o lugar ao meu lado adquiriu seu calor (estranho, embora não para ela). Lembro-me: estávamos sentados um ao lado do outro no sofá de um apartamento de um cômodo em Wrshowitz (provavelmente em novembro, o apartamento deveria ser nosso uma semana depois); ela estava feliz por ter adquirido pelo menos este apartamento depois de tantos problemas, e seu futuro marido estava sentado ao lado dela (repito: casar foi ideia minha, eu estava impondo isso, ela estava apenas assustada e complacente contra sua vontade, mas então naturalmente a ideia começou a crescer nela).

Quando penso nessa cena com todos os seus detalhes, mais numerosos do que batimentos cardíacos em febre, então eu acredito ser capaz de compreender cada delírio humano (neste caso eu mesmo fui iludido por meses também, embora não fosse apenas delírio. Eu também tinha outros motivos — evidentemente teria sido um casamento racional no melhor sentido da palavra), sou capaz de compreender cada delírio em seu âmago, e tenho medo de levar o copo de leite aos lábios, pois facilmente poderia estilhaçar bem diante dos meus olhos, voando vidro no meu rosto, não por acidente, mas de propósito.

Uma pergunta: por qual motivo exatamente você está sendo censurada? Sim, já fiz as pessoas infelizes antes, mas certamente elas não me censuravam a todo momento, e simplesmente se calaram; creio que nem sequer me censuram silenciosamente. Este é o tipo de influência excepcional que tenho entre as pessoas. Mas tudo isso não tem importância em relação a uma ideia que tive ao sair da cama esta manhã, uma ideia que me encantou tanto que me vi lavado e vestido sem saber como, e teria me barbeado da mesma maneira se um convidado não me acordasse (foi o advogado que considera a carne uma dieta necessária).

Resumidamente, assim se daria: você deixará seu marido por um tempo, e isso não é novidade, já aconteceu antes. As razões são: sua doença, o nervosismo dele (você lhe trará alívio) e, finalmente, as condições em Viena. Não sei para onde você gostaria de ir, o melhor lugar para você pode ser a tranquilidade da Boêmia. Provavelmente também será melhor se eu não interferir ou mesmo me mostrar pessoalmente. Seja qual for o dinheiro que você precisar, pegue emprestado temporariamente de mim (vamos concordar com os termos de reembolso). (Para mencionar apenas um dos benefícios adicionais que isso me traria: eu ficaria extasiado com meu trabalho — meu trabalho, aliás, é ridículo e lamentavelmente fácil; você nem imagina, não sei pelo que me pagam). Se de vez em quando houver meses em que a quantia se mostrar insuficiente, poderá facilmente aumentar a diferença sozinha. Tenho certeza de que não seria muito. Por enquanto, não direi mais nada para exaltar a ideia, porém, isso lhe dá a oportunidade de me mostrar com sua reação se posso confiar em seu julgamento sobre outras ideias minhas (já que sei o valor dessa).

Kafka.

Agora que escrevi isso, estou lendo seu comentário sobre minha dieta; sim, tenho certeza de que nesse caso tal coisa poderia até ser arranjada para mim, já que eu teria então me tornado um homem muito importante. Estou lendo as duas cartas como o pardal bicando as migalhas no meu quarto: apreensivo, atento, à espreita, com as penas infladas.

★★★

Merano, 11 de junho de 1920

Sexta-feira

Quando será que este caótico mundo encontrará um pouco de equilíbrio? Sinto-me esgotado durante o dia; há ruínas lindas espalhadas por toda parte nas montanhas daqui. Elas me fazem refletir sobre a necessidade de encontrar beleza dentro de mim. Mas, à noite, quando deveria estar descansando, é quando as melhores ideias me visitam. Como hoje, quando me ocorreu a adição à proposta de ontem. A ideia era que você pudesse passar o verão na casa de Stasa, que como você mencionou, está no país. Minha sugestão anterior de que o dinheiro talvez não fosse suficiente para todos os meses foi ingênua; há sempre o suficiente. A carta que você escreveu na terça-feira de manhã e aquela à noite só reforçam a validade da minha sugestão. Acreditar que isso é mera coincidência seria ignorar que tudo precisa ser confirmado, de uma forma ou de outra. E mesmo se houver algo de ardiloso por trás da minha proposta — e onde não há ardilosidade, aquela imensa criatura que se adapta às circunstâncias? —, manterei sob controle, e até mesmo o seu marido poderá concordar. Talvez eu esteja exagerando um pouco.

De qualquer forma, você não me verá, pelo menos por enquanto. Vai desfrutar da vida no campo, que é algo que ambos apreciamos. (Temos em comum o amor pelo campo, suas ondulações e paisagens, desde que não sejam excessivamente montanhosas e contenham florestas e lagos). Você subestima o impacto das suas cartas, Milena. Ainda estou no processo de ler as de segunda-feira ("mas só temo por você"). Tentei hoje de manhã, e embora eu tenha feito algum progresso, minha proposta tornou parcialmente essas cartas obsoletas — ainda não consegui chegar ao final. Por outro lado, a carta de terça-feira (e o surpreendente cartão — você o escreveu em um café? —, ainda preciso responder à sua acusação sobre Werfel; nunca realmente respondo ao que me escreve, já que você é muito mais hábil nisso, o que me deixa bem contente), me trouxe uma certa calma e segurança hoje, apesar de ter passado uma noite praticamente em claro por causa da carta anterior. Claro, a de terça-feira também tem suas pontas afiadas, que passam através de mim, mas você as está guiando, e, naturalmente, isso é apenas a verdade de um momento, um momento problemático, misto de alegria e dor — pode algo vindo de você ser realmente difícil de suportar?

F.

Mais uma vez, retiro a carta do envelope; há espaço para mais um pouco: por favor, repita *Du* para mim — não o tempo todo, não quero isso de forma alguma — apenas repita *Du* mais uma vez.
Se a oportunidade surgir e você não se opuser, por favor, mencione algo positivo sobre Werfel em meu nome. Infelizmente, há algumas perguntas às quais você não responde, como aquelas sobre a sua escrita.
Recentemente, tive outro sonho com você. Foi um sonho intenso, mas quase não me lembro de nada. Eu estava em Viena, mas essa parte é embaçada; depois, fui a Praga e esqueci completamente o seu endereço — não apenas a rua, mas até mesmo a cidade. A única coisa que permanecia era *schreiber*, de forma persistente, mas eu não tinha ideia do que fazer com ele. Parecia que você tinha desaparecido por completo. Movido pelo desespero, fiz várias tentativas engenhosas, mas nenhuma delas deu certo — não sei por quê — e só me lembro claramente de uma delas. Escrevi em um envelope: "M. Jesenská" e abaixo, "Entrega obrigatória desta carta, caso contrário, o Ministério das Finanças sofrerá um terrível prejuízo." Eu esperava que essa ameaça envolvesse todo o governo na minha busca por você.

Inteligente, não é? Mas não leve isso em consideração para formar uma opinião negativa sobre mim. Só nos sonhos eu me torno tão sinistro.

***

Merano, 12 de junho de 1920
Sábado

Você está me interpretando ligeiramente errado, Milena; estou em concordância quase total com o que você disse. Não desejo entrar em minúcias. Quanto à minha ida a Viena, ainda estou indeciso, mas tendo a acreditar que não irei. Enquanto antes havia inúmeras razões para minha recusa, hoje resta apenas uma, a que sobrecarregaria minha energia espiritual. Uma segunda razão, embora mais distante, é que isso talvez seja o melhor para todos nós. Devo ressaltar que enfrentaria desafios igualmente grandes (se não maiores) se você fosse a Praga nas circunstâncias que descreveu ("manter alguém à espera"). Minha necessidade de compreender o que você quis dizer sobre os seis meses não é apenas momentânea. Tenho a convicção de que se trata de algo terrível. Imagino que você tenha experienciado ou até mesmo cometido coisas terríveis, embora acredite que você não pudesse se permitir fazer parte delas (ainda que há cerca de sete anos eu pudesse ter enfrentado quase qualquer coisa). No futuro, eu não teria a capacidade de suportar tal envolvimento. No entanto, o que verdadeiramente importa para mim? Suas ações e experiências, ou você como pessoa? Mesmo sem conhecer a história completa, sinto que a entendo melhor do que a mim mesmo, ainda que ao tal coisa dizer não signifique que eu ande desatento em relação a minha pessoa.

Sua carta não contradiz minha sugestão; na verdade, ela a reforça. Você escreveu: "Acima de tudo, eu gostaria de escapar por um terceiro caminho, que não leva nem a você nem a ele, mas em direção à solidão". Esse é o caminho que sugeri, e talvez você tenha escrito isso no mesmo dia que eu. É claro que, se a doença progrediu a esse ponto, você não pode deixar seu marido, mesmo que temporariamente. Porém, como você mencionou, essa doença não é eterna; disse que duraria apenas alguns meses. Já se passou mais de um, e após um pouco mais de tempo, você sentirá um alívio talvez duradouro. Até lá, estaremos apenas em agosto ou, no máximo, setembro.

E, a propósito, devo confessar: sua carta é daquelas que não consigo ler imediatamente e, mesmo depois de a ter relido quatro vezes seguidas, não consigo emitir uma opinião imediata. No entanto, acredito que o que mencionei anteriormente tem algum valor.

Seu.

***

Merano, 12 de junho de 1920

Mais uma vez sábado

Esta interseção de correspondências precisa cessar, Milena; está nos deixando loucos. Não conseguimos distinguir o que foi escrito, o que foi respondido e, de qualquer forma, vivemos constantemente em apreensão. Eu compreendo muito bem o seu tcheco, e também consigo ouvir o som da sua risada. No entanto, mesmo assim, ao continuar examinando suas cartas, analisando suas palavras e seu riso, eis que ouço uma única voz, uma que ressoa como minha própria essência: o medo. Fica difícil determinar se você ainda deseja me encontrar após receber minhas cartas de quarta e quinta-feira. Conheço a nossa ligação (você me pertence, mesmo que nunca mais nos vejamos) [...], essas partes da nossa relação eu compreendo, na medida em que não se perdem na nebulosa do medo. No entanto, não compreendo a sua relação comigo; isso sim, está completamente envolvido pelo medo. E você também não me conhece... Reitero isso, Milena. Veja, no que me diz respeito, algo incrível está acontecendo — o meu mundo está se despedaçando, mas também está se reerguendo. Aguarde e veja como você (ou seja, eu) vai sobreviver a tudo isso. Não estou lamentando a queda, uma vez que meu mundo já estava em ruínas; o que lamento é a reconstrução. Lamento a minha força diminuída, lamento ter nascido, lamento até mesmo a luz do sol. Como é que iremos prosseguir com a vida? Se você responder "sim" às minhas cartas, então será impossível para você continuar vivendo em Viena.

Juntamente com as suas cartas de hoje, recebi uma outra de Max Brod, na qual ele escreve, entre outras coisas: "Ocorreu algo estranho, algo que relato a você, ao menos como sugestão. Reine, o jovem editor da Tribuna (um jovem bastante talentoso e verdadeiramente extravagante, talvez com 20 anos de idade), envenenou-se. Isso aconteceu enquanto você ainda estava em Praga! E agora o motivo está vindo à tona: Willy Haas teve um relacionamento com a esposa de Reiner (cujo sobrenome de solteira era Ambrozova, uma amiga de Milena Jesenská), e esse relacionamento aparentemente foi mantido dentro dos limites platônicos. Ninguém foi pego ou algo semelhante, mas a mulher atormentou o homem (que ela conhecia há anos antes de se casarem), principalmente com suas palavras e comportamento, a ponto de ele tirar a própria vida em seu escritório. Pela manhã cedo, ela foi com Haas para descobrir porque ele não tinha retornado para casa após o turno da noite. Ao chegarem, ele já estava no hospital e faleceu antes de alcançarem o local. Haas, que estava prestes a fazer seu último exame, abandonou os estudos, entrou em conflito com seu pai e agora está editando uma revista de cinema em Berlim.

No entanto, parece que ele não está indo muito bem. A mulher também está morando em Berlim, e há expectativas de que ele venha a se casar com ela.

Não sei exatamente porque estou contando essa história horrível. Talvez seja porque o mesmo demônio que nos aflige está por trás disso e, portanto, a história nos pertence, assim como pertencemos a ela". Isso é o que eu tinha a dizer sobre a carta. Repito que não é possível permanecer em Viena. Que história terrível. Uma vez peguei uma toupeira e a levei para o jardim. Ao soltá-la no chão, ela cavou desesperadamente a terra, mergulhando nela como se fosse água. É assim que alguém se esconderia dessa história. No entanto, esse não é o ponto, Milena. No que me concerne, você não é uma mulher, mas sim uma garota. Nunca vi alguém que personificasse mais essa essência do que você. E como garota que você é, eu não ousaria oferecer-lhe minha mão: uma mão suja, trêmula, em forma de garra, inquieta, instável, ora quente, ora fria.

Quanto ao mensageiro de Praga, trata-se de um plano inadequado. Você encontraria apenas uma casa vazia. A propósito, estarei sentado à minha escrivaninha no terceiro andar do Altstadter Ring, com o rosto nas mãos. No entanto, você também não me compreende aqui, Milena. A "questão judaica" foi apenas uma piada boba.

✳✳✳

Merano, 13 de junho de 1920
Domingo

Hoje, trago algo que pode oferecer alguma explicação, Milena. Que nome rico, denso, quase sobrecarregado por sua própria plenitude, um nome que inicialmente não me atraiu muito; ele parecia um nome grego ou romano, perdido na Boêmia, ultrajado pelos tchecos; o sotaque foi violado e, ainda assim, o nome é magnífico em cor e forma: imagino uma mulher sendo conduzida pelos braços para fora deste mundo, para além do fogo — não sei qual fogo — e ela se aninha nos braços de quem a leva com alegria e confiança, exceto que o forte acento no "i" é desagradável; ele não se agarra a você e logo parece sumir? Ou talvez isso apenas demonstre uma exuberante felicidade, algo que você mesma realiza, apesar de seu fardo?

Você escreve dois tipos de cartas; não me refiro a canetas ou lápis, ainda que a escolha do lápis seja significativa o suficiente para provocar uma careta, mas isso não é a diferença crucial. A última carta, por exemplo, com o mapa do seu apartamento, foi escrita a lápis, e mesmo assim ela me alegra; veja, são as cartas tranquilas que trazem felicidade para mim (entenda, Milena, a minha idade, o fato de eu estar esgotado e, acima de tudo, o meu medo; entenda a sua juventude, a sua vivacidade, a sua coragem. E o meu medo está de fato crescendo, o que é um sinal de que estou me afastando do mundo; isso resulta em um aumento na pressão exercida pelos outros, o que por sua vez leva a um aumento ainda maior do medo; entretanto, a sua coragem indica um avanço, resultando assim em uma redução na pressão, o que impulsiona o aumento da coragem).

Gostaria de me ajoelhar perante essas cartas, feliz além da conta; elas trazem chuva para acalmar a minha mente em chamas. Contudo, sempre que outras cartas chegam, Milena, mesmo que elas sejam essencialmente mais auspiciosas do que as primeiras (ainda que, devido à minha debilidade, leve dias para penetrar na felicidade que elas trazem), essas que começam com exclamações (mesmo que afinal, eu esteja tão distante), e que terminam com sabe-se lá que tipo de coisas terríveis, Milena, eu literalmente começo a tremer como estivesse debaixo de um relógio a despertar. Eu não consigo lê-las, e no entanto eu as leio, como um animal sedento bebe água, e então o medo chega, se multiplica. Eu procuro um lugar para me esconder debaixo, tremendo, completamente alheio ao mundo, rezando para que você voe de volta para fora da janela da mesma forma que entrou furiosa em sua carta. Afinal de contas, eu não posso manter uma tempestade dentro do meu quarto; nessas cartas, você mostra ter a formidável cabeça de uma Medusa, com as serpentes do terror se agitando selvagemente ao seu redor, enquanto as serpentes do medo se agitam ainda mais freneticamente ao redor de mim.

Agora, sobre suas cartas de quarta e quinta-feira. Criança (e isso realmente se aplica a mim, ao falar de Medusa dessa maneira), você está levando todas as minhas piadas tolas (com *žid*, *nechápu* e ódio) muito a sério; eu só queria a fazer sorrir um pouco. Nós nos mal-entendemos por causa do medo; por favor, não me obrigue a escrever em tcheco: não houve absolutamente nenhum tom de repreensão nas coisas que lhe escrevi — eu poderia mais facilmente te repreender por possuir uma opinião tão elevada sobre os judeus que conhece, incluindo eu, pois há outros! Às vezes, eu gostaria de reunir todos eles, os judeus (eu junto), e colocá-los, digamos, no cesto de roupa suja. Então eu esperaria, tiraria um pouco a tampa para ver se todos já teriam sufocado, e se não, eu a tamparia de novo e continuaria assim fazendo até o fim.

Mas o que eu disse sobre o seu "discurso" era sério (Earnest ainda está se intrometendo nessa carta. Talvez eu esteja cometendo uma grande injustiça com ele — eu simplesmente não consigo pensar nisso — mas igualmente forte é o sentimento de estar ligado a ele, com uma força maior; eu quase disse: na vida e na morte. Se ao menos eu pudesse conversar com ele! Mas eu tenho medo; ele é muito mais do que eu poderia lidar. Você sabe, Milena, que, ao lidar com ele, desce um grande degrau abaixo do seu próprio nível, mas se você viesse até mim, estaria se jogando no abismo. Você percebe isso? E não, eu não estava falando da minha "altura" naquela carta, mas da sua). Sobre o seu "discurso", você estava falando sério também — eu não tenho como estar errado a respeito disso.

Mais uma vez eu ouço falar sobre a sua doença, Milena; e se você tiver que ficar na cama? E talvez seja o que você deve fazer. Talvez esteja deitada enquanto eu escrevo isso. Eu não era um homem melhor um mês atrás? Eu me preocupava com você (mesmo que fosse só na minha mente), eu sabia que estava doente — mas isso não é mais verdade; agora, só penso na minha própria saúde e doença. De qualquer forma, ambas — a primeira e a segunda — são você.

F.

Fiz uma pequena excursão com o meu engenheiro favorito hoje, para escapar dessa atmosfera insone. Também escrevi um cartão para você de lá, mas não consegui assinar e enviá-lo. Não posso mais escrever para você como se fosse um estranho. A carta de sexta-feira só chegou na quarta-feira; cartas expressas e registradas levam mais tempo do que o correio comum.

✶✶✶

Merano, 14 de junho de 1920
Segunda-feira

Pouco antes de acordar esta manhã, ou talvez um pouco depois de adormecer, tive um sonho horrível, se não até mesmo aterrorizante; felizmente as impressões dos sonhos desaparecem rapidamente, então foi apenas um pesadelo. E aliás, acabo devendo um pouco do meu sono a isso também, já que não se acorda desses sonhos até que terminem, e assim, não podemos nos livrar da situação abruptamente, pois eles nos seguram como que pela língua. O sonho aconteceu em Viena, algo semelhante ao que eu imagino durante meus devaneios, caso eu devesse viajar para lá (nesses devaneios, Viena consiste em uma praça tranquila, cercada por sua casa de um lado, meu hotel do outro, a Westbahnhof à esquerda, onde eu chego, e Franz Josefs Bahnhof à direita, de onde eu partiria; e convenientemente localizado no térreo do meu hotel, há um restaurante vegetariano onde como não para me alimentar, mas para retornar com um pouco mais de peso para Praga. Por que estou lhe contando isso? Não tem muito a ver com o sonho, mas, claro, ainda me deixa com medo). De qualquer forma, o sonho não era exatamente assim, era uma verdadeira metrópole, úmida e escura à noite, com um tráfego inimaginável. Um jardim público comprido e retangular separava a casa onde eu estava hospedado da sua.

Eu tinha ido para Viena de repente, levando minhas próprias cartas, que ainda estavam a caminho para você (um fato que mais tarde me causou um sofrimento particular). No entanto, você havia sido informada e nós deveríamos nos encontrar.

Felizmente (ainda que, ao mesmo tempo, eu também ressentisse tal fato), eu não estava sozinho; um pequeno grupo estava comigo, incluindo, acredito, uma garota, mas não me lembro muito sobre eles, e eu os considerava como propriedade minha. Se ao menos eles tivessem ficado quietos, mas continuavam conversando entre si, muito provavelmente sobre assuntos relacionados a mim. Eu só conseguia ouvir murmúrios, o que me deixava nervoso; talvez eu não quisesse entender nada. Fiquei na calçada em frente a minha casa, observando a sua. Era uma casa térrea, com uma linda e simples galeria de pedra arqueada na frente, chegando ao segundo andar.

Então, de repente, era a hora do café da manhã, a mesa estava posta na varanda, e eu observei de longe o seu marido chegar, sentando-se em uma cadeira de vime à direita, ainda sonolento e se esticando com os braços abertos. Então você apareceu e se sentou à vista atrás da mesa. Mas eu não conseguia vê-la claramente, estava tão longe, ainda que eu pudesse distinguir as características do seu marido com muito mais facilidade. Por alguma razão, você permaneceu lá meio azulada, esbranquiçada, fluida, como um fantasma. Também abriu os braços, mas não para esticá-los, era mais um gesto cerimonial. Pouco depois — embora agora pareça ter sido a noite anterior novamente — você estava lá fora comigo, na calçada; eu estava com um pé na rua, segurando sua mão, e então uma conversa insana começou, cheia de frases curtas; foi um rápido e incessante disparar de palavras que durou quase o sonho inteiro.

Não consigo recontar; na verdade, só me lembro das duas primeiras e das duas últimas frases, o meio era um tormento longo e indescritível. Em vez de um cumprimento, eu disse rapidamente, em resposta a algo que você disse: "Você me imaginou diferente". Sua resposta foi: "Francamente, achei que você seria um pouco mais fesch" (na verdade, você usou um termo vienense ainda mais específico, mas eu esqueci qual). Essas foram as duas primeiras frases (em relação a isso, me ocorre: você sabia que sou pouco musical, mais do que qualquer um que conheci?). No entanto, com isso, tudo foi decidido; o que mais havia a ser dito? Ainda assim, começamos a negociar outro encontro: expressões o mais vago possível e perguntas persistentes.

Então meus companheiros interferiram, dando a explicação de que eu também havia vindo a Viena para visitar uma escola agrícola nas proximidades da cidade, e agora parecia o momento para tal visita fazer, já que eu estava com tempo; eles estavam claramente tentando me levar embora, por caridade. Eu percebi isso, mas os acompanhei até a estação de trem de qualquer maneira, provavelmente porque esperava que uma intenção tão séria de partir a impressionasse. Nós fomos todos até a estação próxima, mas eu acabei esquecendo o nome do lugar onde a escola estava. Ficamos na frente do quadro de horários, eles passando os dedos pelos nomes das estações e me perguntando se era esta ou aquela, mas não era nenhuma das duas. Enquanto isso, pude observá-la um pouco, mesmo que eu realmente não me importasse muito com a sua aparência — suas palavras eram tudo que me importava. Você não parecia exatamente você mesma, de qualquer forma, estava mais bronzeada, com um rosto fino — sei que ninguém com bochechas cheias poderia ser tão cruel, por isso a imaginei assim, talvez; mas foi realmente cruel? Você estava vestida com o mesmo tecido que eu, também muito masculina, e eu não gostei muito da sua roupa. No entanto, então eu me lembrei de uma frase escrita em uma de suas cartas (o verso: "Só tenho dois vestidos, mas ainda estou bem") e o poder de suas palavras sobre mim foi tão forte que, a partir daquele momento, eu gostei muito do que você estava vestindo. No entanto, quando chegou a hora de partir, meus companheiros ainda estavam revisando os horários, nós estávamos parados ao lado do quadro de chegadas e partidas, e eu estava negociando com eles. Nossas últimas palavras foram mais ou menos assim: o dia seguinte era domingo, e foi incompreensível para você, a ponto de parecer repulsivo, o fato de que eu pudesse presumir que teria tempo para mim. Mas, finalmente, você cedeu e disse que tentaria arranjar 40 minutos para mim. A parte mais terrível da conversa não eram as palavras, é claro, mas o tom subjacente, a escassez de sentido, e também o argumento subentendido e não dito: "Eu não quero vir, então de que maneira isso seria benéfico para você se eu viesse?" No entanto, eu não conseguia descobrir de você quando teria esses 40 minutos livres. Você não sabia; apesar de toda a sua suposta concentração, não conseguia me dar uma resposta. Finalmente, perguntei: "Devo talvez esperar o dia todo?", "Sim", você disse, e virou-se para um grupo de pessoas que estava esperando por você. Mas sua resposta realmente significava que não viria, e a única concessão que poderia fazer era me permitir esperar. "Eu não vou esperar", eu disse para mim mesmo baixinho e pensei que você não havia me ouvido. E, como era o meu último recurso, gritei as palavras desesperadamente atrás de você. No entanto, você não se importou, não estava preocupada. De alguma forma, eu cambaleei de volta para a cidade. Mas então, duas horas depois, vieram cartas e flores, gentileza e consolo.

Seu F.

Milena, os endereços novamente não estão claros; os correios escreveram por cima e preencheram. Depois do meu primeiro pedido, o endereço estava impecável, escrito em uma magnífica caligrafia, de letras variadas, mas nem sempre legíveis. Se os correios tivessem meus olhos, provavelmente eles próprios leriam apenas os seus endereços e nenhum outro. Mas como estamos falando dos correios...

✶✶✶

Merano, 15 de junho de 1920

Terça-feira

No início desta manhã, eu tive outro sonho com você. Estávamos sentados lado a lado e você estava se afastando de mim, não com raiva, mas de forma amigável. Eu me sentia muito infeliz. Não porque você estava se afastando, mas porque eu a via como uma mulher silenciosa, ignorando a voz que saia de você diretamente para mim. Ou talvez eu não estivesse a ignorando, mas simplesmente era incapaz de responder. Saí desse sonho ainda mais desolado do que do primeiro. Ao mesmo tempo, algo que li uma vez em algum lugar vem à minha mente, algo assim: "Meu amado é como uma coluna de fogo que se estende sobre a terra. Ele agora me mantém enclausurada. Porém, nunca guia aqueles que estão presos, apenas aqueles que podem ver, do outro lado."

Seu

(Agora até mesmo estou perdendo meu nome — ficava cada vez mais curto, e agora é apenas: "Seu").

**

Merano, 20 de junho de 1920

Domingo

Após uma curta caminhada com você (como é fácil escrever isso: uma curta caminhada com você. Não deveria escrever por vergonha, porque é tão fácil). Antes de tudo, o que mais me apavora nessa história é a convicção de que os judeus estão destinados a serem alvo de ataques por parte dos cristãos, como animais predadores destinados ao assassinato, embora os judeus com isso se horrorizem, pois não são animais. É impossível para você imaginar tal cenário em toda a sua extensão e poder, mesmo que entenda tudo o mais da história melhor do que eu.

Eu não entendo como nações inteiras puderam um dia conceber a ideia de rituais envolvendo mortes antes desses eventos recentes (no máximo, podem ter sentido medo e ciúmes generalizados, mas aqui não há dúvida, vemos "Hilsner" cometendo o crime passo a passo; que diferença faz que a virgem esteja junto com ele?) — mas, claro, as nações não precisam se preocupar com isso. Mais uma vez, estou exagerando; tudo isso é exagero meu. São exageros porque as pessoas que buscam a salvação sempre vão atrás das mulheres, e essas mulheres podem ser cristãs ou judias. E o que se entende pela inocência das meninas não é a castidade comum, mas a inocência do sacrifício, uma inocência relacionada ao corpo.

Há algumas coisas que eu poderia dizer sobre o relatório, mas prefiro ficar em silêncio — em primeiro lugar, conheço Haas apenas superficialmente (embora estranhamente, seus parabéns pelo meu noivado tenham sido os mais calorosos que recebi) e não conheço os outros. Além disso, você pode ficar brava comigo se eu me meter nesse caso com minhas especulações, já que realmente isso é apenas da sua conta e, além disso, ninguém mais pode ajudar de qualquer maneira; seria apenas um jogo de adivinhação. (Ainda temo que você possa me condenar injustamente em relação à garota que eu deveria encontrar em Karlsbad, e a quem contei a verdade da melhor forma que pude, com base no que antes lhe escrevi — em sua mente, ainda estou me esforçando para não a elogiar de forma alguma. Meu medo é tão grande quanto a minha necessidade de ser condenado, é claro, e muito severamente, mas de forma alguma de acordo com as ideias sobre as quais escreveu — nesse caso, ainda mais severamente, você pode dizer; tudo bem, prefiro suportar uma condenação severa do que uma mais leve que não mereço. Desculpe por meu discurso pouco claro. É algo que devo lidar sozinho: ao fazê-lo, só posso vê-la de longe). Em relação a Max, também acho que seria preciso conhecê-lo pessoalmente para julgá-lo em sua totalidade. Mas então é preciso amá-lo, admirá-lo, ter orgulho dele e, claro, simpatizar com ele também. Quem não age assim com ele (assumindo boa vontade) não o conhece.

F.

***

Merano, 21 de junho de 1920
Segunda-feira

Você tem razão, e mesmo agora, enquanto leio sua repreensão sobre quando te chamei de criança — infelizmente, só recebi as cartas tarde da noite e amanhã cedo estou planejando fazer uma pequena viagem a Bolzano com o engenheiro. Eu disse a mim mesmo: chega, você não pode ler essas cartas hoje, precisa dormir pelo menos um pouco para viajar amanhã, e demorei um tempo até retomar a leitura e compreender, assim a tensão diminuiu, permitindo-me deitar minha cabeça em seu colo com um suspiro de alívio — ainda gostaria que estivesse aqui (e não me refiro apenas ao corpo). Isso é certamente um sinal de doença, não é? Mas eu a conheço, afinal, e também sei que chamá-la de criança não é uma maneira tão terrível assim de se dirigir a alguém. Eu também poderia fazer uma piada com isso, mas qualquer coisa pode se tornar uma ameaça para mim. Se você me escrevesse: "Ontem eu contei os 'e' em sua carta, havia muitos; como você se atreve a escrever 'e' para mim e especialmente tantas e tantas vezes?", e mantivesse uma expressão séria, eu poderia até me convencer de que a havia insultado e ficaria bastante infeliz. No final, talvez isso realmente a incomode, mas é difícil descobrir. Também não se deve esquecer que, embora seja fácil distinguir entre o que é dito em tom de brincadeira e o que é dito em tom de seriedade, quando se trata de pessoas que significam tanto para nós que nossas vidas dependem delas, isso deixa de ser tão fácil assim, afinal, o risco é tão grande que transforma nossos olhos em microscópios, e uma vez equipados com eles, é impossível distinguir qualquer coisa.

Nesse sentido, nunca fui forte, mesmo quando estava no auge da juventude. Por exemplo, na primeira série: nossa cozinheira, uma pessoa pequena e magra, de nariz pontudo, bochechas encovadas, um pouco ictérica, mas firme, enérgica e autoritária, me levava para a escola todas as manhãs. Morávamos na casa que separa o Kleiner Ring do Grosser Ring. Para chegar à escola, era necessário cruzar o Ring, virar para a Teingasse, passar por um portão abobadado até a Fleischmarktgasse e descer para a Fleischmarkt. E todas as manhãs, por cerca de um ano, a mesma coisa acontecia. Na saída de casa, a cozinheira dizia que contaria para a professora como eu tinha sido malcriado em casa. Na verdade, provavelmente eu não era assim tão malcomportado, mas era teimoso, desobediente, triste, mal-humorado e talvez o suficiente para que ela sempre pudesse inventar algo para contar à professora. Eu sabia disso e por isso não levava muito a sério as ameaças da cozinheira.

Mas, principalmente, eu achava que o caminho para a escola era terrivelmente longo e que muitas coisas poderiam acontecer até lá (a ansiedade e a seriedade de quem carrega olhos sem vida se desenvolvem justamente de tais bobagens aparentemente infantis, mas aos poucos, já que nenhum caminho é tão terrivelmente longo), além disso, pelo menos enquanto estava no Altstadter Ring, eu ainda duvidava se a cozinheira ousaria falar com a professora, que impunha respeito. Contudo, embora ela impusesse respeito, ela o fazia apenas em casa. Mas, sempre que eu dizia algo nesse sentido, a cozinheira costumava responder secamente, com seus lábios finos e implacáveis, que eu não precisava acreditar, mas ela contaria de qualquer maneira. Em algum lugar perto da entrada da Fleischmarktgasse — que ainda tem um pequeno significado histórico para mim (em que bairro você morou quando criança?) — o medo da ameaça prevalecia. A escola em si era um pesadelo, e aquela mulher queria tornar tudo ainda pior. Eu começava a implorar, e ela balançava a cabeça; quanto mais eu implorava, maior era o perigo. Eu parava e pedia desculpas, ela me arrastava; eu a ameaçava com retaliações dos meus pais, e ela ria, pois se sentia importante; eu me agarrava às portas das lojas, às pedras angulares.

Eu não queria ir mais longe até que ela me perdoasse, e a puxava pelo vestido (ela também não teve uma vida fácil), mas me arrastava, garantindo-me que isso também seria relatado à professora. Estava ficando tarde, a Jakobskirche batia o sinal das 8h, os sinos da escola tocavam, e outras crianças começavam a correr —

eu sempre tive um grande terror de chegar atrasado —, então tínhamos que correr também e o tempo todo pensava: "Ela vai contar; ela não vai contar." Acontece que ela nunca contou, nem uma vez, mas sempre havia a possibilidade de contar, uma possibilidade cada vez maior (não contei ontem, mas pode ter certeza de que contarei hoje) da qual ela nunca desistiu. E às vezes — imagine, Milena — ela ficava tão brava que até batia os pés na rua, e de vez em quando havia uma mulher vendendo carvão por perto, no observando.

Milena, quanta bobagem! E o quanto eu pertenço a você, mesmo com toda essa bagagem de cozinheiras e ameaças, essa poeira terrível, que foi levantada por 38 anos e agora está se instalando em meus pulmões. Mas não era nada disso que eu queria lhe dizer, ou pelo menos queria dizer de forma diferente; é tarde, preciso dormir, e não vou conseguir fazê-lo porque vou parar de escrever para você. Em algum momento, se quiser saber como foram meus primeiros anos, eu lhe enviarei de Praga a enorme carta que escrevi para meu pai há cerca de meio ano, mas que ainda não lhe entreguei. E vou responder a sua carta amanhã, ou, se não tiver tempo, então no dia seguinte. Como decidi não visitar meus pais em Franzensbad, vou ficar mais alguns dias, embora simplesmente ficar deitado na varanda não mereça realmente ser chamado de decisão.

F.

E mais uma vez obrigado por sua carta.

✦✦✦

Merano, 23 de junho de 1920

Quarta-feira

É difícil dizer a verdade, pois há apenas uma, que está viva e, portanto, tem um rosto vivo e mutável ("nunca realmente bonita, de modo algum, talvez bonita em certas ocasiões"). Se eu tivesse respondido na segunda-feira à noite, teria sido terrível; fiquei deitado na cama como se estivesse pendurado, jogado em um cabide, e a noite inteira fiquei formulando minha resposta para você, discutindo com você, tentando me afastar de mim mesmo, me xingando; também porque eu havia recebido a carta tarde da noite, e estava muito sensível e chateado com o horário para ler palavras sérias. Então, parti cedo para Bolzano, pegando o trem elétrico para Klobenstein, a 1.200 metros de altura. Atravessando as montanhas Dolomitas, respirei o ar puro, um tanto frio, e o fiz com certeza não inteiramente em sã consciência. Mais tarde, no caminho de volta, escrevi o seguinte para você, que agora copio, embora até isso me pareça muito duro, pelo menos hoje; os dias mudam: finalmente estou sozinho, o engenheiro ficou em Bolzano; eu estou voltando.

O fato de o engenheiro e as paisagens estarem entre nós não me causou muito sofrimento, já que eu mesmo não estava inteiramente lá. Passei a noite passada até meia-noite e meia com você, escrevendo, e ainda mais pensando; depois fiquei na cama até as seis da manhã, mal dormindo. Depois, dei um pulo, como um estranho puxando outro estranho para fora da cama, e isso foi uma coisa boa, pois de outra forma eu teria escrito e cochilado o dia inteiro em Merano sem nenhum consolo. Não importa que essa excursão mal tenha aderido a minha consciência e que permaneça em minha memória apenas como um sonho muito vago. A noite passou do jeito que passou porque, com sua carta (você tem esse olhar penetrante, o que por si só não significa muito — afinal, as pessoas andam pela rua quase pedindo para serem olhadas dessa maneira — mas você tem a coragem de corresponder ao seu olhar e, acima de tudo, o poder de enxergar além dele; essa capacidade de ver além é o principal, e você possui exatamente isso), despertou mais uma vez todos os velhos demônios que dormem com um olho fechado e outro aberto, esperando uma oportunidade. Claro que isso é assustador e me faz suar frio (eu juro: apenas por causa deles, por essas forças impalpáveis). No entanto, é uma coisa boa, é saudável, assistir às travessuras dessas forças e saber que elas estão lá.

Ainda assim, sua interpretação do meu "você deve sair de Viena" não está totalmente correta. Eu não escrevi isso de forma descuidada, (mas sob a impressão de todo o relatório; tal situação nunca havia me ocorrido antes; na época eu estava tão fora de mim que sua partida imediata de Viena parecia a coisa mais natural, porque considero — realmente muito egoisticamente — que o que me atingiria de raspão, seu marido me atinge em cheio, dez vezes e cem vezes mais forte, me cortando em pedaços. Não é diferente de você, de como me atinge). Eu também não temo o fardo material (não ganho muito, mas seria suficiente para nós dois, acho, salvo qualquer doença, é claro), e além disso, sou sincero desde que tenha o poder de pensar e me expressar (eu era antes assim também, mas você é realmente a primeira a fazer essa observação útil). A única coisa que eu temo — e temo isso de olhos bem abertos, enquanto me afogo, impotente (se pudesse dormir tão profundamente quanto me afundo no medo, não estaria mais vivo) — é essa conspiração interna contra meu próprio ser (que a carta ao meu pai vai ajudar a entender melhor, embora não inteiramente, já que é muito focada em seu propósito), que se baseia no fato de que eu, sendo ainda mais fraco que um peão grande jogo de xadrez, agora quero tomar o lugar da rainha, contra todas as regras e para a confusão do jogo todo. Eu, o peão de um peão, uma peça que nem existe, que nem está no jogo; e depois posso querer tomar o lugar do rei também ou até do tabuleiro inteiro.

Além disso, se tal coisa fosse o que eu realmente quero, então teria que acontecer de alguma outra forma, ainda mais desumana. Por isso, a sugestão que fiz significa muito mais para mim do que para você. No momento, é a única coisa que não gera dúvidas, que não adoeceu, e que me deixa incondicionalmente feliz.

Foi assim ontem; hoje, por exemplo, eu diria que certamente vou a Viena, mas como hoje é hoje e amanhã é amanhã, vou me permitir um pouco de liberdade. De qualquer forma, não vou surpreendê-la, nem chegarei depois de quinta-feira. Se eu for, vou enviar uma carta por correio pneumático — não vou conseguir ver ninguém além de você, isso eu sei — e certamente não antes de terça-feira. Chegaria na estação Südbahnhof, e ainda não sei de onde partiria, então ficaria em algum lugar perto de lá. É uma pena eu não saber onde você dá suas aulas, já que eu poderia esperar por você lá às 5h. Devo ter lido esta frase uma vez em um conto de fadas, em algum lugar perto da outra frase: "E eles viveram felizes para sempre." Hoje eu olhei para um mapa de Viena, e por um momento me pareceu incompreensível terem construído uma cidade tão enorme, quando nós apenas precisamos de um quarto.

F.

Talvez eu também tenha endereçado cartas a Pollak para o serviço de entrega geral do correio.

✶✶✶

Merano, 24 de junho de 1920

Quinta-feira

Uma pessoa é muito mais brilhante sem descanso do que depois de uma boa noite de sono. Ontem eu tinha dormido um pouco melhor, e imediatamente escrevi algumas bobagens sobre a viagem a Viena. Afinal, essa viagem não é algo trivial, e não é para brincadeiras. Não vou surpreendê-la sob nenhuma circunstância; eu tremo só de pensar. Eu nem vou entrar no seu apartamento. Se você não receber uma carta pneumática até quinta-feira, então eu fui para Praga. A propósito, disseram-me que chegaria em Westbahnhof — acho que escrevi Südbahnhof — mas isso é irrelevante. Embora eu não seja nada prático, mas negligente e difícil de entusiasmar, não sou excessivamente assim (desde que eu tenha dormido um pouco), você não precisa se preocupar com isso; se eu embarcar no trem com destino a Viena, provavelmente desembarcarei em algum lugar de Viena: apenas tomar o rumo é um pouco difícil. Então adeus (mas não precisa ser em Viena, também pode ser através de cartas).

F.

Ropucha é bonita... sim, mas não muito bonita; a história é como uma centopeia: assim que fixada humoristicamente, fica paralisada, não consegue mais se mover, nem mesmo para trás, e toda a liberdade e movimento da primeira metade é perdida. Mas tirando isso, parece uma carta de Milena J. — e se for uma carta, vou responder. E em relação a Milena, o nome não tem nada a ver com germanismo e judaísmo. As pessoas que melhor entendem tcheco (além dos judeus tchecos, é claro) são os cavalheiros do Naše Řeč; em seguida, vêm os leitores desse jornal, e depois os assinantes — dos quais eu sou um. Como tal, posso afirmar que a única coisa realmente tcheca no nome Milena é o diminutivo: milenka. Gostem ou não, é o que diz a filologia.

***

Merano, 25 de junho de 1920

Estamos realmente começando a nos entender mal, Milena. Você acha que eu queria ajudá-la, mas era a mim que eu estava tentando ajudar. Não falemos mais sobre isso. Até onde eu sei, não te pedi pílulas para dormir. Eu mal conhecia Otto Gross; mas percebi que havia nele certa essência, algo que pelo menos tentava estender a mão em meio a tudo tão "ridículo". O humor desnorteado de seus amigos e parentes (esposa, cunhado, até mesmo o bebê estranhamente quieto entre as malas — ali para que ele não caísse da cama quando estivesse sozinho — que bebia café preto, comia frutas ou qualquer outra coisa que você queira citar) lembrava um pouco o clima que prevalecia entre os discípulos de Cristo enquanto estavam sob o Crucificado.

Na época eu estava vindo de Budapeste, onde tinha acompanhado minha noiva, voltando para Praga e para minha hemorragia. Gross, sua esposa e cunhado estavam todos no mesmo trem noturno. Kuh cantou e fez barulho durante metade da noite, tímido e não tímido ao mesmo tempo, como sempre; a mulher estava encostada em um canto, cercada pela sujeira — só conseguimos assentos no corredor — e estava dormindo (muito cuidada por Gross, mas sem resultado aparente). Durante a maior parte da noite, no entanto, Gross conversou comigo (exceto pequenas interrupções, quando ele provavelmente estava se injetando com alguma substância), pelo menos parecia assim para mim, pois eu realmente não conseguia entender nada. Ele demonstrou seu aprendizado com uma passagem da Bíblia que eu não conhecia, fato que não admiti por covardia e cansaço.

Continuou interminavelmente desdobrando essa passagem, acrescentando material novo continuamente, e exigindo incessantemente minha concordância. Eu acenava com a cabeça mecanicamente, enquanto ele praticamente desaparecia diante dos meus olhos. Aliás, acho que também não teria entendido se estivesse acordado — meu próprio pensamento é frio e lento. Assim passou a noite. Mas também houve outras interrupções. Ocasionalmente, ele ficava de pé e se agarrava a algo acima dele, sendo empurrado pelo trem até o ponto em que ficava completamente relaxado e até dormia. Mais tarde, em Praga, só o vi de passagem.

A falta de musicalidade não é tão claramente um infortúnio como você diz — em primeiro lugar, não é para mim; herdei dos meus antecessores (meu avô paterno era açougueiro em uma vila perto de Strakonitz; nunca comerei a quantidade de carne que ele abateu) e isso me dá algo em que me agarrar; o parentesco significa muito para mim, mas é definitivamente um infortúnio geral para a humanidade, semelhante ou igual a ser incapaz de chorar ou dormir. De qualquer forma, entender pessoas que são musicais significa quase a mesma coisa que ser musicais.

F.

Então, se eu chegar a Viena, ligo ou escrevo pelo correio, terça ou quarta. Tenho certeza de que coloquei selos em todas as cartas; você não vê no envelope que os selos foram arrancados?

***

Merano, 25 de junho de 1920
Sexta-feira à noite

O que escrevi nesta manhã pareceu bem tolo, e agora, aqui estão suas duas cartas, repletas de gentileza. Pretendo responder oralmente a elas. Estarei em Viena na terça-feira, a menos que ocorra algo inesperado, seja dentro ou fora dos planos. Talvez fosse uma boa ideia comunicar hoje (considerando que terça-feira é um feriado; o local onde eu normalmente enviaria um telegrama ou uma carta pneumática pode estar fechado) onde pretendo aguardar por você. No entanto, sinto que seria sufocante se eu escolhesse um lugar agora e depois tivesse que olhar para esse local vazio durante três dias e três noites, esperando a terça-feira chegar em um horário específico. Milena, será que em qualquer parte do mundo existe paciência suficiente para mim? Por favor, me diga na terça-feira.

F.

***

Viena, 29 de junho de 1920
M. Jesenska
Viena VIII

Entrega Geral do Correio
Correios Bennogasse-Josefstädter strafse

Terça-feira 10h

Esta carta provavelmente não chegará antes das 12h, ou para ser mais preciso, tenho absoluta certeza de que não chegará, pois já são 10h. Portanto, não a receberá até amanhã de manhã — o que, na verdade, talvez seja o ideal. Neste momento, estou em Viena, sentado em um café na Südbahnhof (que tipo de cacau será esse? Que tipo de doçura? É disso que se sustenta?). No entanto, não estou completamente aqui, visto que não consegui dormir nas últimas duas noites. A incerteza é se conseguirei dormir na terceira, noite no Hotel Riva, onde estou hospedado, perto de uma garagem.

Encontrar palavras mais adequadas está difícil. A melhor forma de expressar o meu intento é: estarei esperando por você na quarta-feira a partir das 10h da manhã, em frente ao hotel. Peço, Milena, que não me pegue de surpresa vindo pelos lados ou por trás. Eu, da minha parte, prometo não fazer o mesmo. Hoje, provavelmente irei visitar os pontos turísticos: a Lerchenfelder Strasse, a agência dos correios, o anel da Südbahnhof até a Lerchenfelder Strasse, a mulher que vende carvão e outras coisas do gênero — tentando ser o mais invisível possível.

Seu.

***

Praga, 4 de julho de 1920
Domingo

Hoje, Milena, Milena, Milena... não consigo encontrar mais palavras. Mas vou tentar. Hoje, Milena, tenho apenas pressa, exaustão, solidão (uma solidão que será verdade também amanhã). Por que não haveria de estar cansado? Prometem férias para um homem doente por um quarto de ano e lhe concedem apenas 4 dias; depois, somente uma parte da terça-feira e domingo, até mesmo encurtando as manhãs e as noites. Será que não estou completamente recuperado? Eu não deveria estar? Milena! (Sussurrado em seu ouvido esquerdo, enquanto você repousa em um sono profundo e sereno — movendo-se lentamente, inconscientemente, virando da direita para a esquerda em direção à minha boca).

E a viagem? No começo, foi totalmente descomplicada. Não havia um único jornal na plataforma. Uma razão para voltar atrás: você já não estava lá — tudo bem. Então embarquei, o trem partiu, comecei a ler meu jornal, e ainda estava tudo bem. Mas depois, em determinado momento, parei de ler, e de novo notei que você já não estava mais lá; ou na verdade estava, e eu senti sua presença com toda a minha alma. No entanto, esse tipo de "estar lá" era muito diferente do que experimentamos durante os 4 dias, e precisei me ajustar a isso primeiro. Voltei a minha leitura, mas a passagem do *Diário de Bahr* que eu estava lendo começou com uma descrição de Bad Kreuzen, perto de Grein, no Danúbio. Parei de ler nesse ponto; porém, ao olhar para fora, um trem estava passando, e no vagão estava escrito: Grein. Olhei de volta para dentro do compartimento. Na minha frente, um homem lia o *Národní Listy* do domingo passado. Ao ver um folhetim de Ruzena Jesenská, peguei emprestado, e comecei a ler sem objetivo; larguei-o e então permaneci sentado ali, com a mesma expressão da nossa despedida na estação. O que ocorreu na plataforma foi um fenômeno natural que jamais havia testemunhado antes: a luz do sol enfraquecida, não por causa das nuvens, mas por sua própria vontade. O que mais posso dizer? Minha garganta se recusa a cooperar, assim como minhas mãos aos escrever.

Com carinho,
Seu.

Amanhã, compartilharei a incrível história do restante da viagem.

★★★

Praga, 4 de julho de 1920

Domingo, pouco depois

Um mensageiro me trouxe a carta que está anexada (por favor, a rasgue imediatamente, também a do Max), e ele quer uma resposta imediata. Estou escrevendo para informar que estarei lá às 9h. O que preciso expressar é tão evidente, mas como fazê-lo, não tenho certeza. Querido Deus: se fosse casado, retornaria ao lar e, ao invés do mensageiro, encontraria a cama à espera, impossível de ser escondida e desprovida de qualquer passagem subterrânea que me levasse a Viena! Digo isso para mim mesmo, como um meio de perceber o quão simples é a complexidade que está por vir.

Com carinho,
Seu.

Estou enviando a carta, como se ao fazer isso, pudesse de alguma forma trazê-la para perto de mim, especialmente próximo, enquanto caminho de um lado para o outro diante da casa.

***

Praga, 4-5 de julho de 1920

Domingo 11h30

3)

Estou numerando pelo menos estas cartas. Nenhuma delas irá se perder indo até você, assim como eu não poderia perder o rumo do meu olhar, olhando-a, no pequeno parque. Não houve resultados, apesar do fato de que tudo está tão claro e de que eu o expressei de maneira tão clara. Não vou entrar em detalhes, exceto que ela não expressou uma única palavra que demonstrasse qualquer ressentimento em relação a você ou a mim. Fui tão transparente a ponto de parecer insensível. A única coisa que pude dizer sinceramente foi que nada havia mudado entre ela e eu, e que dificilmente mudaria. Apenas... não mais. É repugnante, é o trabalho de um carrasco, mas não o meu. Porém, há apenas uma coisa, Milena: se ela ficar gravemente doente (ela parece muito mal e seu desespero não tem limites; tenho que vê-la novamente amanhã à tarde) — enfim, se ela ficar doente ou se algo mais acontecer, isso está além do meu controle. Só posso continuar a dizer a ela a verdade, e essa verdade não é apenas isso, é mais: é meu ser dissolvido em você enquanto estou ao lado dela. Então, se algo acontecer, Milena, você precisará vir.

F.

Besteira: é claro que você não pode vir, pelos mesmos motivos. Amanhã, enviarei a carta do meu pai para o seu apartamento. Por favor, cuide bem dela. Ainda posso querer entregá-la um dia. Se possível, não deixe que ninguém leia. E enquanto lê, entenda todas as sutilezas de um advogado — é uma carta de um advogado. E, ao mesmo tempo, nunca se esqueça da sua grande capacidade de ponderar "apesar de tudo".

Na manhã de segunda-feira,

Estou lhe enviando *O Pobre Violinista* hoje, não porque isso signifique muito para mim, embora eu já o tenha lido anos atrás. Em vez disso, estou enviando porque é tão vienense, tão desprovido de sonoridade bela, tão melancólico... Ele estava nos observando no Volksgarten: nós dois! Você estava caminhando ao meu lado; pense nisso, estava ao meu lado... E ele é tão burocrático (o personagem), que amava uma garota talentosa nos negócios.

✱✱✱

Praga, 5 de julho, de 1920
Segunda-feira de manhã

4)

Recebi a carta de sexta-feira mais cedo, seguida pela carta da noite de sexta. A primeira é tão melancólica... melancólica como uma estação triste, e não tanto pelo conteúdo, mas pelo tempo em que foi escrita, pois tudo aquilo já passou: a trilha que compartilhamos, a periferia, a carona. Claro que jamais esqueceremos disso, essa jornada que fizemos juntos, direta como uma flecha, pela rua de paralelepípedos, de volta à avenida sob o sol da tarde. Ela (a flecha) não vai parar, mas mesmo assim seria ridículo dizer que não, pois um dia vai.

Aqui, documentos estão espalhados, entre eles algumas cartas que acabei de ler. Houve uma troca de saudações com o diretor em seu escritório (não me deram dispensa), e com colegas aqui e ali. E, acompanhando tudo isso, há um pequeno sino tocando em meus ouvidos: "Ela não está mais com você". É claro que também há um sino mais poderoso tocando em algum lugar no céu: "Ela não vai te deixar". No entanto, o pequeno sino está incessantemente presente em meus ouvidos. Novamente, há a carta da noite. É impossível compreender como meu peito pode se expandir e contrair o suficiente para respirar esse ar. É impossível compreender como você pode estar tão distante. E, ainda assim, não estou reclamando. Tudo isso não se trata de uma queixa, e tenho sua palavra.

Agora, contarei a história da viagem, e depois você pode seguir adiante e dizer que não é um anjo. Eu já sabia há muito tempo que meu visto austríaco havia acabado de fato (e simbolicamente) há dois meses atrás. No entanto, em Merano, me disseram que não seria necessário para trânsito, e de fato não tive problemas ao cruzar a fronteira austríaca. Por conta disso, esqueci completamente dessa omissão enquanto estava em Viena. Em Gmunden, no entanto, o oficial de controle de passaportes, um jovem, descobriu. Meu passaporte foi separado; todos os outros foram autorizados a passar pela inspeção alfandegária, exceto eu. Isso já foi ruim o suficiente (afinal, é meu primeiro dia de volta e estou sendo constantemente interrompido). Não preciso ouvir as fofocas do escritório, pelo menos ainda não, e as pessoas estão entrando o tempo todo, querendo me afastar de você. Quer dizer, me afastar de você em pensamento, mas eles não terão sucesso, certo, Milena? Ninguém jamais vai ter sucesso nisso, não é?

Então, foi assim: um guarda da fronteira se aproximou — amigável, acessível, austríaco, interessado, cordial. Ele me leva por escadas e corredores até a sala do inspetor-chefe. Uma mulher judia romena estava lá com um passaporte igualmente problemático, e estranhamente, também tinha um emissário amigável, o seu "anjo dos judeus". No entanto, as forças opostas eram muito mais poderosas. O inspetor e seu assistente (ambos amarelados, magros, taciturnos, pelo menos até aquele momento) assumiram o controle do meu passaporte. O inspetor disse, rapidamente: "Volte a Viena e obtenha o visto na sede da polícia!" Não havia nada que eu pudesse fazer além de repetir várias vezes: "Isso é terrível para mim". O inspetor também repete sua resposta várias vezes, com ironia e raiva: "Você só acha que é terrível". "O visto não pode ser obtido por telegrama?" "Não." "Mesmo se eu pagar todas as taxas?" "Não." "Não há uma autoridade superior aqui?" "Não."

A mulher, vendo meu desespero, permanece admiravelmente calma, e pede ao inspetor que pelo menos nos deixe passar. Suas preces são muito fracas, Milena. Você não iria me tirar dessa situação com preces fracas. Devo voltar para o controle de passaportes e recuperar a minha bagagem; não há dúvida de que irei embora hoje. Então fomos conduzidos juntos até a sala do inspetor-chefe. O guarda nos ofereceu pouco conforto, exceto que as passagens de trem poderiam ser alteradas. O inspetor então disse suas últimas palavras e se retirou para o seu escritório privado, deixando apenas o pequeno assistente lá. Eu calculei: o próximo trem para Viena sai às 22h e chega às 2h30. Ainda estou coberto de picadas de insetos de Riva. Como será o meu quarto na estação de Franz Josefs Bahnhof? Mas, como eu não tenho um quarto, vou para Lerchenfelder Strasse (sim, às 2h30) e peço um quarto (sim, às 5h). De qualquer forma, não importa o que aconteça, eu devo obter o visto na manhã de segunda-feira (vou obtê-lo imediatamente ou devo esperar até terça-feira?), depois vou até sua casa e a surpreenderei. Meu Deus.

Nesse ponto, minha mente faz uma pausa, mas depois continua: em que estado estarei depois de uma noite assim e dessa viagem? À noite, ainda devo pegar o trem que leva dezesseis horas. Como estarei quando chegar em Praga, e o que o diretor vai dizer? A quem pedirei permissão médica mais uma vez? Ora, você não quer que isso aconteça, mas o que realmente quer? Não há saída. Me ocorreu que a única pequena alegria seria passar a noite em Gmunden e esperar até a manhã para viajar a Viena. Assim, já esgotado, pergunto ao tranquilo assistente sobre um trem matinal. Há um às 5h30 que chega às 11h. Bem, vou pegar aquele trem, e a romena também. Mas, de repente, a conversa muda, eu não sei como. Pelo menos, em um momento de clareza, fica evidente que o pequeno assistente quer nos ajudar. Se ficarmos em Gmunden durante a noite, na manhã seguinte, quando ele estiver sozinho no escritório, nos deixará secretamente embarcar no trem local para Praga. Chegaremos lá às 16h.

No entanto, devemos dizer ao inspetor que pegaremos o trem da manhã para Viena. Maravilhoso! Bem, pelo menos relativamente maravilhoso, já que ainda devo enviar um telegrama para Praga. Mesmo assim. O inspetor chega, e então apresentamos uma pequena peça de comédia sobre pegar o trem da manhã para Viena. O assistente nos manda embora, mas devemos fazer uma visita secreta a ele mais tarde à noite para discutir os detalhes restantes. Na minha confusão, acredito que tudo isso é de sua autoria, quando na realidade é apenas o último esforço de forças maiores. Então, agora, saímos lentamente da estação, a mulher e eu (o trem expresso que deveria nos levar ainda está lá; a inspeção alfandegária está demorando). A que distância fica o centro da cidade? Uma hora de viagem. Também não é problema. Acontece que há dois hotéis na estação; vamos a um deles. Há uma plataforma bem ao lado do hotel, mas ainda temos que atravessá-la; vem um trem de carga. Eu quero correr pelos trilhos, mas a mulher me segura, e temos que esperar. Uma pequena contribuição para o nosso infortúnio, pensamos.

No entanto, precisamente esse momento de espera, sem o qual não teria chegado a Praga no domingo, é o ponto de virada. É como se você tivesse corrido para cima e para baixo batendo em todos os portões do céu para interceder por mim, assim como correu de hotel em hotel na Westbahnhof. Pois agora o guarda está correndo atrás de nós pelo longo corredor da estação, sem fôlego, gritando: "Depressa, volte, o inspetor está permitindo que vocês passem!" Isso é possível? Momentos como esse fazem uma pessoa se emocionar até o cerne. Suplicamos ao guarda dez vezes antes que ele aceitasse o dinheiro.

Mas agora temos que correr de volta, buscar nossas bagagens na sala do inspetor, correr com elas até o controle de passaportes e depois para a alfândega. Porém, está tudo bem. Não consigo levar minhas malas adiante — por sorte, há um carregador ali ao lado. No controle de passaportes, encontro uma multidão, mas o guarda abre caminho para mim. Na alfândega, eu perco sem perceber meu estojo de abotoaduras douradas — um funcionário o encontra e me entrega. Estamos a bordo do trem e partimos imediatamente. Finalmente, consigo limpar o suor do rosto e do peito. Fique sempre comigo!

F.

***

Praga, 5 de julho de 1920
Segunda-feira

5) Eu acho

Naturalmente, eu deveria ir dormir, já é 1h da manhã. Eu teria escrito para você muito antes esta noite, mas Max estava aqui, a quem eu realmente queria ver e com quem não pude me encontrar devido à presença da garota e minhas preocupações com ela. Passei um tempo com ela até por volta das 20h30. Max disse que passaria às 21h, então saímos para andar um pouco até 12h30. Imagine só: ele não percebeu o que eu acreditava estar incrivelmente claro em minhas cartas: que era você de quem eu estava falando. Não percebeu, e ainda não sabe seu nome até hoje (afinal, eu nunca o soletrei de forma tão direta, já que sua esposa poderia ler as cartas). E agora, mais uma vez, Milena, aqui está outra de minhas mentiras: você perguntou uma vez, chocada, se eu achava que o caso de Reiner nas cartas de ~~Mile~~ (eu queria escrever "Max", mas escrevi "Milena", depois risquei o nome; não me condene por isso, realmente me machuca tanto que quero chorar.) de Max foram um alerta. Eu não havia pensado nisso exatamente como um alerta, e sim apenas como um acompanhamento musical para o texto, as ser escutado, no entanto, quando percebi o quanto você estava assustada, menti conscientemente para você (tive que me levantar, em algum lugar havia um rato roendo), negando qualquer conexão entre os casos. Embora realmente não houvesse nenhuma conexão, eu não tinha certeza e, portanto, menti.

NA MARGEM: Apesar de tudo, eu acredito que se é possível morrer de felicidade, então certamente o farei. E se alguém que está destinado a morrer puder ser mantido vivo pela felicidade, então eu continuarei vivo.

Sobre a garota: ela estava melhor hoje, mas isso veio com o custo de eu ter permitido que ela escrevesse para você. Sinto muito por ter feito isso. O telegrama que enviei hoje ao correio em seu nome é uma clara indicação de minha preocupação por você: "A garota está escrevendo a você, por favor, responda gentilmente e" — aqui eu realmente queria acrescentar "muito gentilmente" — "firmemente, e não me abandone." No geral, as coisas correram melhor hoje, eu consegui falar calmamente sobre Merano, e o clima ficou menos sombrio. Mas assim que a conversa voltou ao assunto principal (ela estava tremendo incontrolavelmente por minutos ao meu lado na Karlsplatz), a única coisa que pude dizer foi que perto de você, tudo o mais, mesmo que não tenha mudado em sua essência, desaparece e perde importância. Ela fez a última pergunta, da qual nunca consegui me defender: "Eu não posso ir embora, mas se você me mandar ir, eu vou. Está me dispensando?" (Há algo muito repulsivo, além da arrogância, ao lhe dizer isso, mas estou fazendo por medo. O que eu não faria por medo em relação a você... Veja que estranho novo tipo de medo.) Respondi: "Sim". E ela disse: "Mas eu não posso ir." E então continuou falando além de suas forças, coitada, dizendo que não entendia nada, que você amava seu marido e ainda estava falando comigo em segredo, etc. Por isso, eu tive vontade de bater nela, e deveria ter feito isso.

Mas, não era obrigado a deixá-la pelo menos desabafar suas reclamações? Ela mencionou que gostaria de escrever para você, e em minha preocupação por ela — e minha confiança ilimitada em você — eu consenti, mesmo sabendo que isso me custaria algumas noites de sono. Fiquei chateado especialmente porque esse consentimento a acalmou. Seja gentil e firme, mas mais firme do que gentil. O que estou dizendo? Eu não sei qual abordagem é melhor. E eu não deveria ter medo, de que em seu desespero ela possa escrever algo insidioso e colocá-la contra mim, sendo isso uma grande desonra para você? Claro que é, mas o que devo fazer se esse medo, e não meu coração, está batendo dentro do meu peito? Eu não deveria ter consentido, afinal.

E agora eu a verei novamente amanhã, pois é o feriado de Hus. Ela me implorou tanto para sair com ela, passear em algum lugar durante a tarde... Ela disse que não precisaria me ver pelo resto da semana. Talvez eu possa convencê-la a não escrever a carta, se ela ainda não o fez. Por outro lado, então penso eu: talvez ela apenas queira uma explicação. Talvez suas palavras a acalmem precisamente por sua firmeza amigável. Talvez — é assim que todos os meus pensamentos correm agora — ela se ajoelhe diante de sua carta.

Franz.

NA MARGEM: Outra razão pela qual eu a deixei escrever: ela queria ver algumas de suas cartas para mim, mas eu não posso mostrá-las a ela.

✶✶✶

Praga, 6 de julho de 1920
Terça-feira de manhã

6)

Um pequeno golpe me atingiu: um telegrama de Paris me informando que um velho tio meu — de quem gosto muito e que mora em Madri e não vem aqui há muitos anos — chegará amanhã à noite. Isso é um golpe porque o tempo está se esgotando, e eu preciso de todo o tempo que tenho e mil vezes mais do que isso. Acima de tudo, eu gostaria de ter todo o tempo disponível apenas para você, para pensar em você, para respirar você. Meu apartamento está me deixando inquieto, as noites estão me deixando inquieto. Gostaria de estar em um lugar diferente. Gostaria que muitas coisas fossem diferentes, e preferiria que o escritório não existisse; mas depois penso que mereço levar um tapa na cara por falar além do momento presente, este momento que é seu.

Então, posso ir ver Laurin? Ele conhece Pick, por exemplo. Será complicado dizer desta forma o motivo de estar em Viena? Por favor, escreva-me sobre isso. Max está muito chateado com suas notícias do sanatório em relação a Příbram. Ele está se culpando por ter interrompido irrefletidamente o que havia começado a providenciar para lá. Além disso, suas relações com as autoridades agora são tais que ele pode obter tudo o que é necessário sem grandes dificuldades. Ele pede urgentemente que você resuma o que irá dizer sobre a injustiça que está sendo feita lá. Se puder, envie-me este breve resumo quando tiver oportunidade. O nome do russo era: Sprach.

De alguma forma, não consigo escrever sobre nada além do que diz respeito a nós e apenas a nós, no meio deste mundo cheio de pessoas. Todo o resto parece estranho para mim. Não, isso está errado! Errado! Mas meus lábios estão balbuciando e meu rosto está deitado em seu colo. Viena deixou um sabor amargo para trás, posso dizer isso? Lá na floresta — acredito que foi no segundo dia — você disse algo como: "A batalha pelo salão da frente não pode durar muito." E agora, na penúltima carta para Merano, você escreve sobre sua doença. Como vou encontrar meu caminho entre essas duas coisas? Não estou dizendo isso por ciúmes, Milena, não estou com ciúmes. Ou o mundo é demasiado pequeno ou somos demasiado gigantescos; em qualquer caso, nós o preenchemos completamente. De quem eu deveria ter ciúmes então?

✳✳✳

Praga, 6 de julho de 1920
Terça-feira à noite

7)

Veja, Milena, agora estou lhe enviando a carta e não faço ideia do que ela contém. Aconteceu assim: eu tinha prometido a ela que estaria a esperando na frente de sua casa esta tarde às 15h30. Deveríamos fazer um passeio de barco a vapor, mas ontem à noite fui para a cama muito tarde e mal consegui dormir; então esta manhã mandei-lhe uma carta pneumática dizendo que eu precisava dormir pela tarde, e não poderia ir até as 18h. Em minha inquietação, que não seria aplacada por todas as salvaguardas das cartas e telegramas, acrescentei: "Não envie a carta a Viena até que a tenhamos discutido". No entanto, ela já a havia escrito esta manhã, meio fora de si — ela não consegue nem dizer o que escreveu — e a enviou para a caixa de correio imediatamente.

Ao receber minha carta, a pobre menina correu para o correio principal, absolutamente horrorizada, e conseguiu interceptar a carta em algum lugar, ficando tão feliz que entregou ao funcionário todo o dinheiro que tinha, na esperança de que fosse trazida para mim à noite. O que devo fazer agora? Afinal, minha esperança de uma solução rápida e completamente feliz repousa nesta carta e no efeito de sua resposta: admito que é uma esperança irracional, mas é a única que tenho. Se eu agora abrisse a carta e a lesse, em primeiro lugar, a irritaria, e em segundo, então seria impossível para mim enviá-la.

Portanto, coloco-a selada em suas mãos, totalmente, completamente — assim como já me coloquei nelas. Está um pouco nublado em Praga, e não recebi nenhuma carta; meu coração está um pouco pesado. Claro que é impossível que uma carta já esteja aqui, mas explique isso ao meu coração.

F.

Seu endereço:
Julie Wohryzek
Praga II
Na Smĕckách 6

✶✶✶

Praga, 6 de julho de 1920

Terça-feira, ainda mais tarde

8)

Assim que enviei a carta pelo correio, me ocorreu: como eu poderia ter pedido a você para fazer isso? Além do fato de que só depende de mim fazer o que deve ser feito, provavelmente é impossível para você escrever e confiar tal resposta a um estranho. Então agora, Milena, perdoe as cartas e os telegramas, atribua-os à minha razão enfraquecida por me separar de você; não importa se não responder, eu vou ter que encontrar outra solução. Não se preocupe com isso. Apenas estou exausto da caminhada que fiz hoje na Escarpa Vyšehrad. Além disso, meu tio chegará amanhã e não terei muito tempo para mim. Mas um assunto melhor: sabe quando esteve mais bem vestida em Viena, absolutamente, absurdamente bem vestida? Não pode haver discussão sobre isso: foi no domingo.

✶✶✶

Praga, 7 de julho de 1920
Quarta-feira à noite

9)

Apenas algumas palavras para consagrar meu novo apartamento, escritas com a maior pressa porque meus pais estão chegando de Franzensbad às 10h e meu tio às 12h de Paris, e eles querem se encontrar; apartamento novo porque, para dar espaço ao meu tio, mudei-me para a casa da minha irmã, que está vazia enquanto ela está em Marienbad. Um grande apartamento vazio, que maravilha; a rua, no entanto, é mais barulhenta — mesmo assim, não é um comércio tão ruim. E eu tenho que escrever para você, Milena, porque você pode concluir pelas minhas últimas cartas cheias de lamentações (eu rasguei a pior esta manhã por vergonha; pense bem, eu ainda não tenho notícias suas, mas é estúpido reclamar do correio — o que isso tem a ver com os correios?) que tenho incertezas a seu respeito, tenho medo de perdê-la: não, não estou incerto.

Você poderia ser o que é para mim, caso eu não tivesse certeza? Sinto-me assim por conta de nossa breve proximidade física, e então súbita separação. (Por que tinha que ser domingo? Por que às 7h? Por que tinha que assim acontecer?) A coisa toda pode ser um pouco confusa. Me perdoe! E quando você for para a cama esta noite, como um desejo de boa noite meu, absorva, em uma só respiração, tudo o que sou e tenho: coisas que alegremente descansaram dentro de você.

F.

***

Praga, 8 de julho de 1920
Quinta-feira de manhã

10)

A rua é barulhenta, e além disso, há obras acontecendo no sentido diagonal oposto; bem em frente não há uma igreja russa, mas apartamentos cheios de pessoas. No entanto, aguentar estar sozinho em um quarto pode ser um pré-requisito para a vida, enquanto estar sozinho em um apartamento é um — para ser exato — pré-requisito temporário para a felicidade (um pré-requisito, pois para que serviria um apartamento se eu não estivesse vivo, se não tivesse uma casa onde pudesse descansar — algo como dois olhos azuis brilhantes, trazidos à vida por alguma graça inconcebível). Mas do jeito que está, o apartamento faz parte da minha felicidade; tudo está quieto: o banheiro, a cozinha, o hall da frente, os quartos adicionais — não como aqueles apartamentos comuns: cheios de barulho, luxúria, incesto de corpos dissolutos, pensamentos e desejos há muito descontrolados, onde acontecem coisas impróprias e aleatórias, onde os casos ilícitos acontecem, onde os filhos ilegítimos são concebidos, em cada canto, atrás de cada peça de mobiliário, e onde isso não para de acontecer, diferente dos subúrbios tranquilos e vazios de domingo, mais como os subúrbios selvagens, superlotados e sufocantes em um implacável, interminável sábado à noite.

Minha irmã veio de longe para me trazer o café da manhã (o que não era necessário, já que eu mesmo teria ido para casa) e teve que ligar para que eu finalmente acordasse dessa carta e do meu isolamento.

F.

O apartamento não me pertence, é claro; meu cunhado também vai ficar aqui, de vez em quando durante o verão.

***

Praga, 8 de julho de 1920
Quinta-feira de manhã

11)

Finalmente sua carta. Apenas algumas palavras apressadas sobre o assunto principal, embora a pressa possa causar algumas imprecisões que mais tarde lamentarei: porque nós três nos conhecemos independentemente, este caso é diferente de todos os outros que conheço; então não há necessidade de torná-lo mais sombrio do que é citando experiências de outros casos (uma tortura para três; para dois, pode ser motivo para desaparecer). Não sou amigo dele; não traí um amigo, mas também não sou apenas conhecido dele; em vez disso, estou ligado a ele, em alguns aspectos talvez mais do que a um amigo. Nem você o traiu, já que você o ama. O que quer que você possa dizer quando nos unirmos (agradeço, olhe meus ombros!) será em um nível diferente, fora de seu domínio.

Consequentemente, este não é apenas um assunto exclusivo para ser mantido em segredo, nem também um tormento, uma ansiedade, uma dor, uma preocupação: sua carta me tirou do estado relativamente calmo que eu ainda estava desfrutando, por estarmos juntos, e que agora pode voltar à turbulência de Merano, embora existam poderosos obstáculos no caminho de tal reversão. É muito mais uma questão aberta — e clara em sua abertura — entre nós três, mesmo que você deva ficar em silêncio por um tempo.

Eu também sou muito contra meditar sobre todas as possibilidades (eu sou contra isso porque tenho você; se eu estivesse sozinho, nada poderia me impedir de tais ruminações), pois isso transforma alguém no presente em um campo de batalha do futuro, e como um terreno tão devastado pode abrigar uma casa no futuro? No momento não sei de mais nada, estou de volta ao trabalho há três dias, e não escrevi uma linha; talvez eu consiga agora. Aliás, Max apareceu enquanto eu escrevia isso; nem é preciso dizer que seu silêncio é confiável; Todos, exceto as irmãs, pais, garota e ele, voltamos via Linz.

F.

Posso enviar-lhe algum dinheiro? Talvez por meio de Laurin, a quem explico que você me emprestou dinheiro em Viena, assim ele pode enviar junto com seus honorários? Também estou um pouco assustado com o que você prometeu escrever, algo sobre medo.

***

Praga, 9 de julho de 1920
Sexta-feira

Toda escrita me parece fútil, e realmente é. O melhor provavelmente seria ir a Viena e levá-la embora. Eu posso até fazer isso, apesar de não querer que eu faça. Na verdade, existem apenas duas possibilidades, uma mais bonita que a outra: ou você vem para Praga ou vai para Liběšice. Eu fui ver Jílovský ontem, desconfiado, na velha tradição judaica, e o apanhei pouco antes de partir para Liběšice; ele tinha sua carta para Stasa. Ele é uma pessoa excelente: alegre, compreensível, inteligente, pega no braço, fala alto, está pronto para tudo, e entende de tudo e um pouco mais. Com a mulher, pretendia visitar Florian, que mora perto de Brünn, e de lá seguir para Viena para vê-la. Ele está voltando a Praga esta tarde e trará a resposta de Stasa. Falo com ele às 3h, e depois te envio um telegrama.

Perdoe o balbucio contido nas cartas, jogue-as fora; agora a realidade está a caminho, maior e melhor. No momento, a única coisa a temer, eu acho, é o seu amor por seu marido. A nova tarefa sobre a qual escreve certamente é difícil, mas não subestime a força que extraio ao estar perto de você. Claro que por enquanto não estou dormindo bem, mas estou muito mais calmo do que pensava ontem à noite quando fui confrontado com suas duas cartas (por acaso Max estava lá, o que não era necessariamente bom, já que era um assunto meu — oh, pobre Milena, o ciúme do homem não ciumento já está começando.)

O telegrama que você enviou hoje também é um pouco tranquilizador. Estou preocupado com seu marido agora, pelo menos no momento, mas não muito, não insuportavelmente. Ele assumiu uma tarefa enorme, que em parte (talvez inteiramente) executou com honra. Acho que ele não aguentaria mais do que isso, e não porque não tem forças para tal (qual é a minha força comparada à dele?), mas porque ele está muito sobrecarregado com tudo o que aconteceu antes, muito oprimido, privado da concentração que tal tarefa exigiria. Comparado a isso, pode realmente ser um alívio para ele. Por que eu não posso escrever para ele?

F.

***

Praga, 9 de julho de 1920
Sexta-feira

Apenas algumas palavras sobre a carta de Stasa: meu tio, que é muito gentil, mas agora um pouco incômodo, está esperando por mim. Bem, a carta de Stasa é realmente muito calorosa e amigável, exceto por um pequeno defeito, talvez a formalidade (o que não quer dizer que as cartas sem esse defeito sejam mais sinceras, provavelmente o oposto é verdadeiro), ainda que falte alguma coisa ou então contenha muito sobre outra. Talvez seja pela sua capacidade de pensar sobre as coisas, que ela parece herdar do marido, aliás; ele falou comigo ontem exatamente da mesma maneira; hoje, por outro lado, quando eu quis me desculpar pela desconfiança de ontem, ele me arrastou para fora, e desabafou um pouco, praticamente me mandando para casa — com a maior cordialidade possível — com a carta da Stasa e os detalhes do encontro que ela promete para segunda-feira. Mas por que eu deveria falar assim sobre essas pessoas realmente gentis? Ciúme, é ciúme mesmo, mas eu prometo a você, Milena, que nunca vou atormentá-la com isso; só eu, só eu mesmo devo ser atormentado.

No entanto, a carta parece conter um mal-entendido, pois o que você realmente queria não era o conselho de Stasa nem que ela falasse com seu marido; nada poderia substituir o que você mais desejava, ou seja, a presença dela. Assim me pareceu. E a questão do dinheiro não tem importância, já expliquei isso ao marido dela ontem. Então segunda-feira falarei com Stasa (além disso, Jílovský tem uma desculpa muito boa hoje, ele estava no meio de uma reunião de negócios; Pittermann e Ferenc Futurista estavam sentados na mesma mesa, esperando impacientemente para iniciar sua conferência sobre um novo cabaré). Realmente, se meu tio não estivesse esperando eu rasgaria esta carta e escreveria uma nova, principalmente porque por acaso há uma frase na carta de Stasa que torna tudo o mais aceitável, no que me diz respeito: "para viver com Kafka."

Espero receber mais notícias suas hoje. Acontece que sou um capitalista que nem sabe a extensão de suas posses. Esta tarde no trabalho, em vão pedindo por notícias suas, trouxeram-me uma carta que chegara a Merano pouco depois de eu ter ido embora (aliás, junto com um cartão de Příbram) — ler isso foi estranho.

Seu

***

Praga, 10 de julho de 1920
Sábado

14)

Isso é ruim: anteontem suas duas cartas infelizes chegaram, ontem nada mais que o telegrama (embora fosse de fato tranquilizador, ainda parecia um pouco remendado, como são os telegramas) e hoje nada. Essas cartas não foram exatamente reconfortantes para mim — longe disso — e nelas você disse que escreveria de novo imediatamente e não escreveu. Há duas noites enviei-lhe um telegrama urgente com resposta urgente pré-paga, que também deveria ter chegado há muito tempo. Repito o texto: "Foi a única coisa certa a fazer, fique calma, sua casa é aqui, Jílovský e sua esposa devem chegar a Viena em uma semana. Como devo enviar o dinheiro?" Mas não houve resposta — "Vá para Viena", digo a mim mesmo. "Mas Milena não quer que você vá, decididamente não. Você significaria uma decisão, e ela não quer decidir, ela tem preocupações e dúvidas, por isso quer Stasa." Apesar disso, devo ir, mas não estou bem.

No entanto, estou calmo, relativamente calmo, mais do que nunca esperei estar novamente nestes últimos anos, embora tenha tosse forte durante o dia e por quinze minutos seguidos durante a noite. Provavelmente é apenas uma questão de me adaptar a Praga, e a consequência do tempo caótico em Merano, o tempo antes de eu te conhecer e olhar em seus olhos. Quão escura Viena se tornou, e por quatro dias foi tão ensolarada. O que está sendo planejado para mim lá, enquanto estou sentado aqui? Paro de escrever e coloco meu rosto em minhas mãos?

F.

Então, olhei para fora, sentado em minha cadeira, pela janela aberta para a chuva, e várias possibilidades me ocorreram: que você poderia estar doente, cansada, na cama, que Kohler poderia agir como uma intermediária e então — curiosamente a possibilidade mais óbvia e natural — que a porta se abrirá e lá estará você...

***

Praga, 12 de julho de 1920
Segunda-feira

15)

Os últimos dois dias foram horríveis, para dizer o mínimo. Mas agora percebo que não foi culpa sua; algum demônio malicioso estava retendo todas as suas cartas de quinta-feira em diante. Na sexta-feira, recebi apenas seu telegrama; no sábado, nada; domingo, nada; hoje, quatro cartas, de quinta-feira, sexta-feira e sábado. Estou demasiadamente cansado para realmente conseguir escrever, demasiadamente cansado para de imediato encontrar nessas quatro cartas, nessa montanha de desespero, de sofrimento, de amor, de amor correspondido, aquilo que sobra para mim; quando estamos cansados, e, que atravessamos duas noites e dois dias nos consumindo nos pensamentos mais abomináveis, ficamos tão egoístas! Em todo caso — isso é fruto de sua energia vitalizadora, Mãe Milena —, no fundo estou menos destroçado do que talvez em todos os últimos sete anos, salvo o ano que passei no interior. Seja como for, ainda não entendo porque não recebi nenhuma resposta ao meu telegrama urgente de quinta-feira à noite. Liguei para Kohler, mas ainda não obtive resposta. Não tenha medo de que eu escreva para seu marido, realmente não tenho muita vontade de fazer isso. A única coisa que desejo é ir a Viena, mas também não farei isso — mesmo que não houvesse obstáculos, como sua oposição a minha ida, problemas de passaporte, trabalho, tosse, cansaço, ou o casamento da minha irmã (quinta-feira).

De qualquer forma, ir a Viena seria melhor do que passar as tardes como fiz no sábado ou no domingo. No sábado: eu andei um pouco com meu tio, um pouco com Max, e a cada duas horas corria para o escritório para verificar a correspondência. As coisas foram melhores à noite. Fui à casa de Laurin, e ele não tinha notícias ruins sobre você, mas também mencionou sua carta — o que me deixou feliz — e telefonei para Kisch no Neue Freie Presse. Ele também não tinha ouvido nada, mas disse que iria perguntar sobre você — não ao seu marido — e ligar de volta esta noite. Então eu estava sentado na casa de Laurin, ouvi seu nome ser mencionado várias vezes e fiquei grato a ele. Mesmo assim, conversar com ele não é fácil nem agradável.

Ele realmente é como uma criança, uma não muito brilhante — ele se gaba, mente, faz pirraça como uma criança e os outros se sentem exageradamente sorrateiros e repulsivamente insinceros sentados lá ouvindo-o. Especialmente porque ele não é apenas uma criança, mas também um adulto grande e sério quando se trata de bondade, simpatia e prontidão para ajudar. Não há como sair dessa dicotomia, e se eu não repetisse para mim mesmo: "mais uma vez quero ouvir o nome dela, só mais uma vez", eu teria ido embora muito antes. Ele também falou sobre seu casamento (terça-feira) no mesmo tom.

NA MARGEM: Você entendeu errado sobre o "nível", não foi o que eu quis dizer, vou explicar em breve.

Domingo foi pior. Na verdade, eu queria ir ao cemitério e isso teria sido a coisa certa a se fazer, mas passei a manhã inteira na cama e à tarde tive que ir à casa dos sogros da minha irmã, onde nunca tinha estado antes. Então eram 18h. Voltei ao escritório para perguntar se algum telegrama havia chegado. Nada. E agora? Conferi o que estava passando no teatro, já que Jílovský mencionou muito brevemente (ele estava com pressa) que Stasa iria a uma ópera de Wagner na segunda-feira. Em seguida, li que a apresentação começava às 18h, mas às 18h tínhamos nosso encontro. Ruim. E agora? Fui verificar a casa em Obstgasse. Está quieto, ninguém entra, ninguém sai, espero um pouco, primeiro na frente da casa e depois do outro lado da rua: casas são muito mais sábias do que as pessoas que as olham. E agora? Fui ao edifício Lucerna, onde o *Dobre Dilo* costumava estar em exposição: não está mais lá. Então, talvez a casa de Stasa, uma decisão fácil, pois tenho certeza de que ela não pode estar em casa agora. Uma casa bonita e tranquila, com um pequeno jardim nos fundos. Como há um cadeado pendurado na porta da frente, posso tocar a campainha impunemente. Lá embaixo uma breve conversa com o superintendente do prédio só para pronunciar as palavras "Liběšice" e "Jílovský"; infelizmente não havia possibilidade de dizer "Milena". E agora? Agora a parte mais idiota. Entro no Café Arco para encontrar alguém que a conheça. Felizmente ninguém estava lá e eu pude sair imediatamente. Não há muitos domingos assim, Milena!

F.

NA MARGEM: Muito obrigado pelas fotos, mas Jarmila não se parece com você, no máximo também possui certa luminosidade, um certo brilho que cobre tanto o rosto dela quanto o seu.

NA MARGEM: Ontem não consegui escrever, tudo em Viena estava muito escuro para mim.

***

Praga, 13 de julho de 1920

Terça-feira, um pouco mais tarde

17)

Quão cansada você parece em sua carta de sábado à noite. Há muito que eu teria a dizer sobre esta carta, mas não direi nada a uma pessoa tão cansada — também estou cansado; para dizer a verdade, minha cabeça está completamente inquieta e dolorida pela primeira vez desde que cheguei a Viena. Eu não vou dizer nada, apenas sentá-la na poltrona (você alega que não fez coisas boas o suficiente para mim, mas há algo melhor, ou qualquer honra maior, que possa me mostrar do que simplesmente estar comigo e me permitir sentar na sua frente?). Então agora eu a coloco na cadeira, incapaz de compreender a extensão da minha fortuna com palavras, olhos, mãos e meu pobre coração; minha felicidade é que você está aqui e é realmente minha. E, na verdade, não é você que eu amo, mas sim a existência que me concedeu. Não vou falar sobre Laurin hoje, nem sobre a garota; tudo isso seguirá seu curso, e quão distante tudo isso está.

F.

O que você diz sobre *O Pobre Violinista* está inteiramente correto. Se eu disse que não significava nada para mim, foi apenas por querer ser cauteloso, pois não sabia o quanto gostava, e também porque tenho vergonha da história, apesar de eu mesmo a ter escrito; o começo é realmente estranho e tem uma série de defeitos, momentos ridículos, características diletantes e afetações mortais (que são especialmente perceptíveis quando lidas em voz alta, eu poderia mostrar a você onde) e particularmente, essa maneira de praticar música é uma invenção lamentavelmente ridícula; é o suficiente para fazer a garota (e o mundo inteiro também, eu inclusive) tão incrivelmente zangada que arremessa tudo na loja, até que seja despedaçada por seus próprios elementos, um destino que merece. Claro que não há destino mais bonito para uma história do que desaparecer assim. Até o narrador, aquele psicólogo brincalhão, vai concordar com isso completamente, já que ele mesmo é provavelmente o verdadeiro pobre violinista, tocando essa história da forma mais não musical possível, exageradamente agradecido pelas lágrimas de seus olhos.

***

Praga, 13 de julho de 1920

Terça-feira

Seus dois telegramas estão aqui. Entendo que, desde que não tenha cartas de Jarmila, você não precise perguntar sobre correspondências de Kramer — está tudo bem; acima de tudo, você não deve ter o menor medo de que eu possa fazer algo por conta própria sem obter sua aprovação de antemão. Mas o principal é que, depois de uma noite quase sem dormir, finalmente estou sentado diante desta carta que me parece infinitamente importante. Nenhuma das cartas que enviei-lhe de Praga precisaria ser escrita, nem mesmo as últimas, e só esta tem o direito de existir, ou melhor, as outras podem existir, mas esta deveria ser considerada a mais importante. Infelizmente, não poderei contar-lhe nada do que disse a você ontem à tarde, depois de deixar Stasa, ou o que lhe disse ontem à noite ou esta manhã.

Ainda assim, o principal é que não importa o que os outros — começando com Laurin, depois Stasa e até pessoas que eu não conheço, estendendo-se por um amplo raio com você no centro — não importa o que eles digam sobre você em sua sabedoria pretensiosa, sua estupidez bestial (embora os animais não sejam tão estúpidos), sua bondade diabólica, seu amor assassino. — eu, Milena saberei até o fim de meus dias que você fará a coisa certa, seja qual for a sua decisão, se você permanecer em Viena ou vir aqui, ou ficar pairando entre Praga e Viena ou fazer uma coisa ou outra. O que no mundo eu estaria fazendo com você se eu não soubesse disso. Da mesma forma que há lugar no fundo do mar que não esteja sob pressão, assim é com você — mas todas as outras vidas são uma vergonha e me deixam doente. Eu achava que não suportava viver, não suportava as pessoas, e tinha muita vergonha de mim mesmo; mas agora você está confirmando que não era a vida que me parecia insuportável. Stasa é horrível, me desculpe. Ontem escrevi para você sobre ela, mas não me atrevi a enviar a carta. Como você disse, ela é calorosa, amigável, bonita e esbelta, mas terrível. Ela já foi sua amiga e, portanto, deve ter havido uma luz celestial em seus olhos uma vez, mas foi total e assustadoramente extinta. Arrepio de horror, como se ela fosse um anjo caído. Não sei o que aconteceu com ela, mas provavelmente o marido a repreendeu duramente. Ela está cansada e morta e não sabe disso. Quando quero imaginar o inferno, penso nela e no marido, e repito esta frase para mim mesmo, batendo os dentes: "Então vamos correr para a floresta". Perdoe-me, Milena, querida, mas é assim que é.

NA MARGEM: Sou muito a favor do plano de Chicago, sob a condição de que meninos de recados que não podem dar recados também sejam empregados.

Claro que só fiquei com ela por 40 minutos — em seu apartamento e depois a caminho do teatro alemão. Fui muito amigável, muito falante, muito confiante; afinal, também foi uma oportunidade para finalmente falar sobre você, e manter a verdadeira face dela escondida de mim por muito tempo. Que testa de pedra ela tem, e como brilha dourada a inscrição que diz: "Estou morta e desprezo quem não está". Mas é claro que ela foi amigável, e discutimos sobre todos os motivos possíveis para ir a Viena, mas não consigo me convencer de que seria uma coisa boa se ela fosse: talvez para ela. Então, à noite, fui ver Laurin; ele não estava na redação — eu estava atrasado —, então conversei um pouco com um homem que já conhecia; sentamos no sofá onde Reiner se deitou pela última vez alguns meses atrás. O homem esteve com ele durante toda aquela noite, e me disse uma coisa ou duas. Então, o dia foi demais para mim e não consegui dormir; além disso, minha irmã voltou de Marienbad com seu marido e filho por dois dias — por causa do tio espanhol o lindo apartamento não estava mais vazio. Mas veja como as pessoas são gentis comigo (estou apenas dizendo isso, como se, ao mencioná-lo, pudessem ser recompensadas pela gentileza), deixaram-me sozinho no quarto, retiraram uma das camas, distribuíram-se pelos outros quartos ainda não limpos e reservaram o banheiro para mim, confinando suas necessidades à cozinha, e etc. Sim, estou bem.

Seu

De alguma forma não estou de acordo com essa carta; esses são apenas os últimos resquícios de uma conversa extremamente intensa e secreta.

✷✷✷

Praga, 14 de julho de 1920
Quarta-feira

Você escreve: "Sim, você está certo, eu o amo. Mas F., eu também amo você".
Estou lendo essa frase com muita exatidão, parando em particular no também — está tudo correto. Você não seria Milena se não fosse correta, e o que seria de mim se você assim não fosse; também é melhor que você escreva de Viena do que diga em Praga. Tudo isso eu entendo perfeitamente, talvez melhor do que você, e ainda por alguma fraqueza não consigo superar tal frase, leio sem parar, e

finalmente estou transcrevendo aqui para que veja também, e para que a leiamos juntos, têmpora com têmpora. (Seu cabelo contra minha têmpora).

Isso foi escrito quando suas duas cartas a lápis chegaram. Você pode acreditar que eu não sabia que viriam. Mas eu realmente sabia, embora apenas em minhas profundezas, e nem sempre vivemos lá, preferindo viver na Terra, onde a vida assume sua forma mais lamentável. Não sei porque você está constantemente com medo de que eu possa fazer algo sozinho. Não escrevi com clareza suficiente sobre isso? Eu só liguei para Kohler porque não recebi resposta ao meu telegrama ou qualquer notícia por praticamente três dias — e dias ruins — assim quase fui forçado a pensar que você estava doente.

Ontem eu vi meu médico, e ele me encontrou na mesma forma que eu estava antes de Merano: os três meses se passaram pelo meu pulmão quase não deixando vestígios; na parte superior do pulmão esquerdo a doença está mais amena do que nunca. Ele considera esse resultado sombrio. Acho muito bom, pois como eu estaria se tivesse passado esse tempo em Praga? Ele também acha que eu não engordei; de acordo com meus cálculos, no entanto, ganhei cerca de três quilos. No outono, ele quer tentar me dar injeções, mas acho que não vou aguentar isso. Quando comparo esses resultados com a maneira como você está desperdiçando sua própria saúde — porque você não tem escolha, nem preciso acrescentar —, às vezes me parece que, em vez de morarmos juntos, poderíamos apenas nos deitar um ao lado do outro, confortáveis e contentes, para morrer. Mas aconteça o que acontecer, estarei perto de você. Aliás, eu sei — ao contrário do que o médico pensa —, que tudo que preciso para me recuperar (pelo menos até a metade) é paz e sossego, embora um tipo especial de sossego, ou se visto de outra forma, um tipo especial de inquietação.

Naturalmente estou muito feliz com o que disse sobre a carta de Stasa. Ela considera sua posição atual uma rendição, menciona seu pai também — na boca dela, isso é o suficiente para eu odiá-lo, mas eu basicamente o amo — em suma, sobre tudo isso, ela diz praticamente a coisa mais idiota que se pode imaginar, mesmo se alguém se esforçasse muito; ela não precisa se esforçar, no entanto, apenas sai daqueles lindos lábios. E é claro — isso não deve ser esquecido — é amor por completo; ela está estendendo os braços para você mesmo do túmulo.

É o feriado nacional francês; abaixo da minha janela, as tropas estão marchando para casa do desfile. Sinto — respirando suas cartas — que há algo magnífico nisso. Não a pompa, não a música, não a marcha, não o velho francês que escapou de uma estátua de cera (alemã) marchando na frente de seu pelotão, vestindo calças vermelhas e uma túnica azul, mas alguma manifestação de forças que gritavam das profundezas: "Apesar de tudo isso, você, gente burra, marchando e sendo empurrada, confiando até na selvageria, apesar de tudo isso, não vamos abandoná-los, mesmo em seus momentos de maior insensatez, muito menos então". Eu fecho meus olhos para contemplar essas profundezas, e quase sou consumido por você.

    Finalmente eles me trouxeram a pilha de documentos que havia acumulado para mim; apenas pense, desde que voltei ao trabalho escrevi exatamente seis cartas oficiais, e eles toleram isso. Para minha imensa satisfação, não consegui realizar todo o trabalho que me esperava até hoje, graças à preguiça do departamento que o guardava para mim. Agora está aqui. Nada disso importa, no entanto, se eu dormir o suficiente. Porém hoje ainda estava muito ruim.

F.

***

Praga, 15 de julho de 1920
Quinta-feira

    Um pouco antes de sair para o escritório: eu não queria dizer, pelo menos não agora, enquanto você está travando esta terrível batalha — estou engasgando com isso há três dias — mas é impossível não dizer, afinal é a minha batalha também. Você deve ter notado que eu não durmo há várias noites. É simplesmente "medo". Realmente é mais forte do que eu, me joga de um lado para o outro à vontade, não sei distinguir mais cima de baixo, nem direita de esquerda. Desta vez começou com a Stasa. Há realmente um sinal acima dela dizendo: "Abandone toda a esperança, vós que aqui entrais". Além disso, houve dois, três comentários que se misturaram na sua última carta. Essas observações me deixaram feliz, mas apenas de forma ansiosa, pois, embora o que você diz sobre o medo seja muito persuasivo — para mente, coração e corpo ao mesmo tempo — tenho uma profunda convicção. Não sei exatamente onde — o que evidentemente nada pode persuadir. Finalmente — isso de verdade contribuiu para meu enfraquecimento — o maravilhoso efeito calmante (não tão calmante) deixado por sua presença física está se desgastando com o passar dos dias. Se você já estivesse aqui! Como não tenho ninguém, ninguém aqui exceto o medo, juntos rolamos pelas noites trancados nos braços um do outro. (Esse medo é realmente algo muito sério, que estranhamente sempre foi direcionado apenas para o futuro: não, isso não está certo.) Além disso, é em parte explicado pelo fato de que constantemente me obriga a perceber que devo admitir — e esta é uma grande confissão — que Milena também é apenas humana. O que você diz sobre isso é realmente muito bonito e gentil — tendo ouvido que eu não gostaria de ouvir mais nada; no entanto, sustentar que as apostas aqui não são muito altas é uma afirmação muito questionável. Afinal, esse medo não é apenas meu medo particular — embora também seja, terrivelmente —, mas também o medo inerente a toda fé desde o início dos tempos. Apenas escrever para você esfria minha cabeça.

Seu.

***

Praga, 15 de julho de 1920

Quinta-feira, depois

    A carta noturna escrita no Weisser Hahn e a carta de segunda-feira chegaram; a primeira é presumivelmente a última, mas não está totalmente clara. Eu só as li uma vez rapidamente; agora tenho de lhe responder imediatamente e pedir-lhe que não pense mal de mim. O que Stasa escreveu foi uma bobagem vazia e repugnante — como você pode acreditar que eu acho que ela está certa? Quão longe Viena deve estar de Praga para que você possa pensar uma coisa dessas, e quão perto é estar um ao lado do outro na floresta, e há quanto tempo isso aconteceu. E isso não é ciúme, é apenas um jogo com você no meio, porque eu quero te agarrar por todos os lados, e isso digo do ponto de vista ciumento também, mas vou parar porque é bobagem — simplesmente os sonhos insalubres que acontecem por estar sozinho. Você também tem uma ideia errada sobre Max; ontem eu finalmente dei a ele seus cumprimentos, irritado (veja acima) porque ele está sempre recebendo seus cumprimentos. Ele geralmente tem uma explicação para tudo, no entanto, então explicou que a única razão pela qual você continua mandando cumprimentos é porque eu nunca transmiti os melhores cumprimentos dele a você: já era hora de eu fazer isso, então você provavelmente pararia e eu ficaria tranquilizado. Talvez sim, de qualquer forma estou tentando. Caso contrário, não se preocupe por minha causa, Milena, a última coisa que precisamos é que você se preocupe comigo.

    Se não fosse o "medo" que me domina há alguns dias e do qual reclamei para você esta manhã, eu estaria melhor. Aliás, por que você disse, naquela época na floresta, que também não tinha imaginado nada diferente? Foi na floresta, no segundo dia. Eu divido os dias muito claramente, o primeiro foi incerto, o segundo inabalável, o terceiro foi cheio de arrependimento e o quarto foi o bom. Estou enviando imediatamente para Kohler algum dinheiro tcheco e austríaco — tudo o que tenho em mãos no momento. Da próxima vez, seria melhor se você encontrasse outra maneira de enviar dinheiro além do correio registrado. Por exemplo, também é possível enviar dinheiro para a entrega geral do correio, embora não sob um pseudônimo;

você tem que usar seu nome verdadeiro. E por que o dinheiro do seu pai ou o do Laurin é melhor que o meu? De qualquer forma, isso não importa, apenas nunca diga que está pedindo muito. E Jarmila? Ela está vindo? Mas agora tenho que ir ao casamento da minha irmã. Aliás, por que sou um ser humano, com todos os tormentos que esta condição extremamente vaga e terrivelmente responsável acarreta? Por que não sou, por exemplo, o guarda-roupa feliz em seu quarto, que deixa à vista sempre que você está sentada em sua cadeira ou em sua mesa, ou quando está deitada ou dormindo (todas as bênçãos sobre o seu sono)? Por que eu não sou isso? Porque eu desmoronaria se testemunhasse sua miséria nesses últimos dias, ou mesmo se... você devesse deixar Viena.

F.

A sensação de que em breve você terá um passaporte é muito reconfortante. O endereço de Max é Praga V, Ufergasse 8, mas por causa da esposa dele, não seria uma boa ideia você enviar carta para esse endereço. Ele também tem dois outros — precisamente por causa de sua esposa ou, se você preferir, para seu próprio bem: um a/c Dr. Felix Weltsch, Praga, *Universitatsbibliothek*, ou simplesmente o meu.

***

Praga, 15 de julho de 1920

Quinta-feira

Tarde, com uma flor no bolso do paletó, mais ou menos ajuizado apesar da minha cabeça torturada (separação), consegui passar a festa de casamento sentado entre as duas amáveis irmãs do meu cunhado. Mas agora estou exausto. Eis a estupidez de um homem inquieto! Como descobri nos correios, a carta registrada teria que ser aberta — não é uma boa ideia, considerando o dinheiro. Agora, eu poderia tê-lo enviado de outra maneira ou — se fosse apenas correio normal — então pelo menos eu poderia tê-lo enviado diretamente para você, no serviço de entrega geral. Mas lá estava eu, já parado com o envelope na frente da caixa de correio, então simplesmente arrisquei e mandei para Kohler; espero que chegue. Que vida fácil será quando estivermos juntos — sou um tolo por escrever sobre isso — perguntas e respostas, olhar por olhar. E agora tenho que esperar até segunda-feira, no mínimo, pela sua resposta à carta que escrevi esta manhã. Entenda-me corretamente e fique de bem comigo.

F.

***

Praga, 16 de julho de 1920

Sexta-feira

Eu queria me destacar aos seus olhos, mostrar minha força de vontade, esperar antes de escrever para você, primeiro terminar um documento, mas a sala está vazia, e ninguém está se importando comigo — é como se alguém dissesse: deixe-o em paz, veja como ele está absorto em seus próprios assuntos, como se tivesse um punho na boca. Então eu só escrevi meia página e estou mais uma vez com você, deitado nesta carta como eu estava ao seu lado, naquela época na floresta. Não houve carta hoje, mas não tenho medo, Milena, por favor, não me entenda mal; eu nunca tive medo de você, mesmo que às vezes pareça assim e muitas vezes parece — é simplesmente uma fraqueza, um estado de espírito do coração, que sabe exatamente porque está batendo. Os gigantes também têm suas fraquezas; acredito que até mesmo Hércules desmaiou uma vez. Com os dentes cerrados, porém, e com seus olhos diante de mim, posso suportar qualquer coisa: distância, ansiedade, preocupação, ausência de cartas.

Como sou feliz, e como você me faz feliz! Um cliente está aqui; eu tenho clientes também. O homem interrompeu minha escrita. Fiquei aborrecido, mas ele tinha um rosto gentil, amigável, redondo, ao mesmo tempo muito virtuoso, como só os alemães do Reich têm. Ele foi gentil o suficiente para considerar as piadas como assuntos oficiais; mesmo assim, ele me perturbou, e eu não pude perdoá-lo. Além disso, tive que me levantar e acompanhá-lo a outros departamentos, mas até isso foi demais, minha amada, e quando eu estava me levantando, o atendente trouxe sua carta, e eu a abri na escada... Céus, há uma foto dentro, algo que é absolutamente inesgotável, algo que faz dessa carta uma para um ano inteiro, para uma eternidade, e que é tão bom que não poderia ser melhor: um quadro doloroso, que se pode somente contemplar através de lágrimas e palpitações do coração, não de outra forma.

E novamente um estranho está sentado à minha mesa.

Para continuar o que eu dizia acima: com você no meu coração eu posso suportar tudo, e mesmo que eu tenha escrito que os dias sem cartas foram horríveis, não é verdade; eles eram horrivelmente difíceis — o barco era pesado e seu calado era terrivelmente profundo, mas na maré ele flutuava mesmo assim. Só há uma coisa que não suporto sem sua ajuda expressa, Milena: o "medo". Estou muito fraco para isso, é tão imenso que não consigo ver além... e essa monstruosa inundação está me levando embora. O que você diz sobre Jarmila é precisamente uma dessas fraquezas do coração; seu coração deixa de ser fiel a mim apenas por um momento, e é quando tal ideia surge em sua cabeça. Nesse sentido, ainda somos duas pessoas diferentes? E esse meu "medo" é muito diferente do medo da automutilação?

    Mais uma vez sou interrompido. Não poderei mais escrever no escritório.

    A carta longa que você prometeu quase me assustaria, se esta carta não fosse tão reconfortante. O que conterá? Avise-me imediatamente se o dinheiro chegou. Se se perder, mando mais, e se esse também se perder, mando ainda mais, e assim por diante, até que não tenhamos mais nada, e só então tudo ficará como deveria.

F.

Não recebi a flor, no último momento você deve tê-la considerado boa demais para mim.

***

Praga, 17 de julho de 1920
Sábado

    Eu sabia o que estaria em sua carta; estava escondido atrás de todas as suas cartas, em seus olhos — tudo o que poderia esconder em suas profundezas claras, nas linhas de sua testa? Eu sabia disso o tempo todo, assim como alguém que passou o dia inteiro atrás de janelas fechadas com venezianas, submerso em um estado sonolento em que se sonha e sente medo, que então abre a janela à noite e naturalmente não se espanta — sabendo disso o tempo todo — de agora encontrá-la escura, em uma maravilhosa escuridão profunda. E vejo como você está se atormentando e se contorcendo, e como você não pode se libertar agora e — vamos jogar o fósforo na pólvora — como você nunca o fará. Eu vejo tudo isso, mas ainda não posso dizer: fique onde está. Mas também não digo o contrário. Eu simplesmente fico ao seu lado, olhando em seus lindos pobres olhos (a foto que você me enviou é realmente dolorosa, uma tortura de olhar, uma tortura a qual me submeto muitas vezes por dia e — infelizmente — uma posse que eu poderia defender contra dez homens fortes), e eu sou realmente forte, como você escreve. Eu possuo uma certa força que pode ser descrita de forma breve e imprecisa como não agradável de se presenciar. Por outro lado, essa força não é tão grande para permitir que eu continue escrevendo agora. Estou preso em uma maré de tristeza e amor que me afasta da escrita.

F.

Franz Kafka

Praga, 18 de julho de 1920
Domingo

Ainda sobre o assunto de ontem:
Quanto a sua carta, procuro analisar toda a situação do ponto de vista que mais evitei até agora. Desse ângulo parece estranho: não estou lutando com seu marido por você, essa luta existe apenas dentro de você; se a decisão dependesse de uma batalha entre nós, tudo já teria sido decidido há muito tempo. Não estou minimamente superestimando seu marido — é até muito provável que eu o esteja subestimando — mas uma coisa eu sei: se ele me ama, então é o amor de um homem rico pela pobreza (que até certo ponto também está presente em seu relacionamento comigo). Na atmosfera de sua vida com ele, eu realmente sou apenas o rato na "casa grande", que pode correr livremente pelo tapete uma vez por ano, no máximo.

É assim que é, e não há nada de estranho nisso, não estou surpreso. Mas o que me surpreende, e isso provavelmente não pode ser explicado, é que você mora nessa "casa grande", você pertence a ela com todos os seus sentidos, obtém vida mais resistente dela, reina lá dentro como uma grande rainha, e ainda assim é possível para você — tenho certeza disso — não apenas me amar, mas também ser minha, correr em seu próprio tapete. (Mas é justamente porque você pode fazer qualquer coisa: "eu nunca paro, nem para isto, nem para aquilo"...) Porém, isso ainda não é o ápice da minha surpresa, que se encontra no fato de que se quisesse vir a mim, se quisesse abrir mão do mundo inteiro — a julgar agradavelmente — para descer até mim, tão longe sua visão não seria apenas prejudicada, mas completamente obstruída; de qualquer forma, se você quisesse vir até mim, não teria que descer (estranhamente... curiosamente), teria que se agarrar além de si mesma, e além de si mesma de uma maneira tão sobre-humana que poderia destruir-se no processo, ou mergulhar, ou desaparecer (junto comigo, claro). E tudo isso para chegar a um lugar sem atrativos, onde me sento sem felicidade, sem mérito ou culpa, simplesmente porque foi onde fui colocado. Na escada da humanidade, sou uma espécie de lojista em seus subúrbios de antes da guerra (nem mesmo um violinista, nem isso), mesmo que eu tivesse lutado para chegar a essa posição — o que não fiz —, não seria nenhuma grande conquista.

O que você escreve sobre as raízes é muito claro e correto. De qualquer forma, em Turnau, a tarefa principal consistia em primeiro localizar todas as raízes secundárias e removê-las; uma vez que apenas a raiz principal permanecia, o trabalho real estava basicamente feito, pois a planta toda poderia ser arrancada com um único golpe de pá. Eu ainda posso ouvir como rachava. Claro que ali era fácil arrancar as plantas, pois sabia-se que era uma árvore que prosperaria em outro solo também e, além disso, ainda não era uma árvore, mas uma criança, um broto.

    Em geral, não tenho a menor vontade de falar com Jarmila. Exceto se houver alguma tarefa particularmente importante para você, então é claro que eu iria lá imediatamente. Ontem falei com Laurin mais uma vez. Acho que estamos de acordo no que diz respeito a ele. Ele tem várias boas qualidades; por exemplo, ele está no seu melhor humor sempre que fala sobre você — sim, ele realmente é uma boa pessoa no fundo. O que ele me disse? Eu estive com ele duas vezes, e em cada vez ele basicamente me contou a mesma história com muitos detalhes. Uma moça, noiva de outro, foi visitá-lo e ficou em sua casa por oito horas, apesar de sua extrema aversão (uma moça em seu apartamento de manhã, outra em seu escritório à noite; é assim que ele divide seu tempo de vigília). Ela explicou que absolutamente precisa tê-lo, e que pularia pela janela se ele a recusar. Ele recusa e, consequentemente, abre caminho para a janela.

    Agora, é claro, ninguém pula, embora algo terrível aconteça; uma garota tem um ataque de nervos, a outra, eu já esqueci. Mas agora quem são as garotas? Aquela, no apartamento, era Jarmila antes de seu casamento, a outra, no escritório, era a sua atual esposa, com quem está casado desde quinta-feira (naturalmente ele falou um pouco mais gentilmente dela, mas não muito mais — ele sempre fala suavemente). Agora não nego que tudo isso, ou coisa pior, realmente tenha acontecido da maneira que ele descreveu; só não entendo porque é tão chato. Aliás, houve um momento agradável nas histórias que ele contou sobre sua noiva. Por dois anos seu pai sofreu de melancolia, e ela cuidou dele. A janela de seu quarto tinha que ser mantida aberta o tempo todo, mas era fechada por um momento sempre que um carro passava, já que ele não suportava o barulho. A filha cuidava para que a janela assim fosse fechada. Quando Laurin contou essa história, ele acrescentou: "Apenas pense, uma historiadora da arte!" (O que ela realmente é.) Ele também me mostrou a foto dela. Um rosto provavelmente bonito, melancólico, judeu, com um nariz achatado, olhos pesados, mãos longas e delicadas, usando um vestido caro.

    Você pergunta sobre a garota, e eu não tenho nenhuma notícia sobre ela. Eu não a vi novamente desde que ela me deu a carta que seria enviada para você. É verdade que eu tinha um encontro marcado com ela na época, mas foi justamente quando recebi as primeiras cartas sobre suas conversas com seu marido. Não me senti capaz de falar com ela, e cancelei com uma explicação verdadeira, mas amigável. Mais tarde, escrevi-lhe outro bilhete; no entanto, ela parece ter entendido mal, pois me enviou então uma carta didática e maternal (na qual pedia o endereço de seu marido, entre outras coisas). Respondi imediatamente por correio pneumático, mas já faz mais de uma semana. Não tive notícias dela desde então, nem sei ainda o que você escreveu para ela e como isso a afetou.

NA MARGEM: Eu sei sua resposta, mas gostaria de vê-la por escrito.
Você escreveu que pode vir a Praga no próximo mês. Quase sinto vontade de dizer: não venha. Deixe-me a esperança de que você virá imediatamente se eu precisar urgentemente e pedir-lhe para fazê-lo, mas agora seria melhor se você não viesse, já que você teria que me deixar novamente.

***

No que diz respeito à mendiga, não havia nada de bom ou ruim no que eu fazia. Eu estava simplesmente muito distraído ou muito preocupado com algum assunto para que meu comportamento fosse guiado por qualquer questão, exceto lembranças vagas. E uma dessas memórias diz, por exemplo: "Não dê muito aos mendigos, você vai se arrepender depois". Quando eu era muito pequeno, uma vez recebi um *sechserl*, e queria muito dá-lo a uma velha mendiga que costumava sentar-se entre Grosser e Kleiner Rings. Mas a quantia parecia enorme para mim naquela época, maior do que qualquer coisa dada a um mendigo; então fiquei com vergonha na frente da mulher de fazer algo tão inédito. Mesmo assim, senti que tinha que dar a ela, então troquei o *sechserl* e dei-lhe um *kreuzer*; corri ao redor da Rathaus e de todos os prédios adjacentes, da arcada ao longo do Kleiner Rings, depois emergi à esquerda como um novo benfeitor. Mais uma vez dei um *kreuzer* a mulher, mais uma vez comecei a correr, e fiz isso dez vezes (ou talvez um pouco menos, pois acredito que a mulher depois perdeu a paciência e desapareceu). De qualquer forma, no final eu estava tão exausto — moral e fisicamente — que corri para casa e chorei até que minha mãe me deu outro *sechserl*. Veja, eu tenho azar com mendigos, mas declaro estar disposto a entregar toda a minha fortuna, passada e futura — nas menores notas vienenses, uma a uma —, a uma mendiga ali na frente da ópera, sob a condição de que você esteja ao meu lado e eu possa a sentir perto de mim.

Franz.

***

Praga, 19 de julho de 1920

Segunda-feira

Há várias coisas que você não entende, Milena: em primeiro lugar, não estou tão doente, e quando durmo um pouco me sinto quase melhor do que antes em Merano. As doenças pulmonares são provavelmente as mais gentis de todas, mesmo durante um verão quente. Como poderei lidar com o outono mais tarde também é uma questão para mais tarde. No momento, tenho apenas algumas queixas — por exemplo, que não consigo fazer nenhum trabalho no escritório. Se por acaso não estou escrevendo para você, então estou deitado na minha poltrona, olhando pela janela. Há o suficiente para olhar, a vista é bastante aberta, já que a casa do outro lado da rua tem apenas um andar. Não quero dizer que acho essa ocupação particularmente deprimente — não, de jeito nenhum — é só que não consigo me afastar. Em segundo lugar, não estou precisando de dinheiro. Eu tenho mais do que suficiente. Parte desse, em relação ao dinheiro das suas férias, até me oprime porque ainda está parado lá. Terceiro, você já deu de uma vez por todas a contribuição decisiva para minha recuperação, pois você renova-me a cada minuto pensando em mim.

NA MARGEM: E além disso, por favor, tenha certeza sobre mim; Esperarei no último dia, assim como fiz no primeiro.

Quarto, todas as dúvidas que você expressa tão discretamente sobre a viagem a Praga estão corretas. "Correto" também é o que eu hipoteticamente pensei, embora se referisse a falar com seu marido, e essa era de fato a única coisa correta a fazer. Esta manhã, por exemplo, de repente, comecei a temer: a temer pelo amor, angustiado que você pudesse vir a Praga enganada por algum capricho trivial e acidental. Mas será que um capricho tão trivial poderia realmente ter tanta influência sobre você? Você que vive a vida tão intensamente, até em suas profundezas? E você nem deveria se enganar pelos dias em Viena. Não mais sobre isso. Ou apenas isto: acabei de saber dois novos fatos de sua carta: primeiro, o plano de Heidelberg, e segundo, o plano referente a Paris e a fuga do banco. A primeira me demonstra que de alguma forma me encaixo na categoria de "salvadores" e criminosos violentos. Mas, novamente, eu não me encaixo. A segunda deixa claro que sua vida futura também existe: planos, possibilidades e perspectivas também. Quinto, uma parte de seu terrível tormento — o único sofrimento que vindo de você me inflige — consiste em me escrever todos os dias. Escreva com menos frequência; se você quiser eu ainda te mando notas diárias. Você também terá mais paz para fazer algo de que gosta.

Obrigado pelo *Donadieu*. (Eu não poderia de alguma forma lhe enviar os livros?) No momento, mal poderei lê-lo — esta é outra queixa menor: não posso ler, embora esse fato não me doa particularmente; é simplesmente uma impossibilidade. Tenho que ler um longo manuscrito de Max (Judaísmo, Cristianismo, Paganismo — um grande livro), ele já está praticamente me pressionando, e eu mal comecei. Um jovem poeta me trouxe hoje 75 poemas, alguns deles com várias páginas; sem dúvida vou antagonizá-lo novamente, como já fiz uma vez antes, aliás. Naquela época, li o ensaio de Claudel imediatamente, mas apenas uma vez e rápido demais; meu entusiasmo, porém, não se dirigia a Claudel nem a Rimbaud. Eu não queria escrever sobre isso até depois de lê-lo uma segunda vez, mas fiquei muito feliz por ter sido exatamente o que você escolheu para traduzir. Está completo? (O que significa "*pamatikální*"?) Na verdade, a única coisa que eu lembro claramente é a experiência da Ave Maria de alguma pessoa piedosa na primeira coluna. Estou anexando a carta que a moça enviou como resposta; deve permitir que você reconstrua minha própria carta. Desta forma, você pode ver como sou rejeitado, não sem razão.

Eu não vou responder mais. A tarde de ontem não foi muito melhor do que no domingo passado. Na verdade, começou muito bem; estava quente até na sombra quando saí de casa para ir ao cemitério e os bondes estavam em greve, mas isso me agradou particularmente, pois estava ansioso para a caminhar, tanto quanto estava ansioso para andar até o pequeno jardim ao lado da Bolsa de Valores naquele sábado. Mas quando cheguei ao cemitério não encontrei a sepultura; a cabine de informações estava fechada, sem atendente e nenhuma das mulheres sabia de nada. Também fiz o registro em um livro, mas era o errado; perambulei por horas, completamente confuso com as inscrições e deixei o cemitério em um estado semelhante.

***

Praga, 20 de julho de 1920
Terça-feira

Entre ditados, para o qual me recompus hoje:
Cartas como as duas de hoje, pequenas e alegres ou pelo menos espontâneas, são quase (quase... quase... quase) floresta, e vento nas mangas e uma vista de Viena. Milena, como é bom estar com você! Hoje a garota me mandou sua carta sem dizer uma palavra, apenas alguns trechos sublinhados a lápis. Aparentemente ela não está muito satisfeita com isso; bem, como qualquer carta enfeitada com marcas de lápis, tem seus defeitos; olhando para ela eu percebo o que é fútil, uma coisa impossível que eu lhe pedi para fazer e implorei muitas vezes por perdão. É claro que eu deveria pedir a ela que me perdoasse também, porque não importava como estivesse escrito, isso iria aborrecê-la. Quando você escreve, por exemplo, com muita consideração, "porque ele não falou nem escreveu sobre você", deve tê-la magoado, assim como o contrário também a teria magoado. Mais uma vez: perdoe-me. Aliás, com uma carta diferente, a de Stasa, você me ajudou muito.

À tarde

No escritório consegui me manter longe dessa carta, mas isso me custou tanto esforço que não sobrou nenhum para o meu trabalho. A carta para Stasa: Jílovský veio me ver ontem de manhã e mencionou que uma carta sua chegara; ele a viu sobre a mesa quando saía de casa pela manhã, mas não sabia o que havia dentro — Stasa me contou à noite. Diante de sua amabilidade, me senti desconfortável, pensando em todas as coisas que sua carta poderia conter, coisas causadas em parte por mim. Mas naquela noite a carta foi muito positiva e os dois ficaram satisfeitos, pelo menos no que diz respeito ao clima amigável (eu não a li). Acima de tudo, continha uma breve palavra de agradecimento ao marido, que só poderia ter origem em algo que escrevi, e que deixou Stasa muito feliz e fez seus próprios olhos brilharem um pouco mais do que de costume. Afinal, eles são boas pessoas — se alguém se esforça para esquecer certas coisas, se sente confortável, e o estômago nervoso pode aguentar — especialmente quando estão juntos ou se ele está sozinho (Stasa sozinha é uma proposta mais dúbia) e Stasa teve um momento maravilhosamente bonito enquanto estudava sua fotografia, na verdade inconcebivelmente longo e estava muito concentrada, silenciosa e séria. Talvez eu fale mais sobre essa noite mais tarde. Eu estava cansado, vazio, chato, merecendo ser espancado, indiferente, e desde o início tudo o que eu queria era ir para a cama. (Eles me pediram para enviar-lhe o pedaço de papel, um desenho de Stasa com explicações de Jílovský — estávamos falando sobre a configuração do seu quarto.) Aliás, eles vivem muito ricamente, exigem mais de 60.000 K por ano e dizem que é impossível sobreviver com menos. Naturalmente estou completamente satisfeito com a sua tradução. Só que sua relação com o texto é como a de Frank para Franz, como sua escalada de montanha para a minha, etc. E se o homem pode convocar o poder para nutno e abych,78 então as coisas não deveriam ter chegado tão longe em primeiro lugar e ele realmente poderia ter se casado depois de tudo, o solteirão tolo. Mas em todo caso, por favor, deixe como queria e me conceda o prazer de poder suspirar de alívio de mim mesmo. Ontem aconselhei-a a não me escrever todos os dias, ainda hoje tenho a mesma opinião e seria muito bom para nós dois, por isso repito meu conselho hoje ainda mais enfaticamente — só por favor, Milena, não me ouça, e me escreva todos os dias de qualquer maneira, pode até ser muito breve, mais breve do que as cartas de hoje, apenas 2 linhas, apenas uma, apenas uma palavra, mas se eu tiver que ficar sem elas sofrerei terrivelmente.

F.

★★★

Praga, 21 de julho de 1920
Quarta-feira

Afinal, pode-se obter resultados, se tiver coragem: Em primeiro lugar: talvez Gross não esteja tão errado, pelo menos até onde eu o entendo — o fato de eu ainda estar vivo fala a seu favor; caso contrário, com a forma como minha força interna está dividida, eu deveria ter parado de viver há muito tempo. Além disso: não se trata do que acontecerá mais tarde, a única certeza é que não posso viver longe de você sem me submeter completamente ao medo, dando-lhe ainda mais do que ele exige, e faço isso voluntariamente, com prazer, me derramo afim disso. Você está certa em me censurar em nome do medo por meu comportamento em Viena, mas esse medo é particularmente estranho; não conheço suas leis internas, apenas sua mão em minha garganta — e isso é realmente a coisa mais terrível que já experimentei ou poderia experimentar. Talvez a conclusão lógica seja que nós dois somos casados: você em Viena, eu, com o meu medo, em Praga, e nesse caso você não é a única pessoa que tenta em vão o casamento. Pois veja, Milena, se você tivesse sido completamente convencida por mim em Viena (mesmo concordando em dar aquele passo sobre o qual você não tinha certeza), você não estaria mais em Viena apesar de tudo: ou melhor, nesse caso não haveria ser qualquer "apesar de tudo" você simplesmente estaria em Praga. Além disso, tudo com que você se consola em sua última carta é realmente mero consolo. Você não concorda? Se você tivesse vindo a Praga imediatamente ou tivesse pelo menos decidido imediatamente fazê-lo, ainda assim não teria servido como prova para você — eu não preciso de nenhuma prova para você; não há nada em minha mente tão claro e certo quanto você, mas teria sido uma tremenda prova para mim e é isso que estou perdendo agora. Ocasionalmente, o medo também se alimenta dessa falta. Na verdade, pode até ser muito pior e eu mesmo, o "salvador", posso estar amarrando você em Viena como ninguém jamais fez.

***

Então essa era a tempestade que continuava nos ameaçando na floresta, ainda assim estávamos felizes do mesmo jeito. Vamos continuar vivendo com suas ameaças, já que não temos escolha. Laurin telefonou para dizer que uma tradução havia aparecido no Tribuna, mas como você não mencionou, não sabia se queria que eu lesse, então ainda não o fiz. Agora vou tentar achar em algum lugar. Não entendo o que você tem contra a carta da garota. Então ela conseguiu seu propósito de te deixar um pouco ciumenta, e daí? No futuro vou compor cartas semelhantes de vez em quando e escrevê-las eu mesmo, ainda melhores do que isso, e sem rejeições finais. Por favor, algumas palavras sobre o seu trabalho! *Cesta? Lipa? Kmen? Política?*

✳✳✳

Há outra coisa que eu queria dizer, mas outro jovem poeta estava aqui — não entendo, no minuto em que alguém aparece eu me lembro do meu trabalho de escritório e não consigo me concentrar em mais nada durante toda a visita. Estou cansado, não consigo pensar em nada, e meu único desejo é deitar minha cabeça em seu colo, sentir sua mão na minha cabeça e ficar assim por toda a eternidade.

Seu.

É isso que eu queria dizer: sua carta contém uma grande verdade (entre outras verdades): "que você é o único que não tem ideia sobre..." Isso é verdade palavra por palavra. Era tudo imundície, abominação miserável, afogamento no inferno, e a esse respeito venho a você como uma criança que fez algo ruim e agora está diante de sua mãe chorando e jura: nunca mais farei isso. Mas é precisamente aqui que o medo extrai toda a sua força: "Exatamente, exatamente!" Diz: "Ele não tem ideia! Nada aconteceu ainda! Então, ele ainda pode ser salvo!"

✳✳✳

Eu pulo. O telefone! Fui ver o diretor! Pela primeira vez desde que voltei a Praga, sou chamado para tratar de assuntos oficiais! Agora, finalmente, toda a fraude vai sair. Não faço nada há 18 dias, exceto escrever cartas, ler cartas e, acima de tudo, olhar pela janela. Já segurei cartas na mão, larguei, peguei, recebi algumas visitas também e, além disso, nada. Mas quando apareço ele é simpático, sorri, me diz algo oficial que não entendo e se despede porque vai sair de férias: um homem inconcebivelmente gentil. (De minha parte, murmurei inarticuladamente que estou quase terminando e amanhã começarei a ditar.) E agora estou relatando isso rapidamente ao meu anjo da guarda. Curiosamente, minha carta de Viena ainda está em sua mesa, e em cima dela outra carta de Viena; a princípio quase pensei, inarticuladamente, que era sobre você.

✳✳✳

Praga, 22 de julho de 1920

Quinta-feira

Ah, sim, esta carta. É como se alguém estivesse olhando para o inferno e um homem abaixo chamasse alguém acima e descrevesse como é sua vida e como ele se acomodou com ela. Ele primeiro assa um pouco em um caldeirão, depois em outro, e depois se senta no canto para reduzir um pouco. Mas eu não a conheço de antes (eu conheço esse *pitomec* M há muito tempo, até Laurin o chama assim, eu não percebi) talvez ela realmente esteja confusa ou louca. Como ela poderia não se confundir com tal destino, já que deixou até nós confusos, e acho que ficaria muito chateado se me encontrasse ao lado dela, pois ela não é mais apenas um ser humano, mas outra coisa além. E não posso imaginar que ela não perceba isso também, e que ela mesma não sinta seu desgosto por sua carta. Nossas palavras são muitas vezes as de algum ser alienígena desconhecido — mas ter que falar dessa maneira incessantemente, como pode ser o caso de Jarmila! A propósito, Haas parece não a ter deixado inteiramente, se bem entendi, mas não é uma carta, apenas uma tristeza bêbada e eu não entendo nada disso.

***

Milena, trabalhadora, seu quarto está passando por uma mudança em minha mente; a mesa e todo o lugar realmente não tinham a cara de trabalho antes, mas agora têm, e de forma tão convincente que posso sentir esse trabalho; no seu quarto deve estar magnificamente quente, fresco e feliz. Só o guarda-roupa continua tão pesado como sempre e às vezes a fechadura está quebrada e não cede nada, ficando desesperadamente fechada, e em particular se recusa a abrir mão do vestido que você usou no "Domingo"; se você voltar a montar uma casa, nós o jogamos fora.

***

Sinto muito por muitas coisas que escrevi ultimamente; não fique com raiva de mim. E, por favor, pare de se atormentar com o pensamento de que é exclusivamente sua culpa que você não pode se libertar, ou que é mesmo sua culpa. Eu sou muito mais culpado, eu vou escrever sobre isso algum dia.

***

Praga, 23 de julho de 1920

Sexta-feira

Não, realmente não foi tão ruim. E, de qualquer forma, de que outra forma a alma pode se libertar de um fardo a não ser por um pouco de malícia? Além disso, ainda hoje considero correto tudo o que escrevi. Você entendeu mal, por exemplo, a parte sobre o "único sofrimento"; é o seu tormento que é esse "único sofrimento", não as suas cartas que todas as manhãs me dão a força que preciso para passar cada dia — tanto que não quero perder uma única carta. E as cartas que estão sobre a mesa do vestíbulo não me contradizem em nada; até a possibilidade de escrevê-las e guardá-las significa alguma coisa. E eu não sou nada ciumento, acredite em mim, mas realmente é muito difícil perceber que o ciúme é inútil, e só ocasionalmente consigo fazê-lo; por outro lado, sempre consigo não ter ciúmes.

Sim, ainda falando de "salvadores". "Salvadores", você vê, são caracterizados por uma tendência a continuar martelando o que eles querem extrair, com seriedade bestial. E eles merecem essa caracterização. Eu me afasto e me regozijo com isso — não com casos individuais, mas com essa lei geral do mundo. Agora, finalmente, tenho algo a dizer a Max, sua opinião, na verdade bastante breve, sobre seu grande livro. Você vê que ele está sempre perguntando sobre você e como você está e o que está acontecendo, e está sempre levando tudo a sério. Mas quase não há nada para eu dizer a ele; felizmente, a linguagem por si só torna isso impossível. Não posso falar de uma Milena em Viena e continuar dizendo que "ela" pensa e diz e faz isso ou aquilo. Afinal, você não é nem "Milena" nem "ela" — isso é um absurdo completo — e, consequentemente, não posso dizer nada. Isso é tão óbvio que nem me deixa triste. Claro que posso falar de você com pessoas que não conheço; é realmente um prazer requintado fazê-lo. Se eu me permitisse fazer disso uma pequena comédia — o que é muito tentador — o prazer seria ainda maior.

Recentemente encontrei Rudolf Fuchs. Eu gosto dele, mas normalmente eu não teria ficado tão feliz em vê-lo, e tenho certeza de que não teria apertado sua mão com tanto ardor como fiz. E mesmo assim, eu sabia que o resultado não seria tão bom, mas pensei comigo mesmo: e daí se for mais ou menos. Imediatamente a conversa se voltou para Viena e as pessoas que ele tinha visto lá. Eu estava muito interessado em ouvir nomes, ele começou a listar, não, eu não quis dizer isso, eu estava interessado em ouvi-lo nomear as mulheres. "Bem, havia Milena Pollak, que acredito que você conheça." "Sim, Milena", eu repeti e olhei para Ferdinandstrasse, para ver o que ela diria sobre isso. Outros nomes se seguiram, minha velha tosse voltou e a conversa fracassou. Como revivê-la? "Você pode me dizer em que ano da guerra eu estava em Viena?" "1917." "E. P. estava em Viena então? Eu não o vi na época. Ele ainda não era casado?" "Não." Isso foi tudo. Eu poderia ter pedido que ele me falasse um pouco sobre você, mas me faltava a força necessária.

Como você está com as pílulas agora e como esteve nos últimos dias? Você menciona dores de cabeça novamente pela primeira vez. O que Jarmila finalmente disse ao seu convite? Você poderia dizer algumas palavras sobre o plano de Paris? Aonde você irá agora? (Um lugar com bom serviço de correio?) Quando? Por quanto tempo? 6 meses?

Sempre me diga imediatamente onde alguma coisa sua estará aparecendo. Como você realmente planejou a viagem de dois dias a Praga? (Estou apenas curioso). Obrigado mesmo assim, uma palavra mágica que entra diretamente na minha corrente sanguínea.

***

Praga, 23 de julho de 1920
Sexta-feira à tarde

Em casa encontrei esta carta. Conheço a garota há muito tempo: provavelmente somos parentes distantes — pelo menos temos um parente em comum, aquele primo que ela menciona que estava em Praga gravemente doente e que ela e sua irmã cuidaram por meses. Fisicamente eu a acho quase desagradável: seu rosto é muito grande, redondo e com bochechas vermelhas, seu corpo é pequeno e redondo, sua fala soa irritantemente como um sussurro. Tirando isso, ouvi falar bem dela; ou seja, os parentes sempre reclamavam dela pelas costas.

Dois meses atrás, minha resposta a uma carta dessas teria sido muito simples: Não, não, não. Agora eu não acho que tenho o direito de fazer isso. Não que eu ache que possa ajudá-la de alguma forma, é claro; ninguém menos que o próprio Bismarck já cuidou dessas cartas de uma vez por todas com a observação de que a vida é um banquete mal organizado onde os convidados esperam impacientemente pelo aperitivo, enquanto o assado já passou em silêncio, e ter que ajustar-se de acordo com essa sagacidade é tão estúpido, tão terrivelmente estúpido! — é mais por mim do que por ela que estou escrevendo para dizer que estou disposto a me encontrar com ela.

Você, Milena, colocou algo em minha mão — sinto que não deveria ficar com ela fechada! Meu tio está partindo amanhã, então mais uma vez eu vou sair da cidade, para o ar, para a água, ao menos um pouco! Preciso muito. Ela escreve que só eu tenho permissão para ler a carta; ao enviá-la, estou atendendo ao pedido dela. Rasgá-la. Aliás, uma bela frase: as mulheres não precisam de muito.

***

Praga, 24 de julho de 1920
Sábado

Há cerca de meia hora que estou lendo as 2 cartas e o cartão (para não mencionar o envelope, estou surpreso que toda a sala de correspondência não apareça e peça desculpas em seu nome), e só agora percebo que eu estive rindo o tempo todo. Houve algum imperador na história do mundo melhor do que eu? Entro no meu quarto e encontro três cartas esperando por mim, e não preciso fazer nada, exceto abri-las — meus dedos são muito lentos! — inclina-se para trás e — seja incapaz de acreditar que sou tão afortunado, tão feliz.

Não, eu não estava rindo o tempo todo, não vou dizer uma palavra sobre sua bagagem, porque realmente não posso acreditar, e se posso acreditar, não posso imaginar, e se posso imaginar, você é tão bonita quanto — não, isso não é mera beleza, mas uma excepcionalidade do céu — como você era no "Domingo", e eu entendo o "Herr" (ele provavelmente lhe deu 20 mil e pediu 3 mil de volta). Mas ainda não consigo acreditar e, mesmo que tenha acontecido, admito que foi tão aterrorizante quanto grandioso.

Mas o fato de que você está com fome e não está comendo nada (enquanto eu sou alimentado até as guelras aqui, embora eu nunca tenha fome) e que você tenha olheiras (afinal, a foto não pode ter sido retocada — esses círculos tiram metade do prazer que sua foto me dá, o que ainda me deixa com vontade de beijar sua mão por tanto tempo que você nunca mais teria que traduzir ou carregar bagagem da estação) — isso não consigo perdoar e nunca perdoarei, e mesmo um dia, quando estivermos diante de nossa cabana, daqui a cem anos, isso será motivo para eu te murmurar reprimendas. Não, não estou brincando.

Que contradição é essa? Afirma que gosta de mim, que vive por mim e passa fome contra mim; aqui se encontra o dinheiro supérfluo e aí há o Weisser Hahn. Pela primeira vez eu vou perdoar o que você diz sobre a carta da menina porque (finalmente!) você me chama de *tajemník* (eu me chamo assim porque o que eu estou fazendo aqui há 3 semanas é muito *tajemné*) e de outra forma, também, você está certa. Mas basta estar certo? E acima de tudo: não estou certo, então não iria você suportar também uma pequena parte do meu erro — não vai dar certo, eu sei, é só a vontade importa — ao ler além da carta indiferente da garota e concentrando-se no meu erro, que está escrito lá tão claro quanto possível?

Além disso, não quero ouvir mais nada sobre essa troca de cartas que causei tão impensadamente. Enviei sua carta de volta para ela com algumas linhas amigáveis. Desde então não ouvi nada. Eu não consegui sugerir um encontro, espero que tudo acabe de forma silenciosa e amigável.

Você defende sua carta para Stasa e, no entanto, eu estava lhe agradecendo por isso. Tenho certeza de que continuo fazendo injustiça a ambos e talvez um dia eu consiga parar.

Você estava em Neuwaldegg? Costumo ir lá com tanta frequência, estranho que nunca nos encontramos. Bem, você sobe e corre tão rápido que deve ter passado zunindo por mim, assim como fez em Viena. Que tipo de 4 dias foram aqueles?

Uma deusa saiu do cinema e um pequeno porteiro estava na pista — e isso deveria ter sido 4 dias?

***

Max receberá sua carta hoje. Eu não li nada mais do que poderia ser lido em segredo. Sim, você realmente teve azar com Landauer. E ainda parece bom para você em alemão? O que você achou disso, pobre coitada (e não "criança", por favor, note!), torturada e confusa por minhas cartas como você estava. Não estou certo em dizer que elas a incomodam? Mas de que adianta estar certo? Se recebo cartas estou certo e dotado de tudo, e se não chegasse nenhuma eu não estaria certo nem dotado de nada, inclusive a vida.

Sim, a ir para Viena! Por favor, envie-me a tradução, eu não consigo colocar minhas mãos em você o suficiente. Há um grande colecionador de selos aqui, ele pega os selos da minha mão. Agora ele já tem o suficiente desses selos de 1 K, mas ele afirma que há outros selos de 1 K, maiores e marrom-escuros. Estou pensando: eu recebo as cartas, não deveria tentar obter os selos para ele? Então, se você pudesse usar esses outros selos de uma coroa ou alguns outros maiores de 2 K.

***

Praga, 26 de julho de 1920
Segunda-feira

Bem, o telegrama não foi uma resposta, mas a carta de quinta-feira à noite sim. Então minha insônia era muito justificada, assim como minha terrível tristeza esta manhã. Seu marido sabe sobre o sangue? Não há necessidade de exagerar, pode não significar nada, o sangramento tem muitas causas, mas ainda é sangue e não pode ser esquecido. E sua resposta é continuar vivendo sua vida heroicamente feliz, continuar vivendo como se estivesse incitando o sangue: "Tudo bem, vamos, você finalmente virá." E então venha. E você não dá a mínima para o que eu devo fazer aqui e é claro que você não é uma criança e que você sabe o que está fazendo, mas eu deveria ficar aqui na praia em Praga e ver você se afogar no mar de Viena, de propósito, bem diante dos meus olhos?

E se você não tem nada para comer, isso não é uma necessidade em si? Ou você acha que é mais a minha necessidade do que a sua? Bem, você está certa, também. E infelizmente não poderei mais enviar dinheiro, porque ao meio-dia vou para casa e enfio todas aquelas contas inúteis no fogão da cozinha. Então nós nos afastamos completamente, Milena, e a única coisa que parecemos compartilhar é o desejo intenso de que você estivesse aqui, e seu rosto o mais próximo possível de mim. E é claro que também compartilhamos esse desejo de morte — esse desejo de morrer "confortavelmente", mas na realidade esse é um desejo que crianças pequenas têm de qualquer maneira, como eu, por exemplo, durante a aritmética: eu via o professor folheando seu caderno, provavelmente procurando meu nome, e compararia minha inconcebível falta de conhecimento a esse espetáculo de poder, terror e realidade. Meio sonhando com medo, eu desejava poder me levantar como um fantasma e correr pelo corredor entre as carteiras, passar voando pelo meu professor tão leve quanto meu conhecimento de matemática, de alguma forma passar pela porta, então — uma vez fora — eu me iria me recompor e seria livre no ar maravilhoso que, em todo o mundo que conheço, não continha tensões maiores do que as encontradas naquela sala de aula. Isso teria sido realmente "confortável". Mas não foi assim que aconteceu.

    Fui chamado, para resolver um problema que exigia uma tabela logarítmica. Eu tinha esquecido minha tabela; mesmo assim menti que tinha na minha mesa (pensando que o professor me emprestaria a dele), fui mandado de volta à minha mesa para buscá-la, notei sua ausência com um alarme que nem precisei fingir (na escola eu nunca precisei fingir alarme), e o professor (dei de cara com ele 2 dias depois) me disse: "Seu crocodilo!" Deram-me imediatamente um "Insatisfatório" e isso foi realmente uma coisa boa, já que era apenas uma formalidade, e além disso injusto (embora eu tivesse mentido, é claro, ninguém poderia provar; isso é injusto?) — mas acima de tudo, eu não tive que mostrar minha ignorância sem vergonha. Então, no geral, isso também era bem "confortável" e, em condições favoráveis, a pessoa poderia até "desaparecer" no próprio quarto, e as possibilidades eram infinitas e a pessoa poderia até "morrer" enquanto ainda estava vivo.

    ESCRITO DIAGONALMENTE NO TOPO DE DUAS PÁGINAS, EM LETRAS GRANDES: Só estou balbuciando assim porque me sinto tão bem com você apesar de tudo.

    Só está faltando uma possibilidade — isso está claro além de todo balbucio — para você entrar agora mesmo e estar aqui e para nós termos uma discussão completa sobre como você recuperará sua saúde: e precisamente essa possibilidade é a mais urgentemente necessária.

✲✲✲

    Havia muita coisa que eu queria lhe dizer hoje, antes de ler as cartas, mas o que pode ser dito diante do sangue? Por favor, escreva-me imediatamente o que o médico disse, e que tipo de homem ele é? Sua descrição da cena na estação está incorreta. Não hesitei um momento, era tudo tão obviamente triste e bonito e estávamos tão completamente sozinhos que parecia incompreensivelmente cômico como as pessoas — que não estavam lá, afinal — de repente se levantaram em protesto e exigiram que o portão para a pista fosse aberto. Mas em frente ao hotel era exatamente como você diz. Você estava tão linda lá! Talvez não fosse você; na verdade, seria incomum se você tivesse acordado tão cedo. Mas se não foi você, então como sabe exatamente de que jeito realmente era. É bom que você também queira selos, já faz dois dias que me recrimino pelo meu próprio pedido; mesmo enquanto escrevia, eu estava fazendo isso.

***

Praga, 26 de julho de 1920

Segunda-feira mais tarde

Ah, tantos documentos acabaram de chegar. E para que estou trabalhando, e com a cabeça inquieta? Pelo que? O fogão da cozinha.

E agora ainda por cima, o poeta, o primeiro também faz xilogravuras, gravuras, e não sai e é tão cheio de vida que solta tudo em mim e me vê estremecer de impaciência; observa minha mão tremendo sobre esta carta, minha cabeça já está deitada no meu peito e ele não vai embora, o menino é bom, animado, feliz-infeliz, extraordinário, que por acaso é um incômodo terrível agora mesmo. E você tem sangue saindo de sua boca.

E acontece que realmente continuamos escrevendo a mesma coisa. Eu pergunto se você está doente e então você escreve sobre isso, eu quero morrer e então você morre, eu quero selos e você quer selos, às vezes eu quero chorar no seu ombro como um garotinho e então você quer chorar no meu como uma garotinha. E às vezes, e dez vezes, e mil vezes, e sempre eu quero estar com você e você está dizendo a mesma coisa. Chega, chega.

E ainda não há nenhuma carta sobre o que o médico disse, seu vagabundo, seu mau escritor de cartas, seu malvado, seu adorável, você... bem, e agora? Nada... para descansar em seu colo, ainda.

***

Praga, 27 de julho de 1920

Terça-feira

Onde está o médico? Estou folheando sua carta sem lê-la apenas para encontrar algo sobre o médico. Onde ele está? Eu não estou dormindo, não quero dizer que não estou dormindo por causa disso; as verdadeiras preocupações fazem com que as pessoas não musicais percam menos sono do que outras coisas, mas mesmo assim não estou dormindo. A viagem a Viena já faz muito tempo? Eu elogiei demais a minha sorte? Não ajudam em nada o leite, a manteiga, eu preciso ter o alimento de sua presença? A razão provavelmente não é nada disso, mas esses dias não são muito agradáveis. Além disso, há 3 dias não estou aproveitando a felicidade do apartamento vazio e estou morando em casa (por isso também recebi o telegrama imediatamente). Talvez não seja o vazio do apartamento que me faça sentir tão bem, ou talvez isso não seja o principal; poderia ter dois apartamentos ao mesmo tempo, um para o dia e outro, mais distante, para a tarde e a noite. Você entende isso? Eu não, mas é assim. Sim, o guarda-roupa. Provavelmente será o objeto de nossa primeira e última luta. Eu direi: "Nós vamos jogá-lo fora." Você dirá: "Irá ficar." Eu direi: "Escolha entre ele e eu." Você dirá: "Só um segundo. Frank e Schrank rimam. Eu fico com o Schrank." "Tudo bem", eu digo e lentamente desço as escadas (quais?) e — se ainda não encontrei o Canal do Danúbio, vou viver feliz para sempre. E, a propósito, sou totalmente a favor do guarda-roupa — você simplesmente não deveria usar o vestido. Você vai desgastá-lo e o que vai sobrar para mim então? A sepultura é estranha. Eu estava na verdade (vlastně) procurando por ela naquele lugar, mas muito timidamente, então eu comecei a fazer círculos cada vez maiores e enormes ao redor dela e finalmente confundi outra capela com a certa. Então, está indo embora e nem tem o visto. E com isso se perde minha garantia de que você viria à noite se fosse necessário. E mesmo assim você espera que eu durma. [...]

E o médico? Onde ele está? Ainda não está lá? Não havia nenhum selo especial do congresso, eu também estava sob a impressão de que houve alguns, e fiquei decepcionado hoje quando alguém me trouxe aqueles "selos-congresso" são apenas selos comuns, só que com o carimbo do congresso. Mesmo assim, é precisamente este carimbo postal que supostamente os tornam bem valiosos, mas o menino não vai entender isso. De agora em diante vou anexar apenas um selo de cada vez, primeiro pelo custo e segundo para que todos os dias me agradeçam. Sabe, você precisa de uma ponta de caneta nova, por que não aproveitamos melhor nosso tempo em Viena? Por que não passamos o tempo todo na papelaria, por exemplo; realmente era tão bonito por dentro e estávamos tão perto um do outro. E eu acredito que você não tenha lido minhas piadas idiotas em voz alta para o seu guarda-roupa? Você sabe que eu amo quase tudo no seu quarto ao ponto de desmaiar. E o médico? Você vê o colecionador de selos com frequência? Não há nada de astuto na pergunta, embora pareça que sim; depois de uma noite mal dormida, pergunta-se quem sabe o quê. E gostaria de continuar pedindo para sempre; afinal, não dormir significa perguntar; se alguém tivesse a resposta, dormiria.

E essa declaração de não ser responsável por seus atos é realmente muito ruim. Você conseguiu o passaporte, não foi?

Praga, 28 de julho de 1920
Quarta-feira

Você conhece a fuga de Casanova da prisão Leads? Tenho certeza que sim. Ele contém uma breve descrição da forma mais horripilante de encarceramento: no porão, no escuro, no úmido, no nível das lagoas, agacha-se em uma tábua estreita — a água está quase à altura, e chegam com a maré — mas o pior são os ratos selvagens d'água, durante a noite, puxando, rasgando e roendo (acredito que o prisioneiro tem que lutar com eles por seu pão), e o pior de tudo é sua impaciência esperando que o prisioneiro enfraqueça e caia da tábua. É exatamente assim que essas histórias em sua carta são. Horríveis e incompreensíveis e acima de tudo tão próximas e tão distantes quanto o próprio passado. E aí a gente se agacha, não é a melhor coisa para as costas, e os pés também ficam com cãibras, e a gente fica apavorado, mas não pode fazer nada a não ser observar os grandes ratos escuros — sua presença é ofuscante no meio da noite — no fim, não se sabe mais se ainda está em cima ou se já está embaixo, arreganhando os dentes, silvando com o focinho aberto. Vamos, não conte histórias assim, para quê. Vou deixar você ficar com esses "pequenos animais", mas apenas com a condição de expulsá-los de casa.

NA MARGEM: O "*trotzdem*" dessas cartas era realmente necessário — mas a palavra em si também não é bonita? O "*trotz*" contém colisão, algum "mundo" ainda está lá.

E agora não há mais nenhuma menção ao médico? E, no entanto, você prometeu expressamente que iria ao médico e, afinal, sempre mantém sua palavra. Você não vai por que não vê mais sangue? Não estou me citando como exemplo; você é incomparavelmente mais saudável do que eu, sempre serei apenas o cavalheiro que carrega suas malas (o que ainda não indica nenhuma diferença de classificação, pois primeiro vem o cavalheiro que acena para o porteiro, depois vem o porteiro, e só então o cavalheiro que pede ao porteiro para levar a mala, porque senão ele desmaiaria. Quando eu estava voltando para casa da estação de trem, o atendente que carregava meu baú começou a me confortar — por vontade própria, sem eu ter dito alguma coisa sobre isso. Ele tinha certeza de que eu entendia algumas coisas que estavam além dele, ele disse, e carregar bagagem era seu trabalho e ele não se importava com isso etc. Agora isso era totalmente insuficiente a resposta para coisas em que estive pensando, mas que não expressei com clareza) — de qualquer forma, não estou me comparando a você com tudo isso, mas não posso deixar de pensar em como foi comigo e isso me deixa preocupado e você deve ver o médico. Cerca de três anos atrás: meus pulmões nunca mostraram nenhum sinal de doença, nada me cansava, eu podia andar sem parar e nunca chegar ao fim de minhas forças (embora o pensamento sempre me esgotasse) e de repente por volta de agosto — estava quente e bonito; tudo estava bem, exceto minha cabeça

— na piscina pública eu cuspi algo vermelho. Você vai concordar que foi incomum e interessante. Eu olhei para ele por um tempo e esqueci imediatamente. E então começou a ocorrer com mais frequência e, geralmente, sempre que eu queria, podia cuspir algo vermelho. Nesse ponto, não era mais interessante, mas chato e eu esqueci mais uma vez. Se eu tivesse ido imediatamente ao médico — bem, tudo provavelmente teria acontecido exatamente como aconteceu sem o médico; só que ninguém sabia sobre o sangue naquela época, nem mesmo eu, na verdade, e ninguém estava preocupado. Mas agora alguém está preocupado, então, por favor, vá ao médico.

NA MARGEM: Por que você também está confundindo Jílovský nas histórias? No meu mata-borrão ainda tenho um desenho dele que lhe diz respeito.

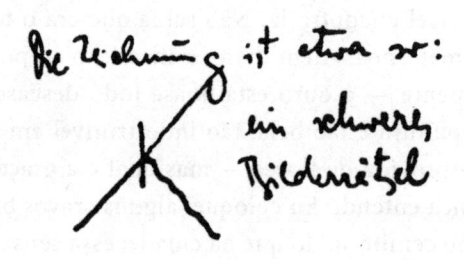

Curioso que seu marido diga que vai me escrever, isso e aquilo. E bater e estrangular? Realmente não entendo. Claro que creio inteiramente em você, mas é tão impossível imaginar isso que chego a ponto de não sentir nada, como se fosse uma história bem distante e totalmente alheia a mim. Como se você estivesse aqui dizendo: "Agora estou em Viena e há gritos etc." E nós dois olhávamos pela janela para Viena e, naturalmente, não haveria a menor razão para ficar empolgados. Mas há uma coisa: quando você fala sobre o futuro, não às vezes, você esquece que eu sou judeu? (*jasne, nezapletene*)[3] Mesmo a seus pés, judeus e judaísmo continuam perigosos.

***

Praga, 29 de julho de 1920
Quinta-feira

Essa é uma carta muito bonita da Stasa. Mas não há indicação de que ela fosse diferente do que é agora; ela nem está no bilhete, ela está falando por

---

3 *Jasne*: claro; *nezapletene*: não complicado (tcheco). (N. do R.)

você. Há um acordo incrível entre ela e você, algo praticamente espiritual, como alguém que simplesmente transmite o que ouviu, algo que só ele teve permissão para ouvir e entender (e sua consciência desse fato também é significativa, pois explica o orgulho e beleza do todo). Ele mesmo não ousa fazer nada além de mediar, e permanece praticamente impassível. Mas nao acho que ela tenha mudado desde então; em circunstâncias semelhantes, ela poderia escrever uma nota como essa hoje. São estranhas essas histórias. Elas me oprimem, mas não porque são judaicas, nem porque cada judeu tem que tirar sua parte da comida comum, repugnante, venenosa, mas também antiga e basicamente eterna, uma vez que o prato é colocado na mesa, não é a razão.

Você não vai me estender essas histórias e deixar sua mão comigo por muito, muito tempo? Ontem encontrei a sepultura. Se você procurar timidamente, é realmente impossível encontrá-la. Não sabia que era o terreno pertencente aos seus parentes maternos. Além disso, a inscrição só pode ser lida se você se inclinar atentamente — o ouro está quase todo descascado. Fiquei lá por muito tempo: a sepultura é tão bela, tão indestrutível em sua pedra, embora completamente desprovida de flores — mas qual é a graça de todas as flores em sepulturas, nunca entendi. Eu coloquei alguns cravos brilhantes na borda. Senti-me melhor no cemitério do que na cidade; essa sensação durou também — por muito tempo caminhei pela cidade como se fosse um cemitério. Jenicek, aquele era seu irmãozinho?

E você está bem? Na foto de Neuwaldegg você está visivelmente doente. Tenho certeza de que é exagerado, mas mesmo assim apenas exagerado. Eu ainda não tenho nenhuma foto real de você. Uma mostra uma jovem distinta, delicada e bem-vestida, que em breve — em 1 ou 2 anos — será tirada da escola do convento (na verdade, os cantos de sua boca estão um pouco curvados, mas isso é apenas refinamento e piedade religiosa), e a segunda foto é propaganda exagerada: "É assim que vivemos em Viena". Aliás, nesta segunda foto, mais uma vez você parece estranhamente com meu primeiro amigo misterioso; algum dia eu vou te contar sobre ele.

Não, não irei a Viena, exteriormente só seria possível mentindo, ligando para o trabalho, ou então em dois feriados contíguos. Mas essas são apenas as obstruções externas, meu caro rapaz (solilóquio). Stasa passou muito tempo com você em Veleslavin? Eu escrevi diariamente, você provavelmente ainda receberá as cartas. O telegrama, obrigado, obrigado, retiro todas as minhas censuras, além de que nem sequer eram censuras, para começar, apenas carícias com as costas da minha mão, já que há tanto tempo tem ciúmes. Agora mesmo o poeta e artista gráfico (mas principalmente músico) apareceu; ele continua vindo me visitar, hoje ele me trouxe 2 xilogravuras (Trotsky e uma Anunciação, você pode ver que o mundo dele não é pequeno). Para seu próprio bem e para entender melhor as coisas, rapidamente criei uma conexão com você e disse que as enviaria a um amigo em Viena, que teve o resultado inesperado de que, em vez de um exemplar, recebi dois (estou guardando o seu aqui ou você os quer imediatamente?). Mas então seu telegrama chegou; enquanto eu lia e lia e não encontrava fim para minha alegria e gratidão, ele continuou falando comigo imperturbável (embora sem querer me perturbar minimamente, nem um pouco; sempre que eu digo que tenho algo a fazer e digo alto o suficiente para acordá-lo, ele para no meio da frase e foge, sem se ofender). Todas as suas notícias são muito importantes; os detalhes, no entanto, serão ainda mais importantes. Mas, acima de tudo: como você vai ter calma, isso é impossível, um médico não poderia dizer besteira maior, pelo menos não na minha opinião. Ah, afinal de contas, é ruim, mas obrigado, de qualquer forma, obrigado.

***

Praga, 29 de julho de 1920
Quinta-feira mais tarde

Só para não restar dúvidas, Milena:

Talvez minha condição não seja a melhor possível, talvez eu aguente um pouco mais de felicidade, um pouco mais de segurança, um pouco mais de abundância, embora isso não seja de forma alguma certo, mesmo em Praga. No entanto, em qualquer caso, estou geralmente feliz e livre e indo bem — completamente imerecidamente — tão bem que me assusta, e se as condições atuais durarem um pouco, se as convulsões não forem muito grandes e se eu receber uma palavra sua cada dia, e que isso não lhe cause muito tormento, então essa palavra provavelmente será suficiente para me deixar mais saudável. E agora, por favor, Milena, não se torture mais, e eu nunca entendi física (ou no máximo só a coluna de fogo, isso também é física, não é?). Tenho certeza de que eles não me entendem melhor (o que meus 55 quilos, despidos, poderiam começar a fazer com escalas tão monstruosas; eles nem perceberiam, muito menos se mexeriam), e estou aqui como estava em Viena e sua mão está na minha, desde que você a deixe lá.

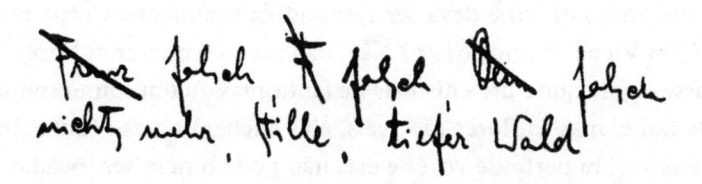

O poema de Werfel é como um retrato que olha para todos, inclusive para mim, e sobretudo para o Maligno, que aliás o escreveu ele mesmo.

Não entendi o que você escreveu sobre suas férias. Para onde você iria?

***

Praga, 30 de julho de 1920
Sexta-feira

Você está sempre querendo saber, Milena, se eu te amo, mas afinal, essa é uma pergunta difícil que não pode ser respondida em uma carta (nem mesmo na carta do último domingo). Eu vou ter certeza de dizer a você na próxima vez que nos vermos (se minha voz não me falhar). Mas você não deveria escrever sobre minha viagem a Viena. Eu não vou, mas cada vez que você menciona isso, você acende um pouco de fogo na minha pele nua, que já é uma pequena pira, que queima e queima, mas nunca queima; na verdade, as chamas estão mesmo crescendo. Tenho certeza que você não quer isso. Sinto muito pelas flores que você recebeu — sinto muito, não consigo nem decifrar que tipo de flores eram. E agora elas estão no seu quarto. Se eu realmente fosse seu guarda-roupa, de repente me empurraria para fora do quarto em plena luz do dia e esperaria no corredor da frente pelo menos até as flores murcharem. Não, isso não é legal. E tudo está tão longe e ainda vejo a maçaneta da sua porta tão perto dos meus olhos quanto meu tinteiro.

NA MARGEM: Não, o homem é estranho, ele está interessado apenas nos selos austríacos, talvez você poderia usar denominações menores, 25h etc., se você não puder encontrar selos para 1K. Mas não, apenas esqueça, por favor, esqueça.

Bem, sim, claro que tenho o seu telegrama de ontem, não, do dia anterior, mas mesmo assim as flores não murcharam. E por que elas a fazem feliz? Se elas são suas "favoritas", então todas as flores dessa espécie na terra devem fazer você feliz, então por que essas em particular? Mas talvez essa pergunta também seja muito difícil e deva ser respondida oralmente. Certo, mas onde você está? Em Viena? E onde é isso? Não, não posso esquecer as flores. A Kant-ner-strasse, agora que é uma história de fantasmas ou um sonho sonhado em um dia de noite, mas as flores são reais, elas enchem o vaso (uma "braçada" você diz e as segura perto de você) e elas não podem nem ser tocadas porque são suas "flores favoritas". Apenas espere, quando Milena finalmente sair da

sala eu vou arrancá-las e jogá-las no pátio. Por que você está sombria? Aconteceu alguma coisa e você não está me contando? Não, isso é impossível.
NA MARGEM: E por que você está triste?

Você pergunta sobre Max, mas ele respondeu há muito tempo — não sei o que ele disse, mas eu o vi enviar a carta no domingo. A propósito, você recebeu minha carta de domingo? Ontem foi um dia extremamente inquieto — não angustiantemente inquieto, apenas inquieto, talvez eu lhe conte sobre isso em breve. Acima de tudo, eu tinha seu telegrama e havia algo de especial em andar com ele no bolso. Há uma bondade humana particular que as pessoas não percebem que existe. Por exemplo, estou andando em direção à ponte tcheca, pego o telegrama e o leio (é sempre novo; uma vez lido, absorvido, o papel fica vazio — mas assim que ele volta ao meu bolso, é imediatamente reescrito). Então eu olho em volta, esperando ver rostos malvados; não exatamente inveja, mas mesmo assim rostos que dizem: "O quê? Você, de todas as pessoas, recebeu este telegrama? Teremos que relatar isso imediatamente. No mínimo, flores (uma braçada) serão enviadas para Viena imediatamente. Em qualquer caso, estamos determinados a não simplesmente aceitar o telegrama sem contestação". Mas, em vez disso, tudo está calmo até onde a vista alcança: os pescadores continuam pescando, os espectadores continuam olhando, as crianças estão jogando futebol, o homem na ponte está recolhendo seus *kreuzers*. Se você olhar um pouco mais de perto, poderá detectar um certo nervosismo, pois as pessoas se forçam a se concentrar no que estão fazendo, para não trair nenhum de seus pensamentos. Mas é justamente isso que os torna tão amáveis, essa voz que sai do todo, dizendo: "Está tudo bem, o telegrama é seu, concordamos, não estamos questionando o seu direito de recebê-lo, apenas olhe para o outro lado, e você pode mantê-lo para si mesmo". E quando eu o tirar de novo um pouco mais tarde, você pensaria que eles ficariam aborrecidos por eu pelo menos não ficar quieto e me esconder — mas eles não estão aborrecidos, eles permanecem como estavam.

Esta noite, mais uma vez falei com um judeu palestino. É impossível descrevê-lo para você em uma carta, para explicar sua importância para mim — um homem pequeno, quase minúsculo, fraco, barbudo e com um olho. Mas pensar nele me custou metade da noite. Falarei sobre isso mais tarde.

Então você não tem seu passaporte e não vai conseguir um?

NA MARGEM: E por que você está triste?

Franz Kafka

Praga, 31 de julho de 1920

Sábado

No momento estou distraído e triste. Perdi seu telegrama — digo, não o perdi, mas é bem ruim ter que procurar por ele. Aliás, é tudo culpa sua; se não fosse tão belo eu não o teria constantemente em minhas mãos. No entanto, o que você diz sobre o médico me consola. Então o sangue não significava nada: eu disse a mesma coisa, velho médico que sou. O que ele diz sobre o problema em seu pulmão? Tenho certeza que ele não prescreveu jejum ou carregar malas. E ele concordou que você deveria continuar sendo boa comigo? Ou não fui mencionado? Mas como posso dizer que estou satisfeito se o médico sequer mencionou a mim? Ou o meu problema, supostamente, que ele encontrou em seu pulmão? Realmente não é sério? E ele não tem mais nada a dizer a não ser mandar você para o campo por quatro semanas? Isso não é muito, mesmo. Não, não tenho muito mais contra a viagem do que tenho contra sua vida em Viena. Vá em frente e viaje, por favor, saia de Viena. Você escreveu em algum lugar sobre quanta esperança você tem nessa viagem, para mim isso é motivo suficiente para desejá-la a você.

NA MARGEM: Li corretamente? Há um grande T no envelope? O carimbo do correio está bem em cima e não consigo ver exatamente.

Mais uma vez você menciona minha viagem a Viena. O pior de tudo é quando você escreve sobre isso a sério: então o chão aqui começa a tremer e eu espero ansiosamente para ver se ele vai me ejetar. Não. Eu já escrevi sobre o obstáculo externo! Não quero discutir os internos, pois, embora sejam mais fortes do que eu, não acho que me conteriam; não porque sou forte, mas porque sou fraco demais para permitir que me segurem — só poderia viajar se mentisse, e tenho medo de mentir, não como um homem de honra, mas como um colegial. E, além disso, tenho um pressentimento ou pelo menos uma premonição de que algum dia, absolutamente, inevitavelmente, terei que ir a Viena por mim ou por você, mas não conseguiria mentir uma segunda vez (mesmo como um colegial bobo). Assim, essa possibilidade de mentir é minha reserva. Eu vivo disso como vivo da sua promessa de vir imediatamente. É por isso que não vou — em vez de ter certeza por apenas dois dias de que tenho a possibilidade constante. Mas por favor, não descreva esses dois dias, Milena; isso praticamente me torturaria. Ainda não é necessidade, apenas desejo infinito. E as flores? Naturalmente elas já murcharam? Você já teve flores descendo pelo "tubo errado", do jeito que elas fizeram comigo? É muito desagradável. Não vou me intrometer na briga entre você e Max. Vou ficar de lado. Reconheço que cada pessoa está certa e estou seguro. O que você diz é, sem dúvida, correto; mas agora, vamos trocar de lugar. Você tem sua pátria e pode renunciar a ela, e isso pode ser a melhor coisa que se pode fazer com uma pátria, especialmente porque, ao fazê-lo, não se abre mão daquilo que não pode ser renunciado. Mas ele não tem uma pátria e, portanto, não tem nada a renunciar e deve constantemente pensar nela, procurá-la ou construí-la, seja tirando o chapéu do cabide ou deitado ao sol ao lado da piscina ou escrevendo o livro que você traduzirá (aqui ele pode até ser o menos tenso de todos — mas coitadinha, quanto trabalho você carrega por um sentimento de culpa; eu vejo você curvada sobre seu trabalho, seu pescoço descoberto, eu estou atrás de você, mas você não sabe — por favor, não se assuste se você sentir meus lábios na sua nuca, eu não queria beijá-la, é apenas amor que não pode ser evitado) sim, Max deve pensar nisso constantemente, mesmo quando ele está escrevendo para você. E é estranho como ele a derrota em detalhes, embora em geral sua defesa contra ele esteja correta. Ele aparentemente te escreveu sobre minha vida com meus pais e sobre Davos. Ambos errados. Certamente viver em casa é muito ruim, mas não é só viver lá — é a vida, o afundar nesse círculo de bondade, de amor — você não conhece a carta para meu pai — o zumbido da mosca no galho do limoeiro. Claro que também tem seu lado bom. É que um homem luta em Maratona[4], o outro na sala de jantar, enquanto o deus da guerra e a deusa da vitória são onipresentes. Mas de que me serviria sair fisicamente, mesmo que fosse comer em casa, de onde certamente é melhor para mim no momento. Em seguida, sobre o assunto de Davos. A única coisa que aprovo em Davos é o beijo antes de partir.

NA MARGEM: Sim, por favor me mande *Ser Infeliz*, eu queria lhe perguntar antes. Ter alguém do *Tribuna* procurando é desagradável.

✱✱✱

Praga, 31 de julho de 1920
Sábado mais tarde

Seja como for que qualquer um escolha olhar para a linda e alegre carta auspiciosa de hoje, ainda é uma carta "salvadora". Milena entre os salvadores! (Se eu fosse um deles, ela estaria comigo? Não, nesse caso com certeza não.) Milena entre os salvadores, Milena que está constantemente descobrindo em si mesma que a única maneira de salvar outra pessoa é estar lá e nada mais. Além disso, ela já me salvou uma vez com sua presença e agora, depois do fato,

---
4 Cidade grega onde ocorreu a Batalha de Maratona, durante a Primeira Guerra Médica em 490 a.C. (N. do R.)

está tentando fazê-lo com outros meios infinitamente menores. Naturalmente, salvar alguém de um afogamento é um grande feito, mas de que adianta se o salvador enviar ao salvo um certificado de presente para um curso de natação? Por que o salvador quer facilitar tanto para si mesmo, por que não quer continuar salvando o outro por meio de sua presença constante, de sua disposição constante de estar lá? Por que ele quer se esquivar de seu dever e deixá-lo com os instrutores de natação e donos de hotéis de Davos? E além disso, eu peso 55,4 kg! E como posso voar para longe se estamos de mãos dadas? E de que adianta nós dois voarmos para longe? E, além disso — este é realmente o principal pensamento do momento — eu nunca irei para tão longe de você novamente. Afinal, só agora estou me libertanto da "Coleira" de Merano.

***

Sábado à noite

Isso já estava escrito — hoje eu tinha mais uma vez a intenção de escrever sobre outra coisa, mas agora não adianta. Cheguei em casa e, na escuridão, vi a inesperada carta sobre a mesa. Dei uma olhada nela, embora fosse constantemente chamado para jantar, depois comi algo que infelizmente se recusava a desaparecer do prato, a menos que fosse engolido. Depois, li a carta completa, devagar, rápida, selvagem, alegremente, uma vez com espanto e, finalmente, com desespero, tanto desespero que meu coração batia forte. Ela absolutamente desafia a crença, mas aí está; ainda assim, não pode ser acreditada. E ainda se exulta sobre ela, e se exultar conta como acreditar. "Eu não posso vir" — eu sabia disso com a primeira e com a última linha, mas no meio disso eu estive em Viena várias vezes do jeito que se tem dez sonhos — cada um durando cerca de meio minuto — durante uma noite excessivamente acordado e sem dormir. Então fui ao correio, mandei-lhe um telegrama, me acalmei um pouco e agora estou sentado aqui. Sentado aqui com a lamentável tarefa de provar a você que não posso ir. Bem, você diz que eu não sou fraco, então talvez eu tenha sucesso; acima de tudo, talvez eu consiga sobreviver às próximas semanas, em que cada hora estará sorrindo para mim (como estão agora) com a pergunta: "Você quer dizer que não foi a Viena? Você recebeu esta carta e não foi para Viena? Você não foi para Viena? Você não foi para Viena?" Eu não entendo de música, mas infelizmente eu entendo essa música melhor do que todas as pessoas musicais juntas. Não posso ir porque não posso mentir no escritório. Há apenas dois motivos para eu mentir no escritório: medo (nesse caso, é realmente parte do trabalho, no trabalho eu fico despreparado, automático, inspirado) ou então por necessidade extrema (no caso, "Else" deve ficar "doente", Else, Else — não você, Milena, você não vai ficar doente, essa seria a necessidade mais terrível de todas, nem vou falar sobre isso). Assim, eu poderia mentir imediatamente se realmente precisasse, caso em que um telegrama não seria necessário — a necessidade genuína pode se impor contra o escritório —, já que eu iria com permissão ou não. Não posso mentir em nenhum outro caso, em casos em que minha felicidade estaria entre as razões para isso, onde a razão principal é minha própria necessidade de felicidade. Não consigo fazer isso da mesma forma que não consigo levantar halteres de 20 kg. Se eu levasse o telegrama de Else para o diretor, tenho certeza de que ele cairia da minha mão, e se caísse, tenho certeza de que pisaria nele, pisaria na mentira, e tendo feito isso, tenho certeza de que fugiria do diretor sem pedir nada.

Considere, Milena, que o escritório não é apenas uma instituição arbitrária e estúpida (embora seja e muito, mas esse não é o ponto; na verdade, é mais fantástica do que estúpida), mas até o momento, ele tem sido minha vida. Claro que posso me afastar, e isso pode não ser uma má ideia; no entanto, tem sido a minha vida até agora. Eu posso me esquivar e trabalhar menos do que qualquer um (assim o faço), eu posso bagunçar as coisas (assim o faço), enquanto ainda me apresento como importante (e assim o faço). Posso aceitar calmamente o tratamento mais especial que se possa imaginar como devido; mas mentir apenas para poder partir, de repente — como um homem livre, já que sou apenas um empregado —, para ir para aonde "nada demais" está me enviando, exceto o bater natural do meu coração — eu simplesmente não posso mentir desse jeito. Antes de receber sua carta, no entanto, eu pretendia escrever que pretendo renovar ou atualizar meu passaporte esta semana, para que eu possa ir imediatamente se precisar.

Estou lendo o que escrevi e não quis dizer isso de forma alguma, e não devo ser "forte" afinal, já que não consegui dizer corretamente. Mais uma coisa: é possível que eu seja um mentiroso pior que a maioria dos trabalhadores de escritório — se consideram vítimas constantes de injustiça, que estão convencidos de que estão sobrecarregados —, para mim, esse pensamento equivaleria a um trem expresso para Viena. Alguém que vê o escritório como uma máquina estupidamente operada — e acha que o administraria muito melhor —, uma máquina na qual está obrigado a desempenhar uma função inadequada precisamente por causa dessa má administração, acha que com suas habilidades, poderia ser um superchefe e, no entanto, está condenado a ser um subalterno etc. Para mim, no entanto, o escritório é um ser humano — assim como a escola primária, o ensino médio, a universidade, a família, tudo que me observa com olhos inocentes onde quer que esteja, uma pessoa viva a quem me apeguei de alguma forma desconhecida. Na realidade, essa pessoa é mais estranha para mim do que as pessoas que agora ouço dirigindo seus carros — tão estranha que é absurdo, na verdade. Mas é exatamente por isso que tenho que ser atencioso e, consequentemente, não faço praticamente nenhum esforço para esconder o fato de que também sou um estranho. Mas será que tal inocência já percebeu isso? Você vê que eu nao posso mentir. Nao, eu não sou forte e não posso escrever e não posso fazer nada. E agora, Milena, além disso, você está se afastando de mim, não por muito tempo, eu sei, mas lembre-se de que um humano não pode durar muito sem um batimento cardíaco, e enquanto você se afastar, como pode meu coração bater? Coração, está batendo? Se você pudesse me enviar um telegrama depois desta carta! Isso é uma exclamação e não um pedido. Mas faça isso se apenas for possível. Só então... você vê, eu nem estou destacando isso. Esqueci uma terceira vez possível em que poderia mentir: se você estiver ao meu lado. Mas então seria a mentira mais inocente do mundo, pois nesse caso uma única pessoa de pé na sala do diretor seria você.

***

Praga, 1º de agosto de 1920
Domingo

Ainda não sei o que você vai dizer a respeito da carta de sábado à noite e não saberei por muito tempo, estou agora sentado no escritório no serviço de domingo (outra instituição estranha: basta ficar sentado aqui, como as outras pessoas que fazem plantão de domingo que trabalham menos do que o normal — eu faço exatamente o mesmo). Está horrível lá fora; em um minuto vai começar a chover, no outro, a luz passa através das nuvens, atrapalhando minha escrita; é exatamente assim que as coisas são também, muito tristes e pesadas. E você escreve que tenho um verdadeiro desejo pela vida, é difícil que isso seja verdade hoje; de que importa isso hoje? Ou esta noite? Todavia (por favor, volte de vez em quando, boa palavra), essencialmente tenho esse desejo, mas pouco dele está na superfície. Além disso, gosto tão pouco de mim: estou sentado aqui em frente à porta do diretor, o diretor não está, mas não me surpreenderia se ele saísse e dissesse: "Eu também não gosto de você, e é por isso que o estou demitindo". "Obrigado, eu diria, eu realmente preciso disso para poder ir a Viena." "Nesse caso, ele diria, "agora eu gosto de você novamente e estou retirando sua demissão." "Oh", eu diria, "então mais uma vez eu não posso ir". "Ah, sim, você pode", ele diria, "porque mais uma vez eu não gosto de você e está demitido." E assim seria, uma história sem fim. Hoje sonhei com você pela primeira vez desde que voltei a Praga, eu acho. Um sonho matinal, curto e pesado, algo como dormir depois de uma noite ruim. Não me lembro muito bem. Você estava em Praga, estávamos andando pela Ferdinandstrasse, em algum lugar do outro lado de Vilimek, em direção às docas. Alguns conhecidos seus passaram por nós do outro lado, nos viramos para vê-los, você falava deles, você também deve ter falado sobre Krasa (sei que ele não está em Praga, vou descobrir o endereço dele). Você falou do jeito que costuma fazer, mas havia algo que estava escondendo, algo que era impossível de entender, algum elemento de rejeição. Eu não mencionei nada. Mas eu me xinguei, embora ao fazê-lo estivesse apenas repetindo o xingamento que já me foi lançado. Em seguida, estávamos em um café, provavelmente no Café Union (ele fica nesse caminho; além disso, era o último café de Reiner naquela noite). Um homem e uma menina estavam sentados a nossa mesa, mas não consigo me lembrar deles; havia um homem que se parecia muito com Dostoiévski — mas jovem — com barba e cabelo pretos e profundos, e tudo incrivelmente acentuado, por exemplo as sobrancelhas e as protuberâncias acima dos olhos. Então você e eu estávamos lá. Novamente nada traiu sua atitude interior, mas a rejeição estava lá. Seu rosto estava — eu não conseguia tirar os olhos dessa agonizante peculiaridade — com pó, de forma estranha e desajeitada; provavelmente estava quente e grandes manchas de pó se formaram em suas bochechas. Eu ainda posso vê-las. Continuei me curvando para perguntar por que você estava empoada; sempre que você ouvia essa pergunta, você gentilmente me encontrava no meio do caminho — como eu disse, a rejeição era impossível de perceber — e dizia: "O que você quer?" Mas eu não podia perguntar; não me atrevi, e tive a sensação de que ele estar empoado era um teste para mim, uma prova muito crucial; eu deveria perguntar, eu realmente queria, mas simplesmente não me atrevi. Desta forma, o sonho triste rolou sobre mim. O homem que representava Dostoiévski também me atormentava; em seu comportamento para comigo, ele se parecia com você, ainda assim, ele era um pouco diferente. Sempre que eu lhe perguntava algo, ele era muito amigável, preocupado, dedicado, sincero, mas quando eu ficava sem coisas para dizer — o que acontecia a cada minuto — ele recuava, afundava em seu livro e se esquecia do mundo inteiro e de mim em particular enquanto desaparecia em sua barba e cabelo. Não sei por que não aguentei isso; uma e outra vez eu tive que fazer uma pergunta, e outra vez eu o perdi por minha própria culpa! Não podia evitar. Eu tenho um pequeno consolo, você não pode me negar isso hoje; o *Tribuna* está na minha frente, nem precisei desobedecê-la e comprá-lo; peguei emprestado do meu cunhado. Por favor, conceda-me este prazer. Enfim, nem me preocupo com o que tem dentro, mas ouço a voz, a minha voz! Conceda-me este prazer, cercado como estou pelo barulho do mundo. E todo o artigo é tão bonito! Não sei como isso acontece, afinal só li com os olhos, então, como meu sangue descobriu tão rápido que minhas veias já estão quentes por nelas circular suas palavras? E é divertido. Naturalmente pertenço ao segundo grupo; esse peso nos pés é realmente minha propriedade e não concordo de modo algum com a publicação de assuntos meus que são estritamente privados; alguém disse uma vez que eu nado como um cisne, embora isso nao fosse um elogio. Mas é emocionante. Eu me sinto como um gigante que está mantendo o público longe de você com os braços estendidos — é difícil para ele, ele deveria conter o público, mas, ao mesmo tempo, ele não quer perder uma única palavra ou um único segundo em que possa vê-la — esse público que provavelmente é teimoso e totalmente burro — além do mais o público feminino provavelmente está gritando: "Onde está a moda? Quando a moda finalmente vai aparecer? Até agora nós 'só' vimos Milena". Só, e estou vivendo disso. Na realidade, eu peguei o resto do mundo e o joguei no mar poderoso como Münchausen fez com as carruagens de Gibraltar. Quê? Todo o resto? O que foi isso sobre contar mentiras? Não posso mentir no escritório? Bem, então aqui estou eu, tão triste como antes e amanhã não haverá nenhuma carta e aquele sonho é a última notícia que tenho de você.

***

Praga, 1º de agosto de 1920
Domingo à noite

 Muito rapidamente, eis a possibilidade que temos todas as semanas; por que não pensei nisso antes? De qualquer forma, preciso do meu passaporte primeiro; isso não é tão fácil quanto você pensa, e quase impossível sem Ottla: saio daqui com o expresso em uma tarde de sábado, chego a Viena por volta das 2h da manhã (amanhã vou verificar os horários exatos). Enquanto isso, você já comprou a minha passagem de volta para Praga no expresso de domingo e me telegrafou dizendo que a tem; sem esse telegrama eu não poderia sair de Praga. Você me encontra na estação, temos mais de quatro horas juntos, saio novamente no domingo às 7h da manhã. Então essa é a possibilidade, reconhecidamente um pouco triste — apenas quatro horas cansativas juntos. (E onde? Num hotel da Franz-Josefs-Bahnhof?) Mas ainda assim, é uma possibilidade, que você, no entanto, pode melhorar consideravelmente — mas isso é possível? Podemos nos encontrar no meio do caminho em Gmünd onde passaríamos a noite. Gmünd é um município austríaco, não é? Então não precisa de passaporte. Eu provavelmente chegaria por volta de meia-noite, talvez até mais cedo, e sairia no domingo com o expresso (no domingo deve ser fácil conseguir um assento) por volta das nove da manhã — talvez até mais tarde se houver um trem local. Mas não tenho ideia de como você chegaria lá e voltaria. Então, o que você diz? É estranho que eu tenha que perguntar a você agora, quando tenho falado com você o dia todo. Endereço de Krasa: Marienbad Hotel Stern

***

Praga, 2 de agosto de 1920
Segunda-feira

Acontece que de acordo com o cronograma é muito melhor até do que eu pensava. Espero que o cronograma esteja correto. É assim que fica:
I. A possibilidade muito pior: saio daqui às 16h12 de sábado, chego a Viena às 13h, temos sete horas juntos, pois saio domingo de manhã às 7h. Claro que as sete horas estão na condição de eu ter dormido um pouco na noite anterior (não é tarefa fácil), caso contrário, você terá apenas um pobre animal doente em suas mãos.
II. A possibilidade que é praticamente magnífica, graças ao horário: também saio daqui às 16h12, mas já estarei em Gmünd às 20h. Mesmo se eu sair com o expresso da manhã no domingo, não é antes das 10h46, então temos mais de 15 horas, algumas das quais também podemos dormir. Fica ainda melhor. Eu nem preciso pegar aquele trem; há um local para Praga às 4h38 da tarde, então eu pegaria esse. Isso significaria 21 horas juntos, poderíamos (pense!) ter toda semana, pelo menos em teoria. Há apenas um problema, mas não acredito que seja sério; em qualquer caso, você teria que verificar. Embora a estação de trem em Gmünd seja tcheca, a cidade é austríaca; o absurdo do passaporte vai tão longe que um vienense precisa de um passaporte para entrar na estação tcheca? Nesse caso, as pessoas de Gmünd querendo viajar para Viena também teriam que ter um passaporte com visto tcheco — mas não posso acreditar que seria esse o caso, isso seria direcionado especificamente contra nós.[5] Seria tão ruim que talvez eu tivesse que esperar uma hora no controle alfandegário em Gmünd antes de poder sair da estação, e isso reduziria nossas 21 horas.

Não há nada a ser adicionado a essas coisas. De qualquer forma, obrigado por não me deixar sem carta hoje novamente, mas e amanhã? Não vou telefonar porque, primeiro, é muito perturbador e segundo, porque é impossível (já verifiquei uma vez) e terceiro, porque vamos nos ver em breve. Infelizmente Ottla não teve tempo hoje para ir à delegacia buscar meu passaporte, ela cuidará disso amanhã. Sim, você está se saindo muito bem com os selos (infelizmente eu perdi os selos de entrega especial, o homem quase começou a

---
5 Aproximadamente dez palavras após esta frase estavam ilegíveis. (N. do R.)

chorar quando eu disse isso a ele). Claro que você facilitou para si mesma, com a forma como me agradece pelos selos, mas até isso me deixa feliz; aliás, tão feliz que vou lhe mandar uns selos de *Legionnaire*, imagine. Não tenho vontade de contar nenhum conto de fadas hoje; minha cabeça é como uma estação de trem, com trens saindo, chegando, controle alfandegário (o inspetor-chefe está à espreita, pronto para triturar meu visto, mas desta vez está certo; por favor, olhe bem aqui: "Tudo bem, tudo bem, aqui está a saída da estação." "Por favor, Sr. Inspetor, você poderia fazer a gentileza de segurar a porta para mim, eu não posso abri-la. É possível que eu esteja tão fraco porque Milena está esperando lá fora?" "Oh, me desculpe, ele diz, eu não sabia disso." E a porta se abre.

***

Praga, 2-3 de agosto de 1920
Segunda-feira à noite

Já é tarde, depois de um dia bastante sombrio apesar de tudo. Provavelmente não haverá nenhuma carta sua amanhã. Eu tenho a carta de sábado, uma carta escrita no domingo só chegaria depois de amanhã; então amanhã estarei livre de qualquer influência imediata de outra carta. É estranho como suas cartas me cegam, Milena. Há uma semana ou mais, tenho a sensação de que algo aconteceu com você, algo repentino ou gradual, algo fundamental ou incidental, algo claro ou apenas semiconsciente; seja o que for, eu sei que está lá. Não o detecto tanto pelos detalhes das cartas — embora tais detalhes possam ser encontrados — mas pelo fato de que suas cartas estão cheias de lembranças (memórias muito especiais) que, embora você pareça responder a tudo como de costume, você realmente não responde, que você está triste sem razão, que você quer me mandar para Davos, que você quer me encontrar tão de repente (depois de ter imediatamente aceitado meu conselho de não vir aqui, depois de ter declarado Viena imprópria para nos encontrarmos, depois de ter dito que não deveríamos nos encontrar antes de você partir — e agora em duas, três cartas tão apressadas. Isso deveria me deixar muito feliz, mas não deixa, porque suas cartas contêm algum medo secreto — se por mim ou contra mim, não sei — e há medo nessa rapidez e pressa. De qualquer forma, estou muito feliz por ter encontrado uma possibilidade e é de fato uma possibilidade definitiva. Se você não pode passar a noite fora de Viena, isso ainda pode ser feito sacrificando algumas horas juntos. Você pega o expresso de domingo pouco antes das 7h da manhã para Gmünd — como eu já fiz — você chega lá às 10h, eu a encontro, e como eu não tenho que sair até as 16h30, ainda teremos 6 horas juntos. Então, retorna a Viena com o expresso noturno, chegando às 11h15 — um curto passeio de domingo. Por isso estou tão inquieto, ou melhor, não estou inquieto, de tão forte que é o poder que você exerce. Em vez de ficar mais inquieto porque está escondendo algo em suas cartas, ou porque tem que esconder, ou porque está escondendo inconscientemente — de qualquer maneira, em vez de ficar mais inquieto, fico calmo: de tão grande que é minha confiança em você, apesar da maneira como você se mostra. Se está escondendo alguma coisa, pode estar certa em fazê-lo, eu acho. Mas há também outra razão realmente extraordinária pela qual estou mantendo a calma diante de tudo isso. Você tem uma certa peculiaridade, acredito que vem de dentro do seu ser, e outra pessoa é a culpada se nem sempre é eficaz — o que nunca vi em mais ninguém e que nem consigo imaginar, embora tenha encontrado em você; é a sua incapacidade de fazer outras pessoas sofrerem. Não por pena, mas apenas porque você não pode. Não, isso é inacreditável, fantástico. Fiquei pensando nisso quase a tarde toda, mas agora não ouso anotá-la — a coisa toda pode ser simplesmente uma desculpa mais ou menos grandiosa para um abraço. E agora, para a cama. O que estaria fazendo agora, numa segunda-feira, quase 11h da noite?

✯✯✯

Terça-feira

Tem pouco conhecimento da natureza humana, Milena. Eu tenho dito isso o tempo todo. Tudo bem, Else está doente, pode ser e pode significar que é preciso ir a Viena, mas a velha tia Klara está em estado crítico? Deixando tudo de lado, você realmente acha que eu poderia ir falar com o diretor sobre tia Klara e ainda manter uma cara séria? (Claro — e isso mostra o seu conhecimento sobre natureza humana — todo judeu tem uma tia Klara, mas a minha já partiu deste mundo há muito tempo.) Então isso é absolutamente impossível. Ainda bem que não precisamos mais dela: deixe-a seguir em frente e morrer outra vez, afinal ela não está sozinha, Oskar está com ela. Por outro lado, quem é Oskar? Tia Klara é tia Klara, mas quem é Oskar? Quem quer que seja ele, está com ela. Espero que ele não fique doente, o velho caçador de viúvas.

Afinal, uma carta, e que carta! O que eu disse no início não se aplica às cartas vespertinas, mas também não podem fazer com que esse mal-estar (como disse, calma) desapareça. É tão bom que vamos nos ver. Posso enviar-lhe um telegrama amanhã ou depois (Ottla já saiu hoje para cuidar do passaporte) dizendo se poderei ir a Gmünd neste sábado (já é tarde demais para Viena esta semana, pois agora você teria que comprar a passagem para o expresso de domingo). Então, me responda por telegrama se você também pode vir. Então, continue indo aos correios à noite também, para receber o telegrama em breve. Vou telegrafar: "impossível" — ou seja, não posso vir essa semana. Nesse caso, não esperarei uma resposta por telefone e discutiremos o resto por carta. (Se nos encontrarmos nas próximas quatro semanas, claro, depende de onde você estará no país, provavelmente estará ainda mais longe de mim, e nesse caso acho que não poderíamos nos ver por um mês inteiro). Se o telegrama disser: "Posso estar em Gmünd sábado". Então espero que sua resposta seja: "Impossível", ou "Chegarei no sábado em Gmünd", ou então "Chegarei no domingo em Gmünd". Nesses dois últimos casos, está combinado, e não serão necessários mais telegramas (não: para que você tenha certeza de que recebi seu telegrama, confirmarei), partimos para Gmünd e nos veremos neste sábado ou domingo. Tudo soa muito simples.

Quase duas horas perdidas, tive que deixar a carta de lado: Otto Pick estava aqui. Estou cansado. Quando nos veremos? Por que não ouço seu nome mais de três vezes em uma hora e meia? Mesmo que eu faça concessões, admita que estive em Viena, embora não tenha falado com ninguém — nosso estar juntos não era "falar", era? Onde está? A caminho da vila para a casa de campo? Também estou a caminho, é uma longa jornada. Mas não se preocupe com isso, por favor, aconteça o que acontecer, estamos a caminho, não há nada a fazer a não ser ir.

***

Praga, 4 de agosto de 1920
Quarta-feira

Prefiro ignorar o que você escreve sobre minha viagem ("você está esperando até sentir necessidade"), primeiro, porque está desatualizada; segundo, porque dói. Claro que não é sem justificativa; por que as cartas de sábado à noite e domingo de manhã teriam sido tão desesperadas? E terceiro, provavelmente vamos nos ver já no sábado. (Na segunda-feira de manhã, parece que você não recebeu o primeiro dos três telegramas; espero que receba o terceiro a tempo). Entendo seu desespero com a carta de seu pai apenas na medida em que cada nova afirmação desse relacionamento tão agonizante — que vem acontecendo há tanto tempo — tem de lhe causar novamente desespero. Você não pode ler nada de novo na carta dele. Nem mesmo eu, que nunca li uma única carta de seu pai, posso ler algo novo nelas. Ele é sincero, cordial e tirânico, e acredita que deve ser tirânico para satisfazer seu coração. A assinatura não significa muito, apenas o sinal do tirano, mas acima estão as palavras "desculpe" e "terrivelmente triste" que cancelam tudo.

NA MARGEM: O colecionador de selos está encantado, tanta alegria honesta.

Claro que você pode se assustar com a disparidade entre sua carta e a dele; naturalmente não li sua carta, mas, por outro lado, pense na disparidade entre sua prontidão "óbvia" e seu desafio "incompreensível". E você tem dúvidas quanto a sua resposta? Ou melhor, tinha dúvidas, já que agora você escreve que agora pensa que sabe o que dizer. Isso é estranho. Você já respondeu e depois me perguntou: "O que eu disse?" Eu seria capaz de lhe dizer sem hesitação o que eu achava que sua resposta tinha sido. Naturalmente para seu pai, não há diferença entre seu marido e mim; não há dúvida sobre isso, para o europeu nós dois temos a mesma cara, mas por que isso pertence a sua carta, além do fato de que você não pode dizer nada ao certo sobre isso agora? E por que seria necessário mentir? Na minha opinião, sua única resposta pode ser o que outra pessoa — alguém que tem observado sua vida com o coração acelerado, tenso e sem olhos para mais nada — diria ao seu pai se ele falasse de você de maneira semelhante: "Todas as 'sugestões', todos os 'vínculos fixos e rápidos' são inúteis, Milena está vivendo sua própria vida e não pode viver outra. É certo que a vida de Milena é triste, mas é tão 'saudável e calma' quanto em um hospital. Milena está apenas pedindo que você finalmente perceba isso, ela não está pedindo mais nada, especialmente 'acomodação'. Ela está apenas pedindo para você seguir seu coração e falar com ela, como de um humano para outro, em termos iguais, e não se fechar para ela em fúria. Uma vez que você tenha feito isso, você terá removido muita 'tristeza' da vida de Milena e ela não lhe causará mais dissabor".

✳✳✳

O que você quer dizer que a resposta ao seu pai cairá bem no seu aniversário? Estou realmente começando a temer seu aniversário. Quer nos vejamos no sábado ou não, de qualquer forma, por favor, envie-me um telegrama na noite de 1º de agosto.

Se você pudesse estar em Gmünd sábado ou domingo! Realmente é muito necessário. Nesse caso, esta seria realmente a última carta que você recebe antes de nos vermos cara a cara. E esses olhos, que não têm nada para fazer há um mês (tudo bem: ler cartas, olhar pela janela), vão vê-la.

✳✳✳

O ensaio é muito melhor do que em alemão, embora ainda tenha alguns buracos — ou melhor, entrar nele é como entrar em um pântano, é tão difícil ter que levantar o pé a cada passo. Recentemente um leitor do Tribuna conjeturou que eu devo ter feito muita pesquisa no manicômio. "Só no meu", eu disse, ao que ele ainda tentou fazer um elogio ao "meu próprio asilo de lunáticos". (Há dois, três pequenos mal-entendidos na tradução.) Estou segurando a tradução por um tempo.

Franz Kafka

***

Praga, 4 de agosto de 1920
Quarta-feira à noite

Agora por volta das 22h. Eu estava no escritório, o telegrama estava lá — tão rapidamente que estou quase inclinado a duvidar que seja a resposta ao telegrama que enviei ontem, mas lá está: despachado em 4 de agosto às 11h. Na verdade, estava aqui às 7h, então levou apenas 8 horas. Um dos consolos inerentes ao telegrama é que estamos perto o suficiente, pelo menos no espaço: posso ter sua resposta em quase 24 horas. E essa resposta nem sempre precisa ser: Não venha. Permanece a menor possibilidade de você ainda não ter recebido minha carta na qual eu expliquei que você não precisa passar uma noite fora de Viena e pode, no entanto, ir para Gmünd. Por outro lado, você deve ter descoberto isso. Mesmo assim, ainda estou pensando se devo obter a passagem e o visto, que vale apenas por 30 dias (suas férias), com base nessa ínfima possibilidade. No entanto, provavelmente não o farei, o telegrama é tão definitivo; aparentemente você tem objeções intransponíveis à viagem. Agora veja, Milena, não importa. Eu mesmo não ousaria sonhar em vê-la "tão cedo" novamente depois de quatro semanas (embora apenas porque eu não tinha ideia de como encontrá-la). Se tivéssemos nos encontrado, teria sido graças exclusivamente a você e, portanto, tem o direito de impedir essa possibilidade que você mesma criou (sem desconsiderar o fato de que se você não vier é porque realmente não pôde, eu sei). Eu não teria que mencionar isso, é só que eu estava tão feliz por encontrar este túnel estreito que levava do escuro para você. Eu me joguei nele com toda a minha alma, essa passagem que poderia (minha tolice imediatamente diz: Claro que sim! Claro! Claro!) levar-me até você; mas que, em vez disso, bate na impenetrável pedra do: por favor, não venha. Então agora eu tenho que voltar, de novo com toda a minha alma, voltar lentamente pela passagem que eu tinha cavado tão rapidamente e preenchê-la. Isso dói um pouco, sabe, mas não deve ser tão ruim assim, já que sou capaz de escrever sobre isso de uma maneira tão tediosa. No final, sempre se encontra novos túneis para cavar, como a velha toupeira que se é.

NA MARGEM: Não sou nem um pouco contra suas férias. Como eu poderia ser e por que você acha isso?

Muito pior é o fato de que o encontro teria sido muito importante por razões que acredito ter indicado ontem. A esse respeito não pode ser substituído por nada e é por isso que o telegrama me deixa triste. Mas talvez sua carta de depois de amanhã contenha algum conforto.

Só tenho um pedido: sua carta de hoje contém duas frases muito duras. A primeira ("mas você não vem porque você está esperando até sentir a necessidade de vir") tem alguma justificativa, a segunda ("Adeus Frank — vou citar o resto só para você ouvir como essa frase soa —, nesse caso não faz sentido eu mandar-lhe o telegrama falso, eu não vou mandar". Então por que você enviou?) Esse "Adeus Frank" não tem justificativa alguma. Essas são as frases. Você poderia, Milena, recuperá-las de alguma forma, retratá-las formalmente; a primeira apenas em parte, se preferir, mas a segunda em sua totalidade?

Esta manhã esqueci de anexar a carta de seu pai, me perdoe. Por acaso, eu também esqueci o fato de que é a primeira carta dele em três anos, só agora eu entendo a impressão que causou em você. Isso torna sua carta para ele muito mais significativa; afinal, devia conter algo novo. A propósito: sempre o interpretei mal, pensando que seu pai nunca havia falado com seu marido. Stasa, no entanto, mencionou que eles conversavam com frequência. O que pode ter sido discutido?

Sim, sua carta também tem uma terceira frase, que pode ser ainda mais dirigida contra mim do que as que citei. A frase sobre doces que irritam o estômago.

✳✳✳

Quinta-feira

Assim, hoje é — aliás, inesperadamente — o dia sem cartas que tanto temo. Você realmente quis dizer o que escreveu na segunda-feira, pois no dia seguinte nem conseguiu escrever. Mas ainda tenho seu telegrama para me apegar.

✳✳✳

Praga, 6 de agosto de 1920

Sexta-feira

Então você não está bem, nunca esteve pior desde que eu a conheci. E essa distância intransponível entre nós, junto com seu sofrimento, me faz sentir como se eu estivesse em seu quarto e você mal conseguisse me reconhecer enquanto eu vagava desamparadamente indo e vindo entre a cama e a janela, não confiando em ninguém, nem médico, nem tratamento, e não sabendo nada, simplesmente olhando para este céu sombrio que agora, pela primeira vez — depois de toda a brincadeira de anos anteriores — revela sua verdadeira natureza: desamparada e tão indefesa quanto eu. Você está deitada na cama? Quem está trazendo suas refeições? Que tipo de refeições? E essas dores de cabeça. Escreva-me algo sobre isso quando tiver uma chance. Certa vez tive um amigo, um ator judeu da Europa Central, que a cada três meses tinha dores de cabeça terríveis que duravam dias. Fora isso ele estava bem, mas naqueles dias, se saísse na rua, teria que se apoiar nas paredes, e não havia mais nada que se pudesse fazer por ele além de andar meia hora para lá e para cá, amparando-o. Os sãos abandonam os doentes, mas os doentes também abandonam os sãos. As dores se repetem regularmente? E o médico? E desde quando você tem essas dores? E você está tomando pílulas? Ruim, ruim, e nem posso chamá-la de criança.

NA MARGEM: Estou anexando os seis selos *Legionnaire*: um agradecimento é suficiente, mas coloque-os em uma carta, pois lá é mais quente.

É uma pena que sua partida tenha sido adiada novamente; agora você não vai sair até uma semana a partir de quinta-feira. Bem, não terei o prazer de vê-la reviver entre lagos, florestas e montanhas. Mas quanto prazer mais eu quero, homem ganancioso, ganancioso? É uma pena que você tenha que continuar se torturando em Viena por tanto tempo. Discutiremos Davos outra hora. Não quero ir lá porque é muito longe, muito caro e desnecessário. Se eu sair de Praga, e provavelmente vou ter que sair, seria melhor ir para alguma vila. Mas onde alguém vai me levar? Eu ainda vou ter que pensar um pouco; em todo caso, definitivamente não sairei antes de outubro. Ontem à noite encontrei um certo Stein, você deve conhecê-lo pelos cafés, as pessoas sempre o comparam com o rei Afonso. Ele agora está fazendo estágio com um advogado, ficou muito feliz em me ver, queria discutir algum assunto oficial e, de outra forma, teria que me telefonar no dia seguinte. "Bem, o que é isso?" "Trata-se de um divórcio, no qual também estou um pouco envolvido, ou seja, estou sendo solicitado a intervir." "De que maneira?" Eu realmente tive que consultar meu coração. Mas então, aconteceu que eram apenas os pais de um dos meus poetas que estavam se divorciando, e que a mãe, que eu não conheço, pediu ao Dr. Stein que me pedisse para conversar com o poeta para convencê-lo a tratar sua mãe um pouco melhor. Um casamento estranho, aliás. Imagine — a mãe já havia sido casada uma vez; ela teve um filho, o poeta, durante esse casamento anterior, com seu atual marido. Assim, o sobrenome do poeta é o de seu primeiro marido e não o do pai. Mas então eles se casaram e agora depois de muitos anos estão separados novamente, por instigação do marido, o pai do poeta. O divórcio já está completo. Por causa da atual escassez de moradias, no entanto, a mulher não consegue encontrar um apartamento para si mesma, então só por isso eles continuam vivendo juntos como um casal. No entanto, essa convivência conjugal (resultado de não ter outro apartamento) não levou o marido a se reconciliar com a esposa ou mesmo a abandonar o processo de divórcio. Não somos nós, humanos, lamentáveis ao ponto de ser cômico? Conheço o marido: um homem gentil, razoável, muito capaz e afável. De qualquer forma, envie-me a lista de coisas que você quer que sejam feitas — quanto maior, melhor. Vou rastejar em cada livro, em cada item da lista apenas para imaginar a viagem para Viena (o diretor não se importa com isso) e, por favor, me dê tantas oportunidades de viajar quanto possível. Você também pode me emprestar os ensaios que já saíram no Tribuna. Aliás, eu estou ansioso por suas férias, exceto pelo serviço de correio ruim. Você vai me escrever como é lá, não vai? Sua vida, seu apartamento, seus passeios, a vista da sua janela, o que você come... para que eu possa compartilhar um pouco com você.

***

Praga, 7 de agosto de 1920
Sábado

Eu sou mesmo gentil e paciente? Não sei, mas sei que tal telegrama faz bem a todo o corpo, por assim dizer; ainda assim, é apenas um telegrama e não uma mão estendida. Mas também soa triste, cansado, falado do leito do doente. E é realmente triste; além do mais, nenhuma carta chegou hoje — mais um dia sem uma carta, você deve estar muito mal. Quem pode me dar alguma garantia de que foi você que enviou o telegrama e não está passando o dia inteiro na cama, enfiada em seu quarto no qual eu habito mais do que meu? Ontem à noite cometi um assassinato por sua causa: um sonho louco, uma noite ruim. Quase não me lembro de mais nada.

***

Então, agora sua carta chegou, afinal. Está claro, tudo bem. É verdade que as outras não eram menos claras, mas ninguém ousava pressionar mais para atingir sua clareza. Aliás, desde quando você é capaz de mentir? Você não é do tipo que pode contar mentiras. Eu não culpo Max. Claro, o que quer que tenha estado presente em sua carta, estava errado: nada, nem mesmo a melhor das pessoas, ficará entre nós. É também por isso que cometi um assassinato ontem à noite. Alguém, um parente, disse no decorrer de uma conversa de que não me lembro, mas que dizia respeito principalmente a algo que esta ou aquela pessoa não poderia realizar — de qualquer forma, algum parente finalmente disse ironicamente: "Então, talvez Milena". De alguma forma eu o matei e voltei para casa, agitado. Minha mãe continuou correndo atrás de mim. Aqui em casa acontecia uma conversa semelhante; finalmente gritei, quente de raiva: "Se alguém disser algo ruim sobre Milena, por exemplo, meu pai, eu o mato também, ou então eu me mato". Então acordei, mas não havia sono nem despertar. Para voltar as suas cartas anteriores, elas basicamente se assemelhavam a sua carta para a garota. E as cartas da noite não passavam de tristeza comparadas às cartas da manhã. Uma noite você escreveu que tudo é possível, menos eu perdê-la; na verdade era necessário um leve empurrão e o impossível teria acontecido. E talvez esse impulso tenha acontecido. Em qualquer caso: esta carta é um alívio; sentia-me enterrado vivo sob as cartas anteriores; ao mesmo tempo, sentia-me compelido a ficar quieto, pois talvez estivesse morto, afinal.

Então nada disso realmente me surpreendeu, eu esperava, me preparei o melhor que pude, para aguentar caso viesse. Agora que está chegando, eu ainda não estou suficientemente pronto, naturalmente; mas ainda não explodi. No entanto, as outras coisas que você escreve sobre sua situação e sobre sua saúde são absolutamente aterrorizantes e muito mais fortes do que eu. Bem, falaremos sobre tudo isso quando você voltar; talvez o milagre que você espera realmente ocorra, pelo menos o milagre físico. Aliás, tenho tanta fé em você a respeito disso que nem quero que ocorram milagres. Eu confio calmamente você à floresta, ao lago e à comida, você que é milagrosa por natureza, violada e inviolável — se não fosse tudo o mais. Quando penso na sua carta — acabei de ler outra vez —, o que você escreve sobre seu presente e futuro, o que você escreve sobre seu pai, o que você escreve sobre mim, a única conclusão que pode ser tirada é uma que eu já disse com perfeita clareza: eu sou seu verdadeiro infortúnio, e ninguém mais além de mim mesmo, exceto que devo qualificá-lo para dizer: seu infortúnio externo — pois, se não fosse por mim, você poderia ter deixado Viena há três meses, e se não há três meses, então teria deixado agora com certeza. Eu sei que você não quer sair de Viena, mesmo se eu não estivesse perto de você, não gostaria, mas é exatamente por isso que se pode dizer; quando visto de uma visão panorâmica extrema, que minha magnificência emocional por você consiste em tornar possível que fique em Viena (entre outras coisas, claro). Mas nem é preciso ir tão longe a ponto de se envolver em sutilezas pegajosas: basta considerar o fato óbvio de que você já deixou seu marido uma vez, que seria mais fácil para você deixá-lo agora, pois a pressão atual é muito maior, e que, naturalmente, você poderia deixá-lo só por deixar, e não por outra pessoa. Todas essas reflexões, no entanto, não levam a lugar algum, exceto à franqueza.

Dois pedidos, Milena, um pequeno e um grande. O pequeno: pare de desperdiçar selos, e se você continuar mandando eu deixo de dá-los ao homem. Sublinhei esse pedido em vermelho e azul, que é a maior severidade de que sou capaz, para que você saiba mais tarde. O grande pedido: interrompa a correspondência com Max, não posso pedir-lhe que o faça. Tudo bem em um hospital quando, depois de o médico ter feito sua ronda, o acompanhante pergunta em segredo como "nosso paciente" está de verdade. Mas mesmo no hospital o doente provavelmente está rosnando à porta. Claro que ficarei feliz em cuidar de tudo que me pede; só acho que seria melhor comprar o tricô em Viena, pois provavelmente exigirá uma licença de exportação (em uma agência dos Correios recentemente eles nem queriam aceitar livros sem licença de exportação, na outra eles os aceitaram sem uma palavra), bem, talvez eles saibam na loja; continuarei enviando um pouco de dinheiro com as cartas. Vou parar imediatamente quando você disser "basta". Obrigado pela permissão para eu ler o *Tribuna*. Domingo passado eu vi uma garota comprando um exemplar na Wenzelsplatz, obviamente só por causa do artigo de moda. Ela não estava especialmente bem vestida, ainda não. É uma pena que eu não tenha prestado mais atenção nela, então agora não posso acompanhar seu desenvolvimento. Não, você está errada em subestimar seus artigos de moda. Estou muito grato a você por poder lê-los ao ar livre (já que, como um canalha, tenho lido em segredo com frequência).

***

Praga, 8 de agosto de 1920
Domingo

O telegrama. Sim, provavelmente é melhor nos encontrarmos. Caso contrário, que tempo levaríamos para colocarmos as coisas em ordem! Onde foi que tudo isso nos invadiu? É difícil ver mais de um passo à frente. E como isso deve ter feito você sofrer — além de tudo o mais. E eu poderia ter parado há muito tempo. Eu podia ver claramente, mas minha covardia era mais forte. E não estive eu mentindo ao responder às cartas como se fossem minhas, quando percebi claramente que não? Espero que não tenha sido esse tipo de resposta "mentirosa" que a chantageou para ir a Gmünd. Não estou tão triste quanto você pode pensar ao interpretar a minha carta; não há mais nada a dizer no momento. Está tão quieto, ninguém ousa quebrar o silêncio com uma única palavra. Afinal, estaremos juntos no domingo, 5 ou 6 horas — muito pouco para conversar, o suficiente para compartilhar o silêncio, dar as mãos, olhar nos olhos um do outro.

***

Praga, 8-9 de agosto de 1920

Domingo à noite

Há algo que sempre me incomodou em sua maneira de raciocinar, algo que é particularmente claro em sua última carta — uma falha inegável que você pode verificar. Quando você diz (como é o caso) que ama tanto seu marido que não pode deixá-lo (mesmo por minha causa, quero dizer, seria horrível para mim se você fizesse isso de qualquer maneira), eu acredito em você e concordo. Quando você diz que, embora possa deixá-lo, ele ainda precisa de você no fundo do peito, e não pode viver sem você e, portanto, não pode deixá-lo, também acredito em você e concordo. Mas quando diz que ele não pode lidar com o mundo exterior sem você e é por isso que você não pode ir embora (motivo que você colocou como o principal), ou você está encobrindo os motivos mencionados acima (não para fortalecê-los, esses motivos não precisam de nenhum reforço) ou então é apenas uma das brincadeiras do cérebro (você as descreve em sua última carta) que fazem o corpo se contorcer, e não apenas o corpo.

NA MARGEM: Obrigado pelos selos; desse jeito é pelo menos suportável, mas o homem não está trabalhando, só olhando os selos, extasiado, como estou fazendo com as cartas um andar abaixo. Os de 10 h, por exemplo, estão disponíveis em papel grosso e fino, mas os finos são mais raros; hoje você mandou os selos finos, boa alma.

***

Segunda-feira

Eu estava prestes a escrever um pouco mais na linha do que havia começado acima quando chegaram quatro cartas — aliás, não todas de uma vez —, primeiro aquela em que você se arrepende de ter mencionado seu desmaio, a próxima é a que você escreveu logo depois que desmaiou; junto com essa está uma muito bonita, e ainda depois a carta sobre Emilie. Não consigo entender em que ordem foram escritas, você parou de datá-las... Vou tentar responder à pergunta de "strach-toucha"[6]. Provavelmente não terei sucesso na minha primeira tentativa, mas se continuar voltando a ela, talvez consiga depois de várias cartas. Ajudaria se você lesse minha carta (incidentalmente ruim e desnecessária) para meu pai. Talvez eu leve para Gmünd. Se restringirmos o "medo" e o "anseio" como você

---

6 Do tcheco: *Strach*: medo; *toucha*: saudade. (N. do R.)

diz em sua última carta, a pergunta não é fácil; mas muito simples de responder. Nesse caso eu só tenho "medo". É assim: eu me lembro da primeira noite. Na época em que morávamos em Zeltnergasse, em frente a uma loja de roupas, sempre havia uma vendedora na porta. Eu andava constantemente de um lado para o outro no meu quarto no andar de cima, com pouco mais de 20 anos, me preparando nervosamente para o primeiro exame estadual, tentando enfiar na cabeça fatos que não faziam sentido para mim. Era verão, muito quente, provavelmente nesta época do ano, completamente insuportável. Continuei parando em frente à janela, a cabeça cheia da nojenta lei romana; finalmente chegamos a um acordo usando a linguagem de sinais. Eu ia buscá-la às 20h, mas quando desci naquela noite já havia outra pessoa lá. Isso realmente não mudou muito, no entanto; eu estava com medo do mundo inteiro, e com medo deste homem também; eu também teria medo dele se ele não estivesse lá. Embora a garota realmente tenha pegado seu braço, ela, no entanto, deu sinais para eu segui-los.

Assim chegamos ao Schützeninsel, onde bebemos cerveja; sentei-me na mesa ao lado. Eles então caminharam até o apartamento da garota, devagar, comigo atrás; estava em algum lugar perto do Fleischmarkt. Lá o homem se despediu, a garota correu para dentro de casa, esperei um pouco para que ela reaparecesse e depois fomos para um hotel na Kleinseite. Era tudo sedutor, excitante e repugnante, mesmo antes de chegarmos ao hotel, e não era diferente lá dentro. E enquanto caminhávamos para casa pela Karlsbrücke pela manhã — ainda estava quente e lindo — eu estava realmente feliz, mas essa felicidade era apenas porque meu corpo eternamente aflito finalmente me deu um pouco de paz, e acima de tudo porque a situação toda não tinha sido mais nojenta, mais suja do que era. Encontrei a garota mais uma vez — duas noites depois, acho — tudo correu bem como da primeira vez, mas logo parti para as férias de verão. No campo, eu brincava um pouco com outra garota e não suportava mais a visão da vendedora em Praga. Nunca mais falei com ela, ela se tornou (do meu ponto de vista) minha inimiga do mal, embora na realidade ela fosse amigável e bem-humorada.

Ela continuou me seguindo com seus olhos incompreensíveis. E embora a garota tenha feito algo um pouco nojento no hotel (não vale a pena mencionar), tenha dito algo um pouco obsceno (não vale a pena mencionar também), não quero dizer que esse foi o único motivo da minha animosidade (na verdade, eu tenho certeza que não); no entanto, a memória permaneceu. Eu soube naquele momento que jamais esqueceria e ao mesmo tempo sabia — ou achava que sabia — que, no fundo, esse nojo e essa imundície eram uma parte necessária do todo, e era exatamente isso (o que ela havia indicado por uma pequena ação, uma pequena palavra) que me atraiu com uma força tão surpreendente para esse hotel, que de outra forma eu teria evitado com todas as minhas forças restantes. E tem sido assim desde então. Meu corpo, muitas vezes sossegado por anos, voltava a ser abalado por essa saudade de alguma coisa muito particular, trivial, nojenta, algo um pouco repulsivo, embaraçoso, obsceno, que eu sempre achava mesmo nos melhores casos — algum odor insignificante, um pouco de enxofre, um pouco de inferno. Esse desejo tinha algo do eterno judeu sendo arrastado sem sentido, vagando sem sentido por um mundo sem um sentido obsceno. Por outro lado, houve momentos em que meu corpo não estava sossegado, quando na verdade nada estava, mas mesmo assim eu não sentia pressão alguma; a vida era boa, tranquila, seu único mal-estar era a esperança (você conhece outro melhor?). Eu estava sempre sozinho nessas horas, quanto tempo durassem. Agora, pela primeira vez na minha vida, estou encontrando esses momentos e não estou sozinho. É por isso que não apenas sua proximidade física, mas você mesma está me aquietando e inquietando. É por isso que não anseio por obscenidades (durante a primeira metade da minha estadia em Merano, continuei fazendo planos dia e noite — contra minha própria vontade clara sobre como eu poderia seduzir a camareira — e ainda pior. Perto do final da minha estadia, uma garota muito disposta, correu direto para meus braços; eu mais ou menos tive que traduzir suas palavras para minha própria língua antes mesmo de começar a entendê-la). Mais precisamente, não vejo nenhuma obscenidade — nada do tipo que me atrai de fora, mas há tudo o que pode trazer vida de dentro; resumidamente, há algo no pouco do ar respirado no paraíso antes da queda. O suficiente desse ar para que não haja "saudade", mas não para que não haja "medo". Agora você sabe. E é também por isso que eu "temia" uma noite em Gmünd, mas esse era apenas o "medo" de sempre (que infelizmente é bastante suficiente) que tenho em Praga também; não era nenhum medo especial de Gmünd. E agora, me fale de Emilie, ainda posso receber a carta em Praga.

***

Não vou incluir nada hoje, não até amanhã. Afinal, esta carta é importante, quero que chegue até você em segurança.

***

O desmaio é apenas um sinal entre muitos. Por favor, definitivamente venha para Gmünd. Você não pode vir se chover no domingo de manhã? Bem, em todo caso, estarei lá em frente à estação no domingo de manhã. Não precisa de passaporte, não é? Você já verificou? Precisa de alguma coisa que eu possa trazer? A sua menção a Stasa significa que eu deveria ir vê-la? Mas ela quase nunca está em Praga. (É claro que quando ela está em Praga é ainda mais difícil ir vê-la.) Vou esperar até você mencioná-la novamente, ou até Gmünd. Aliás, pelo que me lembro, Stasa mencionou isso como se fosse completamente óbvio: sim, seu pai e seu marido conversaram, e muitas vezes.

***

Você não entendeu meu comentário sobre Laurin (que lembrança! — isso não é ironia, mas ciúme e não ciúme, apenas uma piada idiota). Só me ocorreu que todas as pessoas que ele mencionou eram "cabeças-duras", "bandidos" ou "saltadores de janelas", enquanto você era simplesmente Milena e uma Milena muito respeitável. Isso me deixou feliz e é por esse motivo que escrevi sobre isso e não porque salvou sua honra, mas a dele. Para ser exato, havia algumas outras exceções também: seu então futuro sogro, sua cunhada, seu cunhado, o ex-marido de sua noiva, todos eram pessoas corretas, "maravilhosas", [...]

NA MARGEM: Então você chega logo depois das 21h — já que você é austríaca, não deixe que eles a detenham na alfândega; afinal, não posso ficar horas repetindo para mim mesmo as palavras com as quais estou planejando cumprimentá-la.

Sua carta de hoje é tão triste e acima de tudo sua dor está tão bem fechada por dentro que me sinto completamente excluído. Sempre que tenho que sair do meu quarto, subo e desço as escadas rapidamente, só para voltar e encontrar seu telegrama sobre a mesa: "Também estarei em Gmünd no sábado". Mas nada chegou ainda.

***

Praga, 9 de agosto de 1920
Segunda à tarde

(Aparentemente estou pensando apenas no sábado)
    Seria um mentiroso se não dissesse mais do que disse esta manhã, especialmente para você, com quem posso falar mais livremente do que a ninguém mais, já que ninguém nunca ficou ao meu lado tão consciente e voluntariamente quanto você, apesar de tudo. Suas cartas mais bonitas (e isso é dizer muito, já que em sua totalidade, assim como em quase todas as linhas, são a coisa mais bonita que já me aconteceu) são aquelas em que você aceita meu "medo" como justificado e simultaneamente tenta explicar porque não é necessário. Porque no fundo eu provavelmente também aceito meu "medo" como justificado, mesmo que às vezes me pareça com um advogado de defesa a quem ele subornou: realmente é parte de mim e talvez a melhor parte. E

como é a melhor parte, também pode ser a única parte que você ama. O que mais em mim poderia ser tão adorável? Mas isso é digno de amor. E quando você perguntou uma vez como eu poderia ter chamado aquele sábado de "bom" com esse medo dentro do meu coração, não é difícil explicar. Porque eu te amo (você vê, eu te amo, sua tola, meu amor varre você como o mar ama uma pedrinha em seu leito — e que eu seja a pedrinha com você, se o céu permitir) eu amo o mundo inteiro e isso inclui seu ombro esquerdo — não, o direito foi o primeiro e então eu vou beijá-lo sempre que eu quiser (e sempre que você tiver a gentileza de abaixar um pouco a blusa) e isso também inclui seu ombro esquerdo, seu rosto acima de mim, seu rosto abaixo de mim e o meu rosto descansando em seu peito quase nu, tudo isso na floresta. E é por isso que você está certa em dizer que já éramos um e não tenho medo disso; pelo contrário, é minha única felicidade e meu único orgulho e não a restrinjo de forma alguma à floresta. Mas entre este mundo diurno e aquela "meia hora na cama" que você escreveu uma vez com desdém, como se fosse assunto de homem, há um abismo que não posso atravessar, provavelmente porque não quero. Ali jaz um caso da noite, absolutamente e em todos os aspectos; aqui, por outro lado, está o mundo que possuo, e agora devo pular na noite para recuperá-lo. Mas poderia algo ser recuperado? Isso não implica em perdê-lo? Aqui está o mundo que eu possuo e eu deveria pular para lá, apenas por causa de alguma magia negra, alguns *hocus-pocus*, alguma alquimia, uma pedra filosofal, um anel do desejo. Tudo isso me deixa terrivelmente assustado. Recorrer à magia negra à noite — apressadamente, ofegante, indefeso, possuído por demônios — para capturar o que cada dia dá livremente aos olhos abertos! ("Talvez" não haja outra maneira de ter filhos, "talvez" filhos também sejam magia negra. Vamos pular essa pergunta por enquanto.) É por isso que sou tão grato (a você e a tudo), e por isso é "natural" que eu seja extremamente calmo e descontraído, extremamente constrangido e extremamente livre sempre que estou ao seu lado. É também por isso que, seguindo essa percepção, renunciei a todas as outras vidas. Olhe nos meus olhos!

Por isso, Kohler me disse que os livros migraram da mesa de cabeceira para a escrivaninha. Não há dúvida de que eu deveria ter sido consultado primeiro para saber se aprovo essa mudança. E eu teria dito: Não!

E agora seja grata a mim. Superei felizmente a tentação de acrescentar algo louco nestas últimas linhas (algo louco e ciumento).

Mas já chega, agora me conte sobre Emilie.

***

Praga, 10 de agosto de 1920
Terça-feira

Não posso dizer que estou muito bem preparado para o seu aniversário, tendo dormido ainda pior do que de costume, com a cabeça quente, os olhos queimados, as têmporas me atormentando e a tosse. Acho que não conseguiria dar parabéns sem tossir. Felizmente parabéns não seriam necessários, apenas um obrigado por estar nesta Terra, onde eu nem começaria a esperar que você pudesse ser encontrada (você sabe que meu conhecimento do mundo também não é muito bom — só que, ao contrário de você, eu admito). E como sinal de minha gratidão (isso é gratidão?) eu a beijo como fiz na estação de trem, apesar de você não ter gostado (por algum motivo estou sendo rancoroso hoje). Ultimamente não tenho me sentido tão mal o tempo todo, às vezes também tenho me sentido muito bem, mas o dia da minha maior glória ocorreu há cerca de uma semana. Eu estava fazendo uma caminhada interminável ao redor da piscina da escola de natação, fraco como sempre. Era quase noite, não havia muita gente, mas ainda era bastante, quando o instrutor assistente — que não me conhece — caminhou em minha direção, olhou em volta como se procurasse alguém, me notou, evidentemente me escolheu e perguntou: "Você gostaria de dar uma volta"? Acontece que havia um cavalheiro (um grande construtor, creio) que desceu do Sophieninsel e queria ser transportado para o Judeninsel; eles estão construindo algo enorme no Judeninsel. Agora não adianta exagerar a coisa toda: o instrutor de natação simplesmente me viu e quis oferecer ao coitado (eu) o prazer de um passeio de barco grátis. Em deferência ao grande construtor, no entanto, ele teve que escolher alguém que parecesse não apenas suficientemente forte e habilidoso, mas também confiável o suficiente para devolver o barco imediatamente depois de terminar o trabalho e não o levar para dar uma volta sem aprovação. E ele pensou que eu era seu homem. Grande Trnka (o dono da escola de natação — eu deveria falar sobre ele algum dia) se juntou a nós e perguntou se o jovem sabia nadar. O instrutor de natação, que evidentemente podia adivinhar tudo só de olhar para mim, tranquilizou-o. Eu mal tinha dito uma palavra. Em seguida veio o passageiro e partimos. Sendo uma pessoa bem-comportada, eu mal falava. Ele disse que foi uma noite agradável, eu concordei: "Sim"; então ele acrescentou, mas já havia esfriado, eu falei: "Sim"; finalmente ele observou que eu remava muito rápido, e eu estava muito grato para dizer qualquer coisa. Desnecessário será dizer que parei no Judeninsel no melhor estilo, ele desceu, agradeceu-me gentilmente, mas para minha decepção esqueceu-se de me dar a gorjeta (é assim quando você não é uma menina). Eu remei para trás em linha reta como uma flecha. O Grande Trnka ficou surpreso em me ver de volta tão cedo. Bem, faz séculos desde que eu estava tão cheio de orgulho quanto naquela noite.

Eu me senti mais digno de você, pelo menos um pouquinho, mas ainda assim um pouco mais digno. Tenho esperado na escola de natação todas as noites desde então por outro passageiro, mas até agora ninguém mais apareceu. Ontem à noite, em um breve sono, ocorreu-me que eu deveria comemorar seu aniversário visitando lugares que são importantes para você. E logo depois, involuntariamente me encontrei em frente ao Westbahnhof. O prédio era muito pequeno, não poderia haver muito espaço lá dentro, já que um trem expresso acabara de chegar e um dos vagões não cabia e estava saindo do corredor. Fiquei muito satisfeito que três garotas muito bem vestidas, mas magras (uma tinha um rabo de cavalo) estavam de pé na frente da estação como porteiros. Percebi que o que você tinha feito realmente não era tão incomum. No entanto, eu estava feliz por você não estar lá agora, embora eu também estivesse triste. Mas, como consolo, encontrei uma pequena pasta que um passageiro havia perdido e, para espanto dos passageiros que estavam ao meu redor, comecei a retirar grandes peças de roupa. Infelizmente não havia casaco como o exigido na "Carta Aberta" do *Tribuna* dominical dirigida a mim. Afinal, terei que enviar o meu artigo, embora não seja o certo. Particularmente a segunda parte de "Typus" é excelente, afiado e raivoso, antissemita e magnífico. Eu nunca havia notado antes o quão sofisticado é o jornalismo. Você fala com o leitor tão calmamente, tão intimamente, tão urgentemente, você esquece tudo no mundo, fica preocupado apenas com o leitor, mas no final você diz de repente: "O que eu escrevi é legal? Sério? Bem, estou feliz, mas geralmente mantenho distância e não aceito gratidão em forma de beijos". E então é realmente o fim e você se foi. A propósito, você sabia que você foi meu presente de confirmação (há também uma espécie de confirmação judaica)? Eu nasci em 1883, então quando você nasceu eu tinha 13 anos; o 13º aniversário é uma celebração especial. No templo eu tive que recitar uma oração no altar! Tinha aprendido com dificuldade, então tive que fazer um pequeno discurso (também memorizado) em casa também. Recebi muitos presentes. Mas imagino que não fiquei totalmente satisfeito, pois ainda faltava um presente. Eu exigi isso do céu, mas o céu esperou até o mês de agosto.

***

Sim, é claro que ficarei feliz em ler as últimas cartas novamente, embora eu as conheça com muita exatidão. Mas dê uma olhada nas minhas de novo também, você encontrará uma completa escola para meninas de perguntas.

***

Falaremos sobre seu pai em Gmünd. Como sempre, quando confrontado por garotas, sou impotente diante de "Grete".[7] Eu deveria ter tido qualquer pensamento sequer sobre você? Eu não consigo me lembrar. Eu gosto de segurar sua mão na minha, gosto de olhar em seus olhos. É isso, saia Grete! No que diz respeito a "não ganhar" — "não entendo como uma pessoa assim"... — eu mesmo me deparo com esse enigma, e acho que nunca seremos capazes de resolvê-lo juntos. Além disso, é uma blasfêmia. De qualquer forma, não pretendo perder um único minuto com isso em Gmünd. Agora percebo que você tem que mentir mais do que eu. Isso me deprime. Se surgir algum obstáculo sério, vá em frente e fique em Viena — mesmo sem me informar — eu terei simplesmente feito uma viagem a Gmünd e estarei mais perto de você em três horas. Eu já tenho meu visto. Você não poderá me telegrafar, pelo menos não hoje, por causa da greve.

***

Praga, 11 de agosto de 1920
Quarta-feira

Não entendo seu pedido de perdão. Se acabou não é preciso dizer que eu a perdoo. Eu só fui implacável enquanto estava acontecendo, e então você não se importou. Como eu poderia não perdoá-la por algo que acabou! Como sua cabeça deve estar confusa para pensar uma coisa dessas. Não gosto de ser comparado ao seu pai, pelo menos não no momento. Eu deveria perder você também? (Além disso, não tenho forças para ser seu pai.) Mas se você vai insistir nessa comparação, é melhor me devolver o tricô. Aliás, comprar e enviar o tricô foi uma tarefa de três horas que me renovou completamente — na época eu precisava muito disso — e pela qual sou grato a você. Estou cansado demais para falar sobre isso hoje; é a segunda noite que dormi mal. Não consigo me recompor o suficiente para ao menos receber alguma apreciação em Gmünd? Mesmo agora, com inveja da senhora de Amsterdã? Claro que o que ela faz é lindo, se o faz com convicção, mas você está cometendo um erro lógico. Para alguém que vive como ela, a vida é uma compulsão; só para quem não pode viver assim seria liberdade. É igual em toda parte. Em última análise, esse tipo de "inveja" é realmente apenas um desejo de morte. A propósito, de onde veio "peso, náusea, nojo"? Como seriam compatíveis com "inveja"? Não eram nada compatíveis. Tais elementos da vida só podem ser com-

---

[7] Grete é a irmã mais nova do protagonista Gregor em A *Metamorfose* de Kafka. Grete começa como uma garotinha inocente. Ao assumir a responsabilidade de cuidar de Gregor, ela amadurece. (N. do T.)

patibilizados pelo desejo, na morte. Eu disse muito mais coisas insidiosas sobre "ficar em Viena" do que as que você mencionou, mas você está certa de qualquer maneira. É impressionante que seu pai continue ganhando poder — pelo menos eu acho — se comparado aos anos anteriores (Então fique com o tricô.). Faça o que quiser no que diz respeito ao Max. Mas já que agora conheço suas instruções para ele, quando o fim estiver próximo, vou até ele e discutirei uma viagem juntos por vários dias "já que estou me sentindo especialmente forte", então vou rastejar para casa e me esticar pela última vez. É claro que eu falo dessa maneira, desde que não chegue a isso. No entanto, assim que minha temperatura chegar a 37,5° (38° na chuva!), os mensageiros do telegrama estarão tropeçando uns nos outros para cima e para baixo em sua longa escada. Espero que eles estejam em greve então e não em um momento tão inapropriado como agora, no seu aniversário! O correio aceitou minha ameaça de negar ao homem seus selos muito literalmente. O carimbo na carta de entrega especial já havia sido removido quando a recebi. A propósito, você tem que entender o homem corretamente, ele não coleciona apenas um selo de cada tipo. Ele tem uma folha grande para cada tipo e álbuns grandes para todas as folhas e quando uma folha está cheia de um certo tipo ele tira uma nova e assim por diante. E ele se ocupa com isso todas as tardes e é gordo, feliz e sortudo. E cada tipo oferece outro motivo de alegria, por exemplo, hoje os selos 50 *heller*: as taxas estão prestes a subir (coitada, Milena!) e, com isso, os selos 50 *heller* vão se tornar mais raros! Eu gostei muito do que você disse sobre Kreuzen (não Aflenz, isso é um verdadeiro sanatório pulmonar; eles dão injeções lá, puf! Foi a última parada de um de nossos funcionários antes de morrer de tuberculose). Gosto desse tipo de interior e também tem memórias históricas. Mas será que ainda estará aberto no final do outono? E eles aceitam estrangeiros? E não é mais caro para estrangeiros? E será que alguém além de mim entenderá por que estou me mudando para a terra da fome para engordar? De qualquer forma, vou escrever para eles. Ontem falei mais uma vez com aquele Stein. Ele é uma daquelas pessoas que a vida geralmente trata injustamente. Não sei porque as pessoas riem dele. Ele conhece todo mundo, conhece todos os detalhes pessoais, mas ainda é modesto, respeitoso, muito cuidadoso em seus julgamentos e dotado de uma mente sutil; seu valor é apenas aumentado pelo fato de os outros serem um pouco óbvios demais, inocentemente vaidosos — supondo que este conheça pessoas que são secretas, lascivas e criminalmente vaidosas. De repente, comecei a falar sobre Haas, passei para Jarmila, depois cheguei ao seu marido e depois de um tempo, você — aliás, é errado dizer que gosto de ouvir as pessoas falarem sobre você, não é isso, só quero continuar ouvindo seu nome, de novo e de novo, o dia inteiro. Se eu tivesse perguntado, ele também teria me contado muito sobre você; como eu não perguntei, ele se contentou em mencionar, com sincera tristeza, que você mal está viva, arruinada pela cocaína (como eu estava agradecido naquele momento por você ainda estar viva). A propósito, ele também mencionou, cauteloso e modesto como é, que não havia testemunhado isso com seus próprios olhos, apenas ouvido. Ele falou sobre seu marido como se ele fosse um mago poderoso. Ele afirma que esteve junto com Jarmila, Haas e Reiner dois dias antes de seu suicídio. Reiner era aparentemente muito amigável com Haas e pediu dinheiro emprestado a ele. Ele também mencionou um nome que eu não tinha ouvido antes de seus tempos de Praga: Kreidlova, eu acredito. Eu estava andando ao lado dele tão silenciosamente e ouvindo coisas que não queria ouvir e que não me preocupavam nem um pouco. Repito: fique em Viena se houver algum obstáculo que possa fazer com que você sofra um pouco, se não puder ser evitado: mesmo sem me avisar. Mas se você for, então atravesse a fronteira imediatamente. Se por alguma loucura imprevista eu não puder sair e não puder mais encontrá-la em Viena (eu telegrafarei para Kohler), haverá um telegrama esperando por você no hotel da estação de trem.

Os seis livros chegaram?

Ler *O Café* era como ouvir Stein, exceto que você conta uma história muito melhor do que ele; quem mais pode contar uma história tão bem? Mas por que você a conta para quem compra o *Tribuna*? Enquanto eu lia, sentia que andava de um lado para outro na frente do café, dia e noite, ano após ano; toda vez que um convidado entrava ou saía, eu espiava pela porta aberta para verificar se você ainda estava lá dentro. Então eu retomava o ritmo e a espera. Isso não era tenso nem triste. E como pode ser cansativo ou triste esperar na frente de um café quando você está lá dentro!

***

Praga, 12 de agosto de 1920
Quinta-feira

Vou à casa de Laurin hoje, telefonar é muito incerto e difícil. Além disso, só posso entrar em contato com Pick escrevendo e nem mesmo sei seu endereço exato. Eu provavelmente não vou conseguir encontrar sua última carta. Ele está no país, esteve apenas alguns dias em Praga e depois voltou. Estou muito feliz por Münchhausen ter feito bem o seu trabalho; é certo que ele já fez coisas muito mais difíceis antes. E as rosas receberão o mesmo cuidado que as outras flores (uma "braçada"!)? E que tipo de flores eram? E de quem? Eu respondi sua pergunta sobre o Gmünd antes mesmo de você perguntar. Quanto menos você se atormentar, menos você estará me atormentando. Eu não considerei suficientemente o fato de você ter que mentir assim. Mas como pode seu marido imaginar que, tendo visto você uma vez, não estou escrevendo para você e que não quero vê-la! Você escreve que às vezes sente vontade de me testar. Isso foi apenas uma brincadeira, não foi? Por favor, não faça isso. É preciso muita energia para reconhecer alguém; mas seria preciso mais para não reconhecer! Fico feliz que você ache os anúncios saborosos. Vá em frente e coma, coma! Talvez se eu começar a economizar hoje e você esperar vinte anos, quando as peles forem mais baratas (porque então toda a Europa estará devastada e animais peludos estarão correndo pelas ruas) — talvez haja dinheiro suficiente para uma pele. E você sabe quando eu vou dormir um pouco, enfim? Talvez sábado ou domingo à noite? Para sua informação, esses selos cobrados são o que ele realmente deseja (ele deseja "verdadeiramente"). "Isso é lindo, lindo!" — ele diz. Que coisas ele deve ver neles! E agora vou comer e ir ao câmbio — uma manhã típica no escritório.

***

Praga, 13 de agosto de 1920
Sexta-feira

Não sei exatamente por que estou escrevendo, provavelmente porque estou nervoso, por isso respondi à carta de entrega especial que recebi de você ontem à noite com um telegrama desajeitado esta manhã. Depois de verificar no Schenker's esta tarde, responderei imediatamente.

Caso contrário, nossa correspondência sobre esse assunto levará repetidas vezes à conclusão de que você está ligada ao seu marido por um casamento praticamente sacramental e indissolúvel (como estou nervoso, meu navio deve ter perdido o leme de alguma forma durante esses últimos dias), e que estou vinculado por um casamento idêntico a... não sei, mas muitas vezes sinto o olhar dessa esposa terrível. E o estranho é que, embora cada um desses casamentos seja indissolúvel — então não há mais nada a ser dito — a indissolubilidade de um faz a indissolubilidade do outro, ou pelo menos a reforça, e vice-versa. Mas nada resta, exceto o julgamento em suas palavras: "Nunca será", e nunca mais falemos do futuro, apenas do presente.

Essa verdade é absoluta, inabalável, é o pilar que sustenta o mundo, e ainda confesso que sinto (mas isso é apenas um sentimento; porém, a verdade permanece, permanece absoluta e as espadas começam a aproximar, lentamente, suas pontas formando uma grinalda em torno de mim — a mais perfeita tortura quando começam a me arranhar —, não me cortam, apenas me arranham, e já é tão terrível que traio tudo de uma vez com meu primeiro grito: você, eu, tudo) e por esta suposição confesso que escrever cartas sobre coisas como essa me faz sentir (repito para o bem da minha vida: isso é apenas um sentimento) como se estivesse vivendo em algum lugar da África

Central e tivesse vivido lá toda a minha vida e quis compartilhar com vocês que vivem na Europa, no meio da Europa, minhas opiniões inabaláveis sobre a próxima configuração política. Mas isto é apenas um símile, um símile estúpido, desajeitado, errado, sentimental, lamentável, intencionalmente cego, nada mais: por favor, espadas!

***

Você tem razão em citar a carta de seu marido, e embora eu não possa dizer que entendo tudo exatamente (não me envie a carta), vejo que foi escrita por um homem "solteiro", que quer "casar". O que importa sua ocasional "infidelidade"? Não é nem mesmo "infidelidade", já que vocês dois andam na mesma estrada, só que ele se desvia um pouco para a esquerda ao longo do caminho. O que importa essa "infidelidade", que continuará brotando de qualquer forma em sua mais profunda tristeza como em sua mais profunda felicidade? O que importa essa "infidelidade" comparada ao meu vínculo eterno!

Eu não entendi mal você em relação ao seu marido. Você continua despejando todo o mistério de sua unidade indestrutível, esse rico mistério inesgotável, em se preocupar com as botas dele. Há algo sobre isso que me tortura. Eu não sei exatamente o quê. É realmente muito simples; se você o deixasse, ou ele viveria com outra mulher ou se mudaria para uma pensão, e suas botas seriam mais polidas do que estão agora. Isso é bobo e não é, não sei o que há nessas observações que me causa tanta dor. Talvez você saiba.

Ontem fui ver Laurin, ele não estava em seu escritório; hoje falei com ele ao telefone e o interrompi bem no meio da correção de uma de suas redações. Ele diz que escreveu ao seu marido ontem, e que deveria apelar diretamente para a secretária de Masaryk, que conhece Laurin. Ontem escrevi para Pick em Haindorf-Ferdinandstal. Seu aniversário não teria que ser estragado se você tivesse escrito sobre o dinheiro antes. Estou levando. Mas podemos não nos ver de forma alguma, nesta confusão é inteiramente possível. Há outra coisa. Você escreve sobre pessoas que compartilham suas manhãs e noites e aquelas que não compartilham. Na minha opinião, precisamente essa última situação é a mais favorável. Eles possivelmente, ou certamente, fizeram algo ruim, e a sujeira dessa cena deriva essencialmente de serem estranhos — como você observa corretamente — e é uma sujeira física exatamente como a sujeira em um apartamento que nunca foi ocupado e de repente é, selvagemente invadido. Isso é ruim, mas nada crucial, nada realmente decisivo no céu e na terra aconteceu, realmente é apenas "brincar com uma bola", como você chama. É como se Eva tivesse mesmo colhido a maçã (às vezes acho que entendo a Queda como ninguém), mas apenas para mostrá-la a Adão — porque ela gostou. Foi a mordida que foi decisiva, claro que brincar com a maçã também não era permitido, mas também não era proibido.

***

Praga, 17 a 18 de agosto de 1920
Terça feira

Então, levará entre 10 e 14 dias para eu receber uma resposta a esta carta; comparado com o que tem sido, é quase como ser abandonado, não é? E agora sinto que há algumas coisas que tenho para lhe contar, coisas indizíveis, indescritíveis — não para compensar algo que fiz de errado em Gmünd, não para salvar algo que se afogou, mas para deixar bem claro para você como estou indo, para que você não se deixe assustar longe de mim. Afinal, isso pode acontecer com as pessoas, apesar de tudo. Às vezes eu sinto como se tivesse pesos de chumbo tão pesados que são obrigados a me puxar para o mar mais profundo em um minuto, e qualquer um que quisesse me agarrar ou até mesmo me "salvar" me deixaria ir, não por fraqueza ou mesmo desespero, mas simplesmente por puro aborrecimento. Agora, naturalmente, isso não é dirigido a você, mas ao seu pálido reflexo, mal reconhecível por uma cabeça cansada e vazia (nem infeliz nem animada, quase uma condição para agradecer).

Ontem eu fui ver Jarmila. Como era tão importante para você, eu não queria adiar um único dia — para dizer a verdade, a ideia de ter que falar com Jarmila me incomodava e preferia acabar logo com isso, apesar de eu estar com a barba por fazer (desta vez não era apenas arrepio), o que dificilmente afetaria o resultado da minha missão. Eu fui lá em cima por volta das 6h30; a campainha não tocou, bater não ajudou, o *Národní Listy* estava na caixa de correio, evidentemente não havia ninguém em casa. Fiquei parado um pouco, duas mulheres vieram do pátio, uma delas Jarmila, a outra possivelmente sua mãe. Reconheci Jarmila imediatamente, embora ela dificilmente se pareça com a fotografia, muito menos com você.

[...] Saímos de casa imediatamente e andamos para cima e para baixo por cerca de 10 minutos atrás da antiga academia militar. O que mais me surpreendeu foi que ela era muito falante, ao contrário do que você havia previsto, embora reconhecidamente apenas por esses 10 minutos. Ela falava quase sem parar, lembrando-me muito daquela carta dela que você me enviou uma vez. Uma loquacidade que é de alguma forma independente do orador — desta vez foi ainda mais impressionante, já que não se tratava de detalhes tão concretos como naquela carta. Sua vivacidade se explica em parte pelo fato de que, como ela disse, ela está chateada com todo o caso há vários dias, ela telefonou para Haas por causa de Werfel, e (ainda sem resposta) telegrafou para você e escreveu por entrega especial. Atendendo ao seu pedido, ela imediatamente queimou as cartas, sem saber de outra forma que pudesse rapidamente descansar sua mente, e por isso também já havia pensado em me ver esta tarde, para pelo menos discutir o assunto com alguém que também conhecia a coisa toda. (Evidentemente ela tem a impressão de que sabe onde eu moro, pelo seguinte: um outono, eu acho — ou talvez já fosse primavera, não tenho certeza —, fui remar com Ottla e a pequena Ruzenka, a menina que havia profetizado meu fim iminente no Schönborn-Palais. Em frente ao Rudolphinum encontramos Haas com uma mulher que eu nem percebi na época, era Jarmila. Haas disse a ela meu nome e Jarmila mencionou que ela havia falado ocasionalmente com minha irmã anos atrás na escola de natação; porque a escola de natação era muito cristã na época, Jarmila se lembrava de minha irmã como uma curiosidade judaica. Na época morávamos em frente à escola de natação e Ottla apontou nosso apartamento. Então, essa é toda a longa história.) É por isso que ela estava honestamente feliz por eu ter vindo, por isso ela estava tão animada — aliás, também infeliz — com essas confusões que seguramente pararam e que, como ela quase apaixonadamente me assegurou, certamente não terão mais consequências. Minha ambição, no entanto, não foi satisfeita, eu mesmo queria queimar as cartas e espalhar as cinzas sobre o Belvedere — assumidamente, sem ver a importância de fazê-lo, pois estava tão envolvido na tarefa que me foi atribuída. Falou pouco de si mesma: que fica o tempo todo em casa — seu rosto prova isso —, não fala com ninguém, só sai de vez em quando para procurar alguma coisa na livraria ou então para enviar uma carta. Fora isso ela só falou de você (ou era eu falando de você, é difícil distinguir depois do fato). Quando mencionei como você ficou feliz quando viu — tendo recebido uma carta de Berlim — que havia a possibilidade de Jarmila visitá-la, ela disse que mal conseguia entender como a felicidade era possível e muito menos que alguém se alegrasse por causa dela. Parecia simples e crível. Eu disse que os velhos tempos não podem ser simplesmente apagados e sempre contêm possibilidades que podem ganhar vida. Ela disse que sim, isso poderia acontecer se as pessoas estivessem juntas, e recentemente ela estava ansiosa para vê-la, e parecia-lhe tão obviamente necessário que você estivesse aqui — ela apontou para o chão várias vezes; suas mãos também estavam animadas — aqui, aqui, aqui. Em um aspecto, ela me lembra Stasa; sempre que falam de você, ambas estão no submundo, falando com cansaço sobre você que está viva. Mas o submundo de Jarmila é definitivamente diferente; no outro caso é a pessoa que está olhando quem sofre, aqui é Jarmila. Tenho a sensação de que ela precisa de indulgência. [...] Nos despedimos rapidamente na frente da casa dela. De antemão, ela também me aborreceu um pouco com um relato tedioso de uma foto particularmente bonita de você que ela queria me mostrar. Finalmente, descobriu-se que ela tinha essa fotografia na mão quando estava queimando todos os seus papéis e cartas antes de partir para Berlim; a procurou novamente naquela mesma tarde, mas em vão. Então lhe enviei um telegrama exagerado dizendo que suas instruções haviam sido cumpridas. Mas eu poderia ter feito mais? E você está satisfeita comigo?

Não faz sentido perguntar, considerando que esta carta não chegará em 14 dias, mas talvez isso seja apenas um pequeno acréscimo à insensatez geral do meu pedido: não se deixe assustar por mim — se é possível neste mundo instável (onde, quando alguém é levado, é simplesmente levado e não pode fazer nada sobre isso) — mesmo que eu a desaponte uma ou mil vezes ou agora ou talvez sempre. Aliás, isso não é um pedido e não é direcionado a você. Não sei para onde é direcionado. É simplesmente a respiração oprimida de um peito oprimido.

***

Quarta-feira

Sua carta de segunda-feira de manhã. Desde aquela manhã de segunda-feira, ou melhor, desde o meio-dia de segunda-feira, quando os efeitos benéficos da viagem já se esgotaram um pouco (além de tudo, cada viagem é uma recuperação por si só, um puxão pelo colarinho, uma sacudida) — desde então eu tenho cantado uma única música para você, incessantemente; é sempre diferente e sempre igual, tão rico quanto um sono sem sonhos, chato e exaustivo, de modo que às vezes até me dá sono. Fique feliz por não ter que ouvir isso, fique feliz por estar protegida das minhas cartas por tanto tempo.

Oh, conhecedores da natureza humana! O que eu tenho contra você engraxar as botas dele tão lindamente: vá em frente e engraxe-as como tal, depois coloque-as no canto e pronto. O problema é que você as lustra mentalmente o dia inteiro, às vezes isso me atormenta (e nem as limpa).

***

Praga, 19-23 de agosto de 1920

Quinta-feira

Fiquei querendo ouvir uma frase diferente da sua, essa: "Você é meu". E por que essa em particular? Nem mesmo significa amor, apenas proximidade e escuridão. Sim, a mentira foi ótima e eu fiz parte dela, mas o pior é que eu fiz isso de canto, só para mim, fingindo ser inocente. Infelizmente você continua me atribuindo tarefas que já foram resolvidas. Se você tem tão pouca confiança em mim e está apenas tentando aumentar um pouco minha autoconfiança, então é uma manobra óbvia demais. Pick escreve que já respondeu ao pedido de Senhora Milena Pollak na semana passada (quem é essa difícil criatura de três pés?). A propósito, ele não parece ter uma editora, mas está vindo para Praga no final de agosto e procurará uma então. Recentemente ouvi um boato de que Ernst Weiss está gravemente doente e sem dinheiro e que uma coleta está sendo feita para ele em Franzensbad. Você sabe alguma coisa sobre isso? Não entendo o que o telegrama de Jarmila (que foi enviado antes de nos conhecermos) tem a ver comigo ou mesmo com ciúmes. Ela parecia satisfeita por eu ter aparecido (por sua causa), mas muito mais feliz por eu ter ido embora (por minha causa ou mais precisamente dela mesma).

NA MARGEM: Laurin escreveu? E o que o advogado disse?

Você realmente poderia ter escrito mais algumas palavras sobre seu resfriado, você pegou em Gmünd ou no caminho para casa após o café? Aliás, ainda estamos tendo um lindo verão aqui, mesmo no domingo choveu apenas no sul da Boêmia. Eu estava orgulhoso, o mundo inteiro podia ver pelas minhas roupas encharcadas que eu vinha da direção de Gmünd.

***

Sexta-feira

Quando lido muito de perto é impossível entender a miséria em que você está vivendo no momento, tem que ser mais distante, mas mesmo assim é difícil de ler. Você não entendeu o que eu disse sobre garras, embora realmente não fosse compreensível. O que você diz sobre Gmünd está correto e no sentido mais amplo. Por exemplo, lembro que você perguntou se eu não tinha sido infiel a você em Praga. Era metade brincadeira, metade verdade, metade indiferente, novamente as três metades porque era impossível. Você tinha minhas cartas e estava perguntava isso. Como era possível uma pergunta dessas? E se isso não bastasse, eu continuo a torná-la ainda mais impossível. Eu disse, sim, eu fui fiel a você. Como é possível que alguém fale desse jeito? Naquele dia, conversamos e nos ouvimos com frequência e por muito tempo, como estranhos. O nome do meu amigo vienense não é Jeiteles, na verdade ele nem é meu amigo. Eu não o conheço, ele é um conhecido de Max que organizou a coisa toda. No entanto, o anúncio de alguma forma chegará a *Presse*, que é facilmente resolvido aqui em um escritório de publicidade local. Jarmila veio me ver no final da tarde de ontem (não sei onde ela conseguiu meu endereço atual). Eu não estava em casa, ela deixou uma carta para você e um bilhete a lápis pedindo que eu lhe enviasse a carta porque, embora ela tenha seu endereço no país, não lhe parece seguro o suficiente. Eu ainda não liguei para Vlasta, não consigo me obrigar a fazer isso; depois das 9h eu só podia ligar para ela do escritório, e não gosto de falar ao telefone quando estou cercado de funcionários (não temos cabine) e a telefonista geralmente se recusa a ligar. Eu também esqueci o sobrenome dela e o que eu faria se seu pai atendesse? Prefiro escrever para ela, teria que ser em tcheco? Você não menciona o advogado? O anúncio será exibido na quarta-feira pela primeira vez. As possíveis respostas serão encaminhadas a Viena?

✶✶✶

Segunda-feira

Não demorou muito, afinal, recebi as duas cartas de Salzburgo — que as coisas corram bem em Gilgen. Claro, já é outono, isso não pode ser negado. Estou indo mal, estou indo bem, o que você preferir; espero que minha saúde fique estável um pouco no outono. Ainda teremos que escrever ou falar sobre Gmünd — é em parte por isso que estou indo mal —, não, não é nada disso, pelo contrário, vou escrever sobre isso com mais detalhes — estou anexando a carta de Jarmila. Respondi a sua visita com uma carta pneumática dizendo que ficaria feliz em lhe enviar a carta, mas apenas se não contivesse nada urgente, já que pensei que não teria seu endereço por mais uma semana. Ela não escreveu de volta. Se for possível, por favor, envie-me uma vista do seu apartamento!

✶✶✶

Praga, 26 de agosto de 1920

Quinta-feira

Li a carta a lápis primeiro. Na carta de segunda-feira, apenas passei os olhos por um trecho sublinhado, depois preferi deixá-lo em paz por um tempo. Estou tão ansioso e é uma coisa tão ruim que não se possa se entregar com todo o seu ser em cada palavra; então, caso essa palavra fosse atacada, a pessoa poderia se defender totalmente ou então enfrentar a aniquilação total. Porém, aqui também não há apenas morte, mas também doença. Mesmo antes de eu terminar de ler a carta — você mesmo escreve algo semelhante no final — me ocorreu que você poderia ficar lá um pouco mais, enquanto o outono permitir. Isso não seria possível? As cartas de Salzburgo chegaram rapidamente; de Gilgen demora um pouco, mas também recebo outras notícias aqui e ali. Dos esboços de Polgar no jornal sobre o lago — eles são tristes além da medida e desconcertantes, já que ainda assim são engraçados —, isso não é muito, mas também há notícias de Salzburgo, o festival, o clima incerto — essas notícias não são engraçadas; você saiu de lá tarde demais —, então, às vezes faço Max me contar sobre Wolfgang e Gilgen, ele era muito feliz lá quando menino, deve ter sido melhor nos velhos tempos. Mas tudo isso não valeria muito se não fosse pelo *Tribuna*, esta possibilidade diária de encontrar algo seu. Você não gosta que eu fale sobre isso? Mas gosto muito de ler. E quem deveria falar sobre isso se não eu, seu melhor leitor? Ainda antes, antes de você dizer que às vezes pensa em mim ao escrever, senti que estava ligado a mim, ou seja, segurei-o pressionado contra mim; agora, porque você o disse expressamente, quase me deixa ainda mais ansioso e quando, por exemplo, leio sobre uma lebre na neve, quase me vejo lá, correndo.

NA MARGEM: cem mil por dia, tão barato, você não poderia ficar mais tempo lá, em Gilgen, Wolfgang, Salzburgo ou em outro lugar?

NA MARGEM: Eu considero a intervenção de Max com Topic fora de questão, isso é mesmo muito desajeitado de Pick querer se esconder atrás de Max; ele não me escreveu isso, mas prometeu que procuraria algo pessoalmente quando vier a Praga.

Passei uma boa hora no Sophieninsel com o ensaio de Landauer. Entendo como os detalhes da tradução o deixaram com raiva — mas afinal era uma raiva amorosa também — no entanto é lindo e mesmo que não vá um passo mais profundo, pelo menos fecha os olhos do leitor o suficiente para que ele dê esse passo. Aliás, o material que o atrai é estranho; afinal, os três ensaios (*Claudel, Landauer, Cartas*) pertencem um ao outro. Como você chegou a Landauer? (Nesta edição de *Kmen* há também a primeira boa peça original que li lá; não consigo lembrar o nome do autor exatamente — Vladislav Vancura ou algo assim.)

NA MARGEM: Sim, eu sabia que tinha pulado alguma coisa e, sem conseguir esquecer, não conseguia lembrar: Febre? Febre de verdade? Você mediu sua temperatura?

Afinal, eu li a outra carta, mas na verdade apenas comecei em: "Eu não quero que você responda isso". Não sei o que vem antes disso; mas confrontado por suas cartas de hoje, que fornecem prova irrefutável de que você é o que carrego selado em meu íntimo, estou disposto a declará-la verdadeira mesmo não lida, e mesmo que ela testemunhasse contra mim ao mais alto nível de autoridades. Sou sujo,

Milena, infinitamente sujo, por isso grito tanto sobre pureza. Ninguém canta tão puramente quanto aqueles que habitam o inferno mais profundo — o que consideramos ser o canto dos anjos é o canto deles.

NA MARGEM: Provavelmente não há mais natação? A vista do seu apartamento, por favor.

NA MARGEM: Jarmila respondeu, afinal, três linhas: que sua carta não é urgente nem importante e que ela me agradece. Em relação ao Vlasta, ainda estou esperando sua resposta.

Há alguns dias venho realizando meu "serviço militar" — ou mais corretamente "manobras", que às vezes é a melhor coisa para mim, como descobri anos atrás. À tarde, durmo na cama o máximo que posso, depois ando por duas horas e fico acordado o máximo que consigo. Mas o problema está neste "enquanto eu puder". "Não posso por muito tempo" — nem à tarde, nem à noite, e ainda estou praticamente murcho de manhã quando entro no escritório. O verdadeiro tesouro está escondido nas profundezas da noite, na segunda, terceira, quarta hora; mas hoje em dia, se não for para a cama antes da meia-noite, no mais tardar, estou perdido. Mas nada disso importa, esse estar em serviço é bom mesmo quando não há resultados. Nem haverá; levo meio ano para "afrouxar a língua", e então percebo que já acabou, que minha permissão para servir expirou. Mas como eu disse: é bom em si mesmo, ainda que mais cedo ou mais tarde a tosse intervenha de forma tirânica. Claro, as cartas não eram tão ruins, mas eu realmente não mereço essa carta a lápis. Existe alguém no céu ou na Terra que mereça?

***

Praga, 26-27 de agosto de 1920

Quinta-feira à noite

Hoje eu não fiz praticamente nada, exceto sentar e ler um pouco aqui, um pouco ali — mas na maioria do tempo não fiz nada, ou então ouvi uma dor muito leve trabalhando nas têmporas. Durante todo o dia fiquei preocupado com suas cartas: com agonia, com amor, com preocupação e com um medo inteiramente indefinido do indefinido, que é indefinido principalmente porque está infinitamente além das minhas forças. Ao mesmo tempo, não ousei ler a carta uma segunda vez e há uma meia página que não ousei ler uma primeira vez. Por que não se pode aceitar o fato de que o correto é viver nessa tensão tão especial, suicida, que mantém o suspense? (Tentei rir de você quando você ocasionalmente disse algo semelhante.) Por que, em vez disso, alguém tenta aliviá-la, com petulância, e depois ela explode como um animal irracional (mesmo amando essa irracionalidade como um animal), absorvendo assim todo o corpo com sua eletricidade desordenada e selvagem, para que ele seja praticamente consumido? Não sei exatamente o que estou tentando dizer com isso. Eu só gostaria de interceptar de alguma forma os lamentos vindos de suas cartas, não os lamentos escritos, mas os silenciosos, e posso fazer isso porque são basicamente meus. É a coisa mais estranha que, mesmo aqui na escuridão, somos tão unânimes — só posso acreditar nisso literalmente a cada momento.

Sexta-feira

Em vez de dormir, passei a noite com as cartas (embora não voluntariamente). Isso ainda não é o pior. Claro que nenhuma carta veio, mas isso em si também não importa. No momento é muito melhor não escrever todos os dias; você percebeu isso em segredo antes de mim. As cartas diárias enfraquecem em vez de fortalecer; a gente costumava beber as cartas até a última gota e imediatamente se sentia dez vezes mais forte (estou falando de Praga e não de Merano) e dez vezes mais sedentos. Agora é tudo tão sério, agora a gente morde os lábios enquanto lê e nada é tão certo quanto a pequena dor nas têmporas. Mas até isso é tolerável, só uma coisa: não fique doente, Milena, não fique doente. Tudo bem se você não escrever; (quantos dias eu preciso para lidar com duas cartas como a de ontem? Uma pergunta estúpida — dias são suficientes?) Mas não deveria ser porque você está doente. Estou apenas pensando em mim aqui. O que eu faria? Provavelmente a mesma coisa que estou fazendo agora, mas como eu faria isso? Não, não quero pensar nisso. E, ao mesmo tempo, sempre que penso em você, a imagem mais nítida que tenho é sempre aquela em que você está deitada na cama, do jeito que estava deitada no prado em Gmünd naquela noite (quando eu lhe contava sobre meu amigo e você não estava prestando muita atenção). E esta não é uma imagem agonizante, mas a melhor de que sou capaz de lembrar agora: você está deitada na cama, estou cuidando de você um pouco, de vez em quando vou até você e coloco minha mão em sua testa, afundo em seus olhos sempre que estou olhando para você, e sinto seus olhos em mim sempre que estou andando pelo quarto e o tempo todo tenho consciência, com um orgulho que não consigo mais conter, que estou vivendo para você, que me é permitido fazê-lo, e que, desta forma, começo a lhe agradecer o fato de você uma vez ter parado ao meu lado e me dado sua mão. Além disso, esta seria apenas uma doença que passaria rapidamente, deixando-a mais saudável do que era antes, uma doença que lhe permitiria ressurgir em toda a sua grandeza; enquanto eu apenas rastejaria sob a terra: de repente e logo; espero que sem barulho e dor. Isso não me causa a menor agonia, mas sim a ideia de que você possa adoecer longe.

***

Aqui está o anúncio, provavelmente poderia ter sido um pouco mais espirituoso e mais fácil de entender, particularmente as "Escolas de Negócios e Idiomas de Viena" estão lá sem sentido, desertas; em todo caso, a vírgula depois de *Teacher* não era minha. A propósito, diga-me o que você gostaria de melhorar e eu mudarei para a próxima série. Por enquanto, ela apareceu no dia 26 e aparecerá em seguida nos dias 1, 5 e 12.

Acontece que Max realmente não é capaz de mediar. De fato, o Topič publicou *Ty cho Brahe*; desde então, no entanto, outro folheto político-judaico deveria aparecer — já havia sido aceito —, mas por falta de papel, custos de impressão etc., foi novamente rejeitado. Então ele realmente se desentendeu com o Topič.

***

Praga, final de agosto de 1920

O que eu disse ainda vale, não posso forçá-lo nem a mim mesmo, mas isso só tem a ver com o seguinte, na medida em que seu sofrimento ainda me trará algum bem; seu sofrimento ainda cuida de mim, não me deixando aproximar com dinheiro, mas me deixando participar de alguma forma, à distância, de muito longe (sempre que me é permitido, é claro); mesmo assim, não tenho medo de que você me recuse, já que não há nenhuma razão para fazê-lo — só tenho medo de que você não queira ir a um sanatório agora. E ainda assim você gostou tanto de Kreuzen, por exemplo. Você tem 1.000 K do seu pai, correto? Ou 1.200, certo? 1000 K é o mínimo que posso lhe enviar por mês. São 8.000 coroas austríacas. Contudo. O sanatório não custará mais de 250 K por dia. E desta forma você pode ficar lá durante o outono e inverno e se não em Kreuzen, então em outro lugar. Confesso: mal estou pensando em você — estou tão feliz de respirar novamente com você tão perto. Mas isso ainda não afeta o que eu disse. Como sinal, em vez de um cartão, enviarei algo impresso para sua casa na próxima vez que eu escrever.

***

Praga, 28 de agosto de 1920

Sábado

Tão linda, tão linda, Milena, tão linda. Não há nada tão bonito na carta (de terça-feira) — ela flore a paz, a confiança e a clareza. Não havia nada esta manhã; isso por si só teria sido fácil de lidar; receber cartas agora é muito diferente, embora escrever cartas quase não tenha mudado — a necessidade e a alegria de ter que escrever permanecem. De qualquer forma, eu poderia ter lidado com isso; por que preciso de uma carta, se, por exemplo, passei o dia inteiro ontem e a tarde e metade da noite conversando com você, numa conversa em que fui tão sincero e sério como uma criança, e você tão receptiva e séria como uma mãe (na verdade, nunca vi tal criança ou tal mãe)? Então tudo estaria bem, só preciso saber porque você não está escrevendo, para não ficar vendo você doente na cama, no quartinho, as chuvas de outono lá fora, você sozinha, com febre (você escreveu isso), resfriada (você escreveu isso), com suores noturnos e exaustão (você escreveu sobre tudo isso) — então, se não é tudo assim, as coisas estão bem e no momento não quero nada melhor. Não vou tentar responder ao primeiro parágrafo de sua carta, ainda nem conheço o notório primeiro parágrafo da carta anterior. São coisas muito complicadas que só podem ser resolvidas com uma conversa entre mãe e filho; talvez elas só possam ser resolvidas assim porque não podem surgir. Não tentarei isso pois a dor está à espreita em minhas têmporas. A flecha de Cupido perfurou-as em vez de meu coração? Também não escreverei mais sobre Gmünd, pelo menos não intencionalmente. Haveria muito a dizer, mas no final tudo se resumiria ao primeiro dia em Viena que teria sido melhor se eu tivesse dormido à noite. Mesmo assim, Viena levava vantagem sobre Gmünd porque cheguei lá meio inconsciente com medo e exaustão, mas quando cheguei em Gmünd, por outro lado, senti — embora não percebesse isso, tolo de tão confiante, como se nada mais pudesse acontecer comigo. Eu fui lá como um dono de casa; é estranho que, com todo o mal-estar correndo constantemente em minhas veias, esse cansaço de propriedade ainda seja possível; na verdade, pode ser minha única falha genuína, nesse assunto e em outros. Já são 14h45, só recebi sua carta às 14h, agora estou parando para comer, está bem? Não porque possa ter algum significado para mim, mas apenas por uma questão de sinceridade: ontem ouvi dizer que a Lisl Beer pode ter um casebre em Gilgen. Isso se relaciona a algum tormento para você? A tradução da frase final é muito boa. Cada frase, cada palavra, cada — se assim posso dizer — música nessa história está ligada ao "medo". Foi então, durante uma longa noite, que a ferida se abriu pela primeira vez, e na minha opinião a tradução capta exatamente essa associação, com aquela mão mágica que é sua. Você vê o que é tão agonizante em receber cartas — bem, eu não preciso lhe dizer. Hoje, entre a sua carta e a minha há um claro e bom estar juntos, respirando fundo — até onde isso é possível na grande incerteza — e agora tenho que esperar pelas respostas às minhas cartas anteriores, e isso me assusta. Aliás, como você pode estar esperando minha carta na terça-feira, se eu não receber seu endereço até segunda-feira?

***

Praga, 28 de agosto de 1920

Você também gosta de condutores de bonde, não é? Sim, aquele condutor engraçado, mas magro naquela época, tão vienense! Eles são boas pessoas aqui também; as crianças querem crescer para serem condutores, então eles também serão poderosos e respeitados, para que possam dirigir por aí, subir no estribo e se curvar tão baixo sobre outras crianças, e eles têm um furador de bilhetes e tantos bilhetes de bonde; mas todas essas possibilidades me intimidam bastante — eu gostaria de ser condutor para poder ser tão feliz e tão interessado em tudo. Uma vez eu estava andando atrás de um bonde lento e o condutor (o poeta chegou para me tirar do escritório, deixe-o esperar até que eu termine de escrever sobre os condutores) estava na plataforma traseira inclinado e gritando algo para mim — o que eu não conseguia ouvir devido ao barulho na Josefsplatz; ele também agitava os braços animadamente, querendo me mostrar alguma coisa, mas eu não conseguia entender o que, e enquanto isso o bonde se afastava e seus esforços se tornavam cada vez mais inúteis — finalmente compreendi: o alfinete de segurança dourado no meu colarinho estava desabotoada e ele estava tentando chamar minha atenção para isso. Eu pensei nisso quando embarquei no bonde esta manhã como um fantasma doente, seguindo a noite passada; o condutor deu-me troco de 5 K, e para me animar (não exatamente a mim, pois não tinha olhado para mim; só queria animar o ambiente) fez uma observação amigável que não pude ouvir muito bem sobre as contas que ele estava me entregando; um senhor que estava ao meu lado também sorriu para mim em reconhecimento da distinção que eu havia recebido. Eu só pude responder sorrindo e assim tudo ficou um pouco melhor. Se ao menos o céu chuvoso acima de St. Gilgen pudesse se animar!

***

Praga, 29-30 de agosto de 1920

Domingo

Um erro incomum ontem. Ontem ao meio-dia eu estava tão feliz por causa de sua carta (de terça-feira), e quando a reli à noite, revelou-se essencialmente igual às últimas cartas: é muito mais infeliz do que admite. O erro prova o quanto eu penso apenas em mim, o quanto estou trancado dentro de mim, como me agarro a qualquer parte de você que posso, e como eu gostaria, acima de tudo, de fugir com ela para algum lugar no deserto, em algum lugar, para que ninguém possa tirá-la de mim. Porque eu tinha entrado correndo no meu quarto depois do ditado no escritório, porque sua carta me surpreendeu ali, porque eu a reli com avidez e prazer, porque nada parecia estar escrito contra mim em negrito, porque por acaso minhas têmporas estavam apenas batendo baixinho, porque eu estava sendo leviano o suficiente para imaginar você deitada na paz e tranquilidade da floresta, lago e montanhas — por todas essas razões e mais, nenhuma das quais tinha a menor coisa a ver com sua carta e sua situação real, o que você escreveu pareceu-me feliz e respondi com as mesmas tolices. Querida Milena, que descontrole, como somos jogados de um lado para o outro em um mar que se recusa a nos engolir por pura malícia. Recentemente, pedi-lhe que não me escrevesse todos os dias; isso foi sincero! Eu tinha medo de suas cartas, se de vez em quando não vinha eu ficava mais tranquilo; sempre que via uma em cima da mesa tinha de reunir todas as minhas forças — o que estava longe de ser suficiente e hoje teria ficado infeliz, se não tivessem chegado essas cartas (aproveitei ambas). Obrigado.

[...] Escritório.

De todas as generalidades que li sobre a Rússia até agora, o ensaio anexado foi o que mais impressionou, o meu corpo, os meus nervos e o meu sangue. Aliás, não peguei tudo exatamente como está escrito lá; primeiro eu reorganizei para minha orquestra. (Como a coisa toda é um fragmento de qualquer maneira, rasguei a conclusão; ela contém acusações contra os comunistas que não pertencem a esse contexto.)

Este endereço com suas palavras curtas, uma embaixo da outra, soa como uma ladainha, um elogio, não é?

***

Praga, 31 de agosto de 1920

Terça-feira

Apenas uma carta de sexta-feira, se nenhuma foi escrita na quinta-feira, tudo bem, desde que nenhuma seja perdida.

O que você escreve sobre mim é muito inteligente, não quero acrescentar nada, apenas deixe do jeito que está. Há apenas uma coisa, algo que você também mencionou! Gostaria de dizer um pouco mais abertamente: minha desgraça é que considero todos os seres humanos bons — naturalmente acima de todos os que considero os mais eminentes —, tanto com a mente quanto com o coração (um homem acabou de entrar e ficou chocado porque eu estava fazendo uma careta que expressava essas opiniões para o vazio). Meu corpo, no entanto, simplesmente não consegue acreditar que essas pessoas continuarão tão boas assim se realmente precisarem; meu corpo tem medo e prefere rastejar lentamente pela parede do que esperar esse julgamento, que realmente redimiria o mundo nesse sentido.

Mais uma vez comecei a rasgar cartas, na noite passada. Você está muito infeliz por minha causa (provavelmente combinado com outras coisas, é tudo um efeito mútuo). Diga isso cada vez mais francamente. Claro que leva tempo.

***

Ontem estive no médico. Ao contrário das minhas expectativas, nem ele nem a balança me acharam melhor; por outro lado, não estou pior. Mas ele acha que eu deveria ir embora. Depois que expliquei o motivo, ele rapidamente concordou que o sul da Suíça estava fora de questão, e imediatamente nomeou dois sanatórios na Áustria como os melhores: o Sanatório Grimmenstein (Dr. Frankfurter) e o Sanatório Wienerwald, embora ele não tinha o endereço de nenhum deles. Quando você tiver uma chance, você poderia descobrir isso, com um farmacêutico, um médico, em uma lista postal ou telefônica? Não há pressa. Nem isso significa que estou indo embora. Essas instituições são exclusivamente para o pulmão, casas que literalmente tossem e tremem de febre dia e noite, onde você tem que comer carne, onde carrascos deslocam seu braço se você resistir a injeções, e onde médicos judeus observam, acariciando suas barbas, e são inflexíveis tanto com os judeus ou com os cristãos.

***

Em uma de suas últimas cartas, você escreveu alguma coisa (não ouso ler novamente essas últimas cartas; também é possível que, ao examiná-las, eu tenha entendido mal, essa é a possibilidade mais provável) sobre sua situação chegando ao fim. Quanto disso era sofrimento temporário e quanto era verdade permanente?

***

Eu reli sua carta e retiro o "terrivelmente", algumas coisas estão faltando lá e há algumas coisas demais, então é meramente "inteligente". Também é difícil para as pessoas brincarem de "pegar" com fantasmas.

Você viu Blei? O que ele está fazendo? Posso facilmente acreditar que tudo isso foi bobo — também que você ficou com opiniões conflitantes. Claro, há um elemento de beleza também, só que isso está a cerca de mil quilômetros de distância e se recusa a vir, e se todos os sinos de Salzburgo começassem a tocar, ele recuaria cautelosamente outros vários milhares de quilômetros.

✶✶✶

Praga, 1º de setembro de 1920
Quarta-feira

Nenhuma carta hoje, é bobagem. Eu considero uma exceção quando não chega uma carta, e quando chega eu lamento, mas neste caso estou autorizado a fazer isso, você sabe que nem uma nem outra é uma reclamação genuína.

Jarmila veio ao meu escritório hoje, então eu a vi pela segunda vez. Não sei exatamente por que ela veio. Ela sentou a minha mesa, conversamos um pouco sobre isso e aquilo, depois ficamos na janela, depois na mesa, depois ela se sentou de novo e depois foi embora. Ela foi bastante agradável comigo, calma, pacífica, um pouco menos morta do que da última vez: um pouco corada, na verdade não muito bonita, especialmente sentada, quando ela ficava até feia, com o chapéu desajeitadamente puxado para baixo no rosto. Mas honestamente não sei porque ela veio; pode ser que ela esteja muito sozinha e como ela essencialmente não faz nada, vir me ver também deve ter contado como não fazer nada. Além disso, todo o nosso tempo juntos tinha o caráter do nada e era tão desagradável quanto o vazio. Claro que ficou mais difícil no final, já que obviamente um fim tem que ter algo de realidade, algo separado do nada, mas a realidade foi mantida o mais longe possível: o único resultado foi que em alguma ocasião indefinida, em algum tempo indefinido quando eu estiver passeando no bairro dela, eu vou passar e ver se ela está em casa, talvez para dar um passeio. Por mais indefinido que seja, no entanto, ainda é demais e eu ficaria feliz em acabar com isso. Ela veio duas vezes e, afinal, ela não é alguém que eu gostaria de ofender, mesmo a distância, então o que devo fazer? Se você tiver uma ideia particularmente boa, talvez possa me enviar um telegrama, já que não receberei nenhuma resposta por carta nos próximos dias. Ela também mencionou — com uma voz peculiar e fraca que recebeu uma carta sua. Poderia ter sido esta carta o motivo de sua vinda? Ou é da natureza dela estar constantemente flutuando pelo mundo, pousando dessa forma aqui e ali? Ou isso é apenas uma busca por você? Por favor, escreva sobre isso, muitas vezes você esquece de responder a perguntas. Embora seja verdade que você disse ontem:

"Estou com uma dor de cabeça insuportável", fiquei feliz em ver o bom tempo esta manhã e já podia vê-lo no lago; agora à tarde está nublado mais uma vez.

***

Praga, 2 de setembro de 1920
Quinta-feira

 Suas cartas de domingo, segunda-feira e um cartão postal chegaram. Julgue corretamente, por favor, Milena. Estou sentado aqui tão isolado, tão longe e mesmo assim em relativa paz; muitas coisas passam pela minha mente — medo, inquietação — e assim as anoto, mesmo que não façam muito sentido, e quando estou falando com você esqueço tudo, até de você; só quando chegam duas dessas cartas eu recupero minha consciência. Telefonarei para Vlasta amanhã. Vou a uma cabine telefônica, daqui não consigo. Nenhuma resposta do seu pai? Eu não entendo completamente uma de suas apreensões em relação ao inverno. Se o seu marido está tão doente, com duas doenças diferentes, e se for grave, ele não pode ir ao escritório, nem, claro, como funcionário permanente, ele pode ser demitido. Ele também terá que organizar sua vida de forma diferente por causa de suas doenças; isso simplificará tudo e ao menos tornará as coisas mais fáceis, por mais triste que seja. Mas tratar o problema da culpa com seriedade é uma das coisas mais sem sentido deste planeta, pelo menos assim me parece. Não considero as censuras sem sentido; obviamente, quando se está em apuros, faz-se censuras por toda parte (embora não com a maior aflição, quando nenhuma censura é feita). Também posso entender que tais censuras sejam levadas a sério em um momento de agitação e turbulência, mas a ideia de que se pode discutir isso como qualquer problema comum de matemática e produzir resultados tão claros que podem ser usados para definir a conduta cotidiana — eu não entendo. Claro que a culpa é sua, mas também é culpa de seu marido e depois sua de novo e depois dele de novo, assim como tem que ser sempre que duas pessoas vivem juntas, e a culpa se acumula em sucessão infinita até atingir o cinzento pecado original; mas é vasculhando o pecado original que consigo ajuda para sobreviver ao dia ou com a sua visita ao médico em Ischl? E lá fora está chovendo e chovendo e não quer parar de jeito nenhum. Eu não me importo nem um pouco. Estou sentado aqui dentro, seco, e só tenho vergonha de tomar meu segundo café da manhã farto na frente do pintor, que está de pé no andaime do lado de fora das minhas janelas e que respingou as janelas desnecessariamente porque está furioso com a chuva e com a quantidade de manteiga que estou passando no meu pão. No entanto, isso também é apenas minha imaginação, já que ele provavelmente está cem vezes menos preocupado comigo do que vice-versa. Não, agora ele realmente está trabalhando duro na chuva com relâmpagos. Há dias, ouvi falar que Weiss provavelmente não está doente, apenas sem dinheiro — pelo menos era assim que ele estava neste verão e em Franzensbad uma coleta foi feita para ele. Respondi a ele cerca de três semanas atrás, por carta registrada — para a Floresta Negra, aliás — antes de saber do assunto. Ele não respondeu. Ele está agora no lago Starnberger com sua namorada, que envia cartões postais a Baum que são sombrios e sérios (é assim que ela é), mas não exatamente infelizes (também é do jeito que ela é). Falei com ela brevemente cerca de um mês atrás antes de ela deixar Praga (onde ela atuou com sucesso no teatro). Ela parecia miserável — geralmente é fraca e frágil, mas inquebrável — estava exausta de atuar. Ela mencionou Weiss mais ou menos assim: "No momento ele está na Floresta Negra, ele não está indo bem lá, mas estão prestes a ir para o Lago Starnberger, as coisas vão melhorar." Sim, Landauer está no *Kmen*, ainda não li a segunda parte com atenção; hoje é a terceira e última. Hoje o caso Jarmila é muito menos importante do que era ontem; sua segunda visita serviu apenas para me assustar; provavelmente não vou escrever nem fazer uma visita. Cada encontro com ela transmite a forte sensação de que ela não faz o que faz por si mesma; ela está realmente cumprindo uma missão, e uma nada humana.

＊＊＊

Praga, 3 de setembro de 1920
Sexta-feira

Milena, estou com pressa. Nenhuma carta chegou hoje, tenho que ficar jurando para mim mesmo que não significa nada de extraordinariamente ruim. Ontem à tarde ou mais exatamente ontem à noite devo ter passado uma hora lendo suas últimas cartas. O truque com o telefone funcionou: hoje vou me encontrar com Vlasta às 18h em frente ao Repräsentationshaus. Não foi fácil; nenhuma conversa telefônica é fácil para mim: essa foi principalmente um breve exercício de mal-entendido — por que eu, um estranho, iria querer falar com ela ou encontrá-la em algum lugar? Acontece que ela não entendeu o seu nome, mas eu não percebi isso e estava me perguntando por que ela parecia querer se livrar de mim. Uma vez que ela entendeu do que se tratava, ficou muito feliz, depois de ter sugerido que nos encontrássemos no sábado ela mudou de ideia e por isso estamos nos encontrando hoje. Ontem, no Max, vi uma carta do seu marido sobre a autorização. Escrita calma, linguagem calma. Max provavelmente poderá ajudar. Acabei de receber um cartão de Pick — ele já está em Praga, mas ainda não me viu — no qual ele escreve: "Você provavelmente sabe que Ernst Weiss está são e salvo em Praga". Eu não sabia. Ontem Jarmila me escreveu três linhas pedindo desculpas por ter estado aqui por uma hora inteira, embora na realidade não tenha sido nem meia hora. Claro que vou responder a ela agora; funciona bem, pois isso dará à conversa de ontem a conclusão que faltava. Por outro lado, não tenho ideia do que vou falar com Vlasta, mas não acho que haja qualquer possibilidade de dizer algo realmente prejudicial ou tolo. Um jornal ruim, o *Tribuna*, ainda não tem notícias sobre Everyman.

***

Praga, 3-4 de setembro de 1920
Sexta-feira à noite

Só para dizer logo o mais importante: tudo correu muito bem, pegamos o bonde para o apartamento do cunhado dela em Kleinseite, não havia ninguém em casa, sentamo-nos sozinhos por meia hora e conversamos sobre você, então o noivo dela chegou — um Herr Ríha, que entrou na conversa imediatamente (mas amigavelmente), como se seus assuntos fossem de conhecimento geral, e assim a encerrou prematuramente. Acontece que eu já havia dito o que era mais importante, embora quase não lhe perguntasse nada; ainda assim, contar era essencialmente mais importante. Ela é bastante agradável, sincera, clara, talvez um pouco distraída, não totalmente atenta. Em primeiro lugar, porém, a minha exigência a esse respeito é muito grande; em segundo, essa distração tem até um certo mérito, já que eu secretamente temia que ela quisesse se envolver muito pessoalmente com todos os aspectos da questão, incluindo o ponto de vista de seu pai, mas não é o caso. Talvez essa distração esteja relacionada ao seu noivado; em todo caso, a vi depois na rua com o noivo numa conversa tão animada que beirava a briga. Ela primeiro disse que pretendia escrever para você imediatamente (todo mundo com quem eu falo sobre você começa assim), mas não sabia seu endereço, então ela acidentalmente o viu no envelope de uma de suas cartas (para seu pai); no entanto, novamente ela não sabia se era o certo — ela ficou confusa por um minuto, por distração ou um pequeno sentimento de culpa. Ela passou a descrever seu pai um pouco do jeito que você faz. Em relação a você, ele é muito mais acessível em comparação com antes, embora apenas em comparação; ao mesmo tempo, ele sempre tem medo de ceder demais a você. Ele não deseja enviar-lhe dinheiro além da sua mesada mensal (mas tenho certeza de que a mesada não será reduzida) — este simplesmente afundaria no vazio e não seria útil para ninguém. Depois de sua carta, Vlasta sugeriu que ele poderia permitir que você se recuperasse por três meses em um sanatório: ele respondeu que sim, isso poderia ser uma boa ideia (ela tentou usar suas próprias palavras para caracterizar sua pesada indecisão ou obstinação nesse assunto) mas ele não tocou no assunto novamente e saiu de férias. Eu não entendi exatamente o que a última demanda dele implica. Quando perguntei sobre isso de passagem, ela apenas repetiu aquelas três linhas da carta e quando eu interrompi com uma pergunta ela apenas acrescentou que ele não quer dizer que você deve viver com ele, pelo menos não no começo. Quando observei que essa era a essência de sua carta, ela concordou e então disse: "Sim, a carta ele assinou como Jesenský", que, tomada no contexto de todo o resto, realmente era o pretendido! — Não queria acreditar em você — Como um "toque" especial. Quando ela me pediu em seguida para descrever sua situação, em outras palavras, o que eu a aconselharia a fazer, o que ela deveria tentar realizar, eu disse algo que na verdade tenho medo de admitir para você.

Não, antes de continuar, devo dizer que meu relato foi certamente ruim no que diz respeito aos detalhes, mas tenho certeza de que foi bom, no que era visível para Vlasta. Acima de tudo, não acusei uma alma, nem um pouco. Não estou enfatizando isso como uma maneira particularmente superior de pensar da minha parte, como eu poderia sequer pensar em fazer acusações; além disso, tenho certeza de que uma pessoa muito melhor do que eu não encontraria motivos para fazê-lo aqui. Então não é isso que eu quero dizer: estou apenas enfatizando isso como uma vantagem retórica, porque no discurso, afinal de contas — especialmente discurso proposital — pode facilmente acontecer que alguém faça acusações contra a própria vontade. Não acho que isso tenha acontecido comigo, ou pelo menos se houvesse a possibilidade de isso acontecer, foi imediatamente corrigido. Aliás, ela mesma não era nem um pouco acusatória, mas aí sua distração também pode ter desempenhado um papel. Além disso, posso ter conseguido esclarecer porque você está fadada a ficar sem dinheiro. Isso não é tão fácil de entender vendo de fora. Vlasta calcula (e todo mundo também): o grande salário de seu marido, 10000 K do seu pai, seu trabalho, suas modestas demandas e apenas duas pessoas. Por que tem que haver alguma necessidade? A própria Vlasta uma vez disse algo como — ela pode estar citando seu pai de novo, não sei exatamente: "Enviar dinheiro não faz o menor sentido. Milena e dinheiro..." Mas eu torci o braço dela retoricamente. Então eu acredito que minha apresentação foi boa. Além disso, eles pareciam não entender sua situação interior; a não ser que eu não os entenda. Seu pai e Vlasta acham que você está pronta para deixar seu marido e se mudar para Praga sem mais delongas; na verdade, eles acham que você estava pronta para fazer isso há muito tempo e que a única coisa que a prende é a doença de seu marido. Aqui eu senti que não deveria intervir e "esclarecer", mas se é isso que seu pai acredita, o que mais ele quer? Nesse caso, ele nao tem tudo o que deseja? Então, finalmente, ela me pediu conselhos. Achei a "sugestão do sanatório" muito boa, mas resmunguei um pouco (provavelmente por ciúmes, pois parecia com a minha sugestão de Merano) porque você realmente não quer deixar seu marido durante a doença dele. "Eu vejo outra maneira de ajudar", eu disse, "deixar tudo essencialmente como está, ou seja, sem fazer nada mais extenso, mas apenas aumentar a oferta de dinheiro, aumentando a mesada ou algo assim. No entanto, se a pessoa não quer dar dinheiro, sem ter certeza de que será gasto adequadamente, existem outras possibilidades, por exemplo (isso é inteiramente minha ideia; pode incomodar muito Milena e se ela souber que vem de mim, ela pode acabar ficando com raiva de mim; por outro lado, se eu considerar isso decente, e você, Fräulein Vlasta, me perguntar, então eu tenho que sugerir isso, não é?) um vale-presente para o almoço e jantar no Weisser Hahn, Josefstadterstrasse."

Então Vlasta teve a boa ideia de escrever para você amanhã sem realmente contar a seu pai nenhuma das minhas notícias (pelo menos assim eu entendi) e só falaria com ele como resultado desse contato com você. Dei seu endereço em Viena (que ela lembrou de repente depois de tê-lo esquecido até então) — não sei exatamente o de St. Gilgen (embora ontem na carta de seu marido eu tenha visto o Hotel Post) nem sei quanto tempo você vai ficar lá, e naturalmente eu não quis dar o número da caixa postal. Eu senti que a coisa toda era suficientemente promissora e que eles estão genuinamente preocupados com você (embora desavisado e um pouco cansado). No entanto, o dinheiro desempenha um certo papel. Ainda vejo a preocupação em seu rosto (certamente devido à distração) quando ela quis calcular, do nada e sem nenhuma promessa de sucesso, quanto poderia custar um tal vale-refeição para o Weisser Hahn. Mas isso é quase malícia da minha parte e injustiça flagrante; se eu estivesse no lugar dela me observando, tenho certeza de que teria visto coisas incomparavelmente mais escandalosas. Ela é, como eu disse, uma excelente moça simpática e abnegada (exceto que — mais uma vez a malícia — como leitora do *Tribuna* ela não deveria se empoar, e como assistente de um professor de odontologia deveria ter menos obturações de ouro). Bem, isso é tudo. Eu posso me lembrar de algo se você perguntar. Esta tarde uma Fraulein Reimann esteve aqui (segundo minha mãe, que é muito insegura quanto aos nomes), pedindo meu conselho em algum assunto; de acordo com sua descrição, poderia ter sido Jarmila. Minha mãe, a guardiã do meu sono, mentiu sem nenhum esforço que eu não estava em casa, embora na verdade estivesse na cama a cinco passos de distância. Boa noite, até o rato no canto ao lado da porta do banheiro está me avisando que é quase meia-noite. Espero que não chame minha atenção para cada hora que passa da noite da mesma maneira. Como está animado! Esteve tudo tão quieto há semanas.

***

Sábado

Para não esconder nada: também li a Vlasta algumas passagens de suas duas últimas cartas e aconselhei ainda que o subsídio mensal fosse enviado diretamente a você. E no que diz respeito ao rato, nada mais se ouviu durante a noite, mas quando tirei os lençóis do sofá esta manhã algo escuro e estridente com uma longa cauda caiu e imediatamente desapareceu debaixo da cama. Isso poderia facilmente ter sido o rato, não poderia? Mesmo que o guincho e a cauda longa fossem apenas na minha imaginação? De qualquer forma, não consegui encontrar nada embaixo da cama (até onde ousei olhar). A carta de quarta-feira é engraçada? Não tenho certeza. Não acredito mais nas cartas engraçadas, quase disse: não acredito mais em nenhuma carta; mesmo as mais bonitas sempre contêm uma praga. Seja bom para Jarmila, bem, isso é óbvio. Mas como? Devo ir visitá-la por que ontem uma Frl. Reimann disse que queria meu conselho sobre algo? Mesmo desconsiderando a perda de tempo e sono, tenho medo dela. Ela é um dos anjos da morte, mas não um dos anjos superiores que simplesmente impõem as mãos sobre nós mortais; ela é de um tipo inferior, alguém que tem que recorrer à morfina.

***

Praga, 5 de setembro de 1920

Domingo

O principal é o que você afirma ter escrito, Milena, ou não seria, na verdade, a confiança? Você escreveu sobre isso uma vez antes, em uma das últimas cartas para Merano. Eu não podia mais responder. Robinson teve que embarcar, vê, teve que fazer sua viagem perigosa, teve que sofrer um naufrágio e muitas outras coisas! Só teria que perdê-la e já seria Robinson. Mas eu seria mais Robinson do que ele. Ele ainda tinha a ilha e sexta-feira e muitas coisas diversas e finalmente o navio que o levou embora e praticamente transformou tudo em um sonho. Eu não teria nada, nem mesmo meu nome, já que eu dei isso a você também. É por isso que sou independente de você até certo ponto, precisamente porque a dependência transcende todos os limites. Ou você é minha, nesse caso é bom, ou então eu perco você, e nesse caso não é realmente ruim, mas simplesmente nada: sem ciúmes, sem sofrimento, sem ansiedade, nada. E é claro que é uma blasfêmia construir tanto em outra pessoa, e é por isso que o medo começa a convergir em torno da fundação, mas não é tanto o medo ao seu redor, mas o medo de que tais construções sejam desafiadas. E é também por isso que seu adorável rosto humano tem tanto do divino (embora provavelmente estivesse lá desde o início). Então, agora Sansão revelou seu segredo a Dalila, e seu cabelo, que ela estava constantemente despenteando em preparação, agora está livre para ela cortar, mas deixe-a ir em frente; é tudo a mesma coisa, desde que ela não tenha um segredo semelhante.

Por três noites eu tenho dormido muito mal sem motivo aparente e você está razoavelmente bem?

Uma resposta rápida, se for uma resposta: o telegrama acaba de chegar. Foi uma surpresa tão grande (já abri também) eu não tive tempo de me alarmar. De alguma forma eu precisava mesmo disso hoje; como você sabia? Sua intuição natural, que sempre faz você enviar o que é necessário.

***

Praga, 6 de setembro de 1920
Segunda-feira

Nenhuma carta.

No que diz respeito ao ensaio de Max, depende se é "apenas" a sua ideia ou a de Laurin. Nesse último caso ainda seria possível, mas não como um artigo principal, apenas como um folhetim. Aliás, há várias considerações políticas em jogo que seriam muito chatas de listar. Enviei-lhe o endereço ontem: H J a/c com Karl Maier, Berlim W 15 Lietzenburger (ou Lützenburger-) strasse nº. 32. Seu telegrama foi muito bom. Caso contrário, eu não teria ido ver Jarmila; foi seguindo o seu telegrama que eu fiz. Então foi ela quem apareceu dois dias atrás. Na verdade, ela nem disse o que queria: pretendia lhe enviar uma carta e queria me perguntar se você poderia mantê-la a salvo de seu marido (por que guardá-la?), e agora ela reconsiderou e não pretende mais enviar isso, mas é possível que ela queira mais tarde, e nesse caso ela vai me enviar ou trazê-la — isso é o quão claro era tudo. Mas o principal era que eu estava extremamente chato (embora muito contra a minha vontade), tão opressivo quanto a tampa de um caixão, e minha partida trouxe a ela, Jarmila, a salvação.

Agora chegaram algumas cartas (de quarta e sexta). (Também uma carta dos Woche endereçada a Frank K; como eles sabem que meu nome é Frank?) Obrigado pelos endereços, vou anotá-los. Ah, sim, estar perto de você. Caso contrário, tenho muito o que fazer para ficar deitado no sanatório, ser alimentado e olhar para a eterna censura do céu de inverno.

A partir de hoje não estou mais sozinho no escritório: isso é cansativo depois de tanto tempo sozinho, mesmo que sejam perguntas — ah, o poeta esteve aqui por quase duas horas e foi embora chorando. E ele provavelmente está descontente com isso, embora, afinal, chorar seja a melhor coisa possível. Sim, claro, não me escreva se for uma "tarefa", nem mesmo se você "quer" escrever, e nem mesmo se você "tenha que" escrever — mas então o que resta? Apenas o que for mais do que tudo isso.

Estou anexando algo para a sobrinha travessa.

Sim, vou escrever para a Stasa.

***

Praga, 7 de setembro de 1920
Terça-feira

Mal-entendido por completo, não, é pior do que um mero mal-entendido, Milena, mesmo que você entenda, é claro, corretamente o superficial —, mas o que há para entender ou não entender. Esse mal-entendido continua recorrente; já aconteceu uma ou duas vezes em Merano. Afinal, eu não estava pedindo conselho a você do jeito que eu pediria ao homem sentado do outro lado da mesa. Eu estava falando comigo mesmo, pedindo conselhos, dormindo profundamente, e agora você está me acordando. Além disso, não há mais nada a dizer sobre isso, o caso Jarmila está encerrado, como escrevi ontem, você ainda pode receber a carta. Aliás, a carta que você está me enviando agora vem de Jarmila. [...] não sei como vou pedir isso a ela, não sei o que você quer; afinal, dificilmente a verei ou escreverei mais e a ideia de escrever algo assim para ela?

Também entendi que o telegrama de ontem significava que eu não deveria mais escrever à Stasa. Espero ter entendido corretamente. Ontem conversei com Max mais uma vez sobre o *Tribuna*. Por motivos políticos, ele não pode concordar que algo apareça nele. Mas apenas me diga por que você gostaria de ter algo judaico e eu posso sugerir ou enviar muitas outras coisas.

Não sei se você entendeu corretamente minha observação sobre o ensaio a respeito do bolchevismo. O que o autor critica é, no que me diz respeito, o maior elogio possível na Terra.

Endereço de Janowitz, caso você não tenha recebido a última carta: a/c Karl Maier, Berlim W 15 Lietzenburgerstrasse. Mas eu já te enviei, estou tão distraído.

Ontem à noite eu estava com Pribram. Velhos tempos. Ele falou de você gentilmente e bem, não como se você fosse uma "criada". Aliás, nós (Max e eu) o tratamos muito mal, convidando-o para se juntar a nós à noite, falando inocuamente por duas horas sobre isso e aquilo e então de repente o atacando (na verdade, eu liderei o ataque) sobre o assunto do irmão dele. Mas ele se defendeu brilhantemente, seus argumentos eram difíceis de refutar; mesmo invocar uma antiga "paciente" não ajudou muito. Mas a tentativa ainda não acabou.

Se alguém me dissesse ontem à noite (quando por volta das 20h eu olhei da rua para o salão de banquetes da Rathaus judaica, onde mais de dois emigrantes judeus russos estão sendo alojados — o salão está tão cheio quanto durante uma festa nacional enquanto eles esperam aqui pelos vistos americanos; mais tarde, por volta das 00h30, eu os vi lá, todos dormindo, um ao lado do outro; eles estavam até dormindo estendidos em cadeiras, aqui e ali alguém tossia ou ficava virando ou andando com cuidado entre as fileiras, a luz elétrica fica acesa durante toda a noite) que eu poderia ser o que eu quisesse, eu teria escolhido ser um menino judeu do oriente, parado ali no canto sem nenhum traço de preocupação, seu pai conversando com os homens no meio do corredor, sua mãe fortemente vestida vasculhando as trouxas que eles trouxeram para a viagem, sua irmã conversando com as meninas e coçando seu lindo cabelo — e em algumas semanas um deles estará na América. Claro que não é tão simples; houve casos de disenteria, há pessoas do lado de fora gritando ameaças pela janela, há até brigas entre os próprios judeus: dois já se atacaram com facas. Mas se alguém é pequeno, capaz de entender tudo rapidamente e julgá-lo corretamente, então o que pode acontecer? E muitos desses meninos corriam por ali, subindo nos colchões, rastejando debaixo das cadeiras e esperando o pão que alguém oferece — todos eles são um só povo — cortava com alguma coisa; é tudo comestível.

***

Praga, 10 de setembro de 1920

Sexta-feira

Seu telegrama acabou de chegar. Tem toda a razão, a forma como cuidei foi desconsoladamente estúpida e desajeitada, mas nada mais era possível, pois vivemos em mal-entendidos; nossas perguntas são tornadas inúteis por nossas respostas. Agora temos que parar de escrever um ao outro e deixar o futuro para o futuro. Como só posso telefonar para Vlasta e não escrever para ela, não poderei contar a ela até amanhã.

✳✳✳

Praga, 14 de setembro de 1920

Terça-feira

    Hoje chegaram duas cartas e um postal ilustrado. Eu hesitei em abri-los. Você é inconcebivelmente gentil ou inconcebivelmente autocontrolada. Repito: você estava absolutamente certa. E se você — isso é impossível — tivesse me infligido algo tão imprudente, teimoso, infantilmente tolo, presunçoso e até mesmo indiferente como eu fiz com você pelo que disse a Vlasta, eu teria enlouquecido, e não apenas pelo tempo que levava para enviar um telegrama. Só li o telegrama duas vezes, uma vez brevemente quando o recebi, e dias depois quando o rasguei. É difícil descrever essa primeira leitura; tantas coisas se juntaram ao mesmo tempo. O mais claro era que você estava me batendo. Acho que começou *sojort*[8], esse foi o golpe. Não, hoje não posso escrever sobre isso em detalhes, não porque estou particularmente cansado, mas porque estou "pesado". Fui dominado pelo nada que uma vez descrevi. Tenho certeza de que tudo seria impossível de entender se eu me considerasse culpado ao fazer tudo isso; nesse caso, eu teria sido justamente espancado. Não, nós dois somos culpados. Depois de superar todas as resistências justificáveis, você poderá, no entanto, reconciliar-se com a carta de Vlasta que encontrará em Viena. Fui procurá-la no apartamento de seu pai na mesma tarde em que recebi seu telegrama. No andar de baixo havia um bilhete dizendo *schody*[9], que eu sempre considerei ser o primeiro andar e agora estava no andar de cima. Uma jovem criada muito feliz abriu a porta. Vlasta não estava lá, eu esperava isso, mas queria fazer alguma coisa e descobrir quando ela chegasse pela manhã. (De acordo com uma inscrição na porta do apartamento, seu pai parece ser o editor da *Sportovni Revue*) Então, na manhã seguinte, esperei por ela na frente da casa, eu gostei dela ainda mais do que da última vez — inteligente, sincera, direto ao ponto. Não disse muito mais do que lhe disse no meu telegrama.

    NA MARGEM: Posso dissipar parcialmente suas apreensões sobre seu pai, da próxima vez.

---

8 Do alemão: imediatamente (N. do R.).
9 Do tcheco: escadaria (N. do R.).

Jarmila veio me ver no escritório há três dias, ela não tinha notícias suas há muito tempo, não sabia nada sobre a enchente e velo perguntar sobre você. Correu tudo bem. Ela só ficou um pouco. Esqueci de repassar seu pedido a respeito da escrita dela, eu então escrevi para ela algumas linhas sobre isso. Ainda não li as cartas com atenção, escreverei de novo quando tiver lido.

★★★

Agora o telegrama chegou também. Sério? Sério? E você não está mais me atacando? Não, você não pode ficar feliz com isso, isso é impossível; este é um telegrama do momento como o outro e a verdade não está nem aqui nem ali. Às vezes, quando se acorda de manhã, pensa que a verdade está bem ao lado da cama, como uma cova aberta com algumas flores murchas, pronta para receber um corpo. Mal ouso ler as cartas, eu só posso lê-las por feitiços, não suporto a dor. Milena — e mais uma vez estou separando seus cabelos — sou uma fera tão má, má comigo mesmo e tão má com você, ou não seria mais correto dizer que o mal está me caçando, me impelindo? Mas nem ouso dizer que é o mal; só que quando estou escrevendo para você eu acho que é e então eu digo isso. Caso contrário, é como eu descrevi. Sempre que lhe escrevo, o sono está fora de questão, tanto antes como depois; quando não escrevo, pelo menos tenho algumas horas de sono superficial. Quando não escrevo estou apenas cansado, triste, pesado; quando escrevo, fico dilacerado pelo medo e pela ansiedade. Parece que nós dois estamos pedindo para ser simpáticos. Peço-lhe que me deixe rastejar para algum lugar. Você me pergunta — mas o fato de que isso é possível é o paradoxo mais terrível — como é possível? O que quer? O que está fazendo? É mais ou menos assim: eu, animal da floresta, naquela época mal estava na floresta, estava deitado em algum lugar em uma vala suja (suja apenas pela minha presença, é claro) quando vi você lá fora a céu aberto — a coisa mais maravilhosa que eu já tinha visto. Esqueci tudo, esqueci-me completamente, levantei-me, aproximei-me — confessadamente ansioso dentro dessa nova, mas familiar liberdade: me aventurei ainda mais perto, até você. Você foi tão boa, eu me agachei ao seu lado como se fosse meu direito, eu coloquei meu rosto em sua mão, eu estava tão feliz, tão orgulhoso, tão livre, tão poderoso, me sentindo em casa, de novo e de novo: tão em casa, mas em essência eu permanecia um mero animal, apenas parte da floresta, vivendo ao ar livre apenas por sua graça. Eu estava lendo meu destino dentro de seus olhos sem saber (já que tinha esquecido tudo). Isso não poderia durar. Embora você estivesse me acariciando com as mãos mais gentis, você tinha que reconhecer certas peculiaridades que apontavam para a floresta, minha verdadeira casa e origem. Em seguida vieram as discussões necessárias e necessariamente repetidas sobre o "medo", que me torturou (e você, mas você era inocente), a ponto de deixar meus nervos à flor da pele; o sentimento não parava de crescer dentro de mim. Pensava na praga impura que eu era para você, perturbando você em todos os lugares, sempre atrapalhando seu caminho. O mal-entendido com Max tocou nisso; em Gmünd já era óbvio, então veio o entendimento e o mal-entendido com Jarmila e, finalmente, meu comportamento estúpido, insensível e descuidado com Vlasta e muitos outros pequenos incidentes no meio. Lembrei-me de quem eu era e vi que seus olhos não eram mais enganados. Tive um pesadelo (de me sentir em casa em um lugar ao qual não pertencemos), mas para mim esse pesadelo era real. Tive que voltar para a escuridão, não suportava o sol, estava desesperado, realmente como um animal perdido. Comecei a correr o mais rápido que pude e ainda não consegui escapar do pensamento: "Se eu pudesse levá-la comigo"! E o outro pensamento: "Mas pode haver alguma escuridão onde ela reside"? Você perguntou como estou; aí está sua resposta.

***

Praga, 14 de setembro de 1920

Minha primeira carta já havia sido enviada quando a sua chegou. Além de tudo o que pode estar escondido — por baixo de coisas como "medo" etc. — e que me dá náuseas, não porque seja nauseante, mas porque meu estômago está muito fraco; além de tudo isso, pode ser ainda mais simples do que você diz. Algo como: quando se está sozinho, a imperfeição deve ser suportada a cada minuto do dia; um casal, no entanto, não tem que aturar isso. Nossos olhos não foram feitos para serem arrancados e corações com o mesmo propósito? Ao mesmo tempo, não é tão ruim assim; isso é exagero e mentira, tudo é exagero, a única verdade é a saudade, que não pode ser exagerada. Mas mesmo a verdade do desejo não é tanto sua própria verdade; é, na verdade, uma expressão de todo o resto, o que é uma mentira. Isso soa louco e distorcido, mas é verdade. Além disso, talvez não seja amor quando digo que você é o que eu mais amo — você é a faca que gira dentro de mim, isso é amor. Aliás, você diz a mesma coisa: "Falta a força para amar"; isso não seria suficiente para distinguir entre "besta" e "homem"?

***

Praga, 15 de setembro de 1920

Quarta-feira

Não há lei que me impeça de voltar a conhecê-la e agradecê-la por esta carta, que contém talvez a coisa mais bonita que você poderia ter me escrito: "Sei que você..." Além disso, porém, você esteve de acordo que agora deveríamos parar de escrever um ao outro; foi apenas por acaso que eu disse isso, você também poderia ter dito isso. E já que ambos concordamos, é inútil explicar porque não escrever será bom. A única coisa ruim é que, então, não terei quase nenhuma chance de escrever para você (de agora em diante você não deve perguntar nos correios), ou então, terei apenas a chance de enviar um cartão postal sem qualquer texto, o que significa que uma carta está esperando por você nos Correios. Desnecessário será dizer que você deve escrever para mim sempre que for preciso. Você não menciona nenhuma carta de Vlasta. Mas ela sugeriu, em nome de seu pai, que você repousasse em um sanatório de sua escolha (embora dentro da Tchecoslováquia)[10] por alguns meses. Como ninguém respondeu ao seu anúncio (o que não é estranho, provavelmente há menos interesse em tcheco este ano), talvez você possa aceitar essa proposta. Isso não é um conselho; o pensamento só me faz feliz. Não há dúvida de que lidei muito mal sobre esse assunto com Vlasta, mas não tanto quanto lhe pareceu em seu momento inicial de susto. Em primeiro lugar, não fui como peticionário, e muito menos em seu nome. Fui como um estranho que o conhece bem, que tem alguma visão da situação em Viena e que, além disso, acabava de receber duas tristes cartas suas. Admito que fui a Vlasta por interesse seu, mas também por interesse de seu pai. A essência da minha apresentação, que era clara, embora não expresso abertamente, foi: neste momento o pai de Milena não alcançará a vitória de seu retorno voluntário, humilde e convencido. Isso está fora de questão, mas tenho certeza de que é perfeitamente possível que ela seja trazida de volta para ele daqui a três meses, gravemente doente.

E isso provavelmente não é uma vitória e certamente não há nada pelo que lutar, não é? Isso era uma coisa, a outra era sobre dinheiro. Eu o retratei exatamente do jeito que o vi; diante dessas duas cartas, que anularam qualquer reflexão adicional de minha parte, parecia-me que toda vez que falsificava algo em minha conta para Vlasta, eu te faria descer mais um degrau em Viena. (Não foi exatamente isso; é o advogado judeu que fala aqui, sempre rápido com a língua, mas ainda assim foi em parte desse jeito). Então eu disse algo nesse sentido: "o marido dela gasta seu próprio salário quase todo sozinho. Não há o que discutir, Milena não o teria feito de outra

---

10 A Checoslováquia, ou Tchecoslováquia foi um país que existiu na Europa Central entre 1918 e 1992. Foram criados dois novos países, a República Tcheca e a Eslováquia, a partir de 1 de janeiro de 1993. (N. do T.)

forma; ela o ama do jeito que as coisas são e não quer que seja diferente; na verdade, em parte é obra dela. De qualquer forma, ela consequentemente tem que cuidar de todo o resto, incluindo, até certo ponto, o marido (mas não suas refeições), já que ele nem ganha o suficiente para si mesmo, por causa da monstruosa inflação em Viena. Agora é verdade que ela poderia pagar tudo isso e ficaria feliz em fazê-lo, mas ela só alcançou esse estágio no ano passado; afinal, ao sair de casa era mimada, inexperiente, sem nenhuma noção real de suas forças e capacidades. Levou dois anos — não muito tempo — antes de se acostumar com sua nova vida, antes que pudesse sustentar a casa completamente e sozinha: dando aulas particulares, ensinando em escolas, traduzindo, escrevendo. Mas como eu disse, isso não aconteceu até o ano passado; por dois anos antes disso, o dinheiro tinha que ser emprestado, e essas dívidas, por sua vez, custavam dinheiro; pois são impossíveis de pagar apenas com estes trabalhos. Além disso, causam pressão e tormento, impossibilitam a ordem e obrigam a vender o que tem; eles a forçam a trabalhar excessivamente (e eu não escondi que transportou madeira, bagagem, piano) e, finalmente, adoeceu. É assim que é". Não estou dizendo adeus. Não há nenhum adeus, a menos que a gravidade, que está a minha espera, me puxe completamente para baixo. Mas como poderia, já que você está viva?

***

Praga, 18 de setembro de 1920

Você não pode, Milena, entender exatamente do que se trata, ou em parte do que se tratava, nem mesmo eu entendo, estou tremendo com a erupção; pode me torturar ao ponto da loucura, mas o que é ou o que será, eu não sei. Só sei o que quero no momento: silêncio, escuridão, rastejar-me para algum lugar, e devo obedecer, não tenho outra escolha. É uma erupção e passará e já passou em parte, mas os poderes que a evocam estão sempre tremendo dentro de mim, antes e depois; de fato, essa ameaça subterrânea constitui minha vida, meu ser; se ela cessar, eu paro. É como eu participo da vida; se ela cessar eu desisto de viver, tão fácil e naturalmente enquanto você fecha as pálpebras. Nem sempre existiram, desde que nos conhecemos, e você teria sequer me notado se não existissem? Obviamente, não se pode dizer: agora passou e não sou nada além de calmo, feliz e grato em nossa nova união. Isso não pode ser dito, embora seja quase verdade (a gratidão é absolutamente verdadeira..., a felicidade apenas até certo ponto, e a calma nunca é verdadeira) porque sempre vou viver assustado e ter medo, principalmente de mim mesmo. Você menciona os compromissos e coisas semelhantes: claro que foi muito simples, não a dor, mas seu efeito. Era como se alguém tivesse vivido uma vida imoral, e de repente fosse preso como punição por toda a devassidão e a cabeça fosse colocada em um torno, com parafusos em ambas as têmporas. Então, à medida que os parafusos fossem apertados lentamente, alguém seria forçado a dizer: "Sim, vou ficar com a minha vida imoral" ou "Não, vou desistir". É claro que alguém berraria "Não" até os pulmões estourarem. Você também está certa em colocar o que eu fiz agora na mesma categoria das coisas anteriores; afinal, só posso continuar sendo a mesma pessoa e continuar vivendo a mesma vida. A única diferença é que já tenho experiência, eu não espero com meus gritos até que eles apertem os parafusos para forçar a confissão! — começo a gritar assim que os parafusos se desloçam; na verdade, já estou gritando no minuto em que algo começa a se mover ao longe, tão alerta que minha consciência se tornou — não, não alerta demais, nem de perto alerta o suficiente. Mas há outra diferença também: você pode suportar a verdade como ninguém, e pode dizer a verdade para o seu próprio bem; na verdade, pode-se até descobrir a própria verdade diretamente através de você. Mas você está errada em falar amargamente sobre eu implorar para não me deixar. Nesse sentido, eu não era diferente do que sou hoje. Eu estava vivendo do seu olhar (isso não é uma deificação especial de sua pessoa, em tal olhar qualquer um pode ser divino). Eu não estava pisando em terra firme, e era isso que eu temia tanto. Mas eu não percebi exatamente, eu não tinha ideia de quão alto eu estava voando acima da minha Terra. Isso não foi bom: não para você, não para mim. Uma palavra da verdade, uma palavra da verdade inevitável foi o suficiente para me derrubar um pouco, outra palavra outro pouco — até que finalmente não há mais nenhuma parada e alguém, de repente, cai no chão e ainda dá a sensação de que está muito devagar. Não estou dando exemplos de tais "palavras-verdades" de propósito; isso só poderia levar à confusão e nunca seria totalmente correto.

Por favor, Milena, invente outra maneira de eu lhe escrever. Enviar cartões falsos é muito estúpido; também nem sempre sei quais livros lhe enviar; e finalmente, a ideia de que você pode acabar indo ao correio em vão é insuportável, por favor, pense em outra coisa.

***

Praga, 20 de setembro de 1920
Segunda à noite

Então quarta-feira você vai ao correio e não vai ter nenhuma carta — sim, vai ter a de sábado. Não podia escrever no escritório porque queria trabalhar e não podia trabalhar porque pensava em nós. Esta tarde não consegui sair da cama, não porque estava muito cansado, mas muito "pesado", essa palavra continua recorrente, é a única que me cabe, você realmente entende? É algo como o "peso" de um navio que perdeu o leme e diz às ondas: "Sou pesado demais para mim e leve demais para vocês". Mas também não é exatamente assim; não pode ser expresso por analogia. Mas basicamente não escrevi porque tenho a vaga sensação de que há tantas coisas — e de tanta importância. Teria que escrever tantas linhas para você, que todo o tempo livre do mundo não seria suficiente para eu reunir forças para fazê-lo. É assim que realmente é. Então, já que não posso dizer nada sobre o presente, há ainda menos para dizer sobre o futuro. Eu literalmente neste minuto saí da minha cama de doente ("cama de doente" vista de fora), ainda estou agarrado a ela e gostaria, acima de tudo, de voltar para lá. Apesar do fato de eu saber o que significa, esta cama. O que você, Milena, escreveu sobre as pessoas, "falta-lhes a força para amar", estava correto, mesmo que você não pensasse assim ao escrevê-lo. Talvez sua força para amar consista apenas em sua capacidade de ser amada. E mesmo isso é enfraquecido por uma outra distinção que existe para algumas pessoas. Quando uma delas diz a sua amada: "Acredito que você me ama", na verdade é algo completamente diferente e muito menor do que quando diz: "Sou amado por você". Mas esses não são realmente amantes, são apenas gramáticos. "Imperfeição como casal" foi na verdade um mal-entendido em sua carta. Eu não quis dizer nada além de: estou vivendo na minha terra, isso é problema meu. Mas arrastá-la para dentro disso é uma questão totalmente diferente, não apenas como uma transgressão contra você, isso é incidental. Não acredito que uma transgressão contra outra pessoa possa perturbar meu sono, na medida em que só diz respeito à outra pessoa. Então, não é isso. O mais terrível é que você me torna muito mais consciente da minha sujeira e, sobretudo, que essa consciência torna a salvação muito mais difícil para mim, não, muito mais impossível (é impossível em qualquer caso, mas aqui a impossibilidade aumenta). Isso faz minha testa começar a suar de medo; que possa ser culpa sua, Milena, está fora de questão. Mas estava errado e me arrependi muito de fazer comparações com eventos mais antigos em minha última carta. Vamos apagar isso juntos.

Então, você realmente não está doente?

✼✼✼

Praga, setembro de 1920

Claro, Milena, você possui propriedades aqui em Praga, ninguém contesta isso, exceto a noite, que luta por isso, mas ela luta por tudo. Que propriedade! Não estou tornando-a menor do que realmente é — é algo tão grande, na verdade, que poderia até eclipsar uma lua cheia no seu quarto. E você não vai ter medo de tanto escuro? Escuro sem o calor da escuridão.

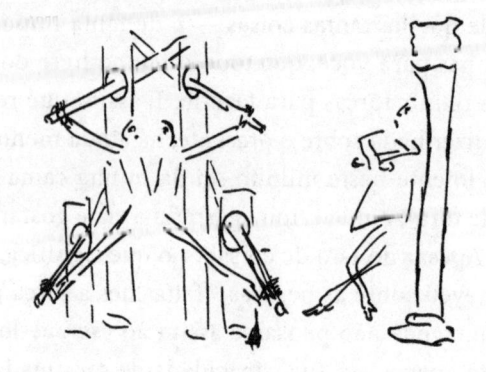

Para você ver como estou me mantendo "ocupado", estou anexando um desenho. São quatro postes, com varas atravessando as duas do meio, às quais estão presas as mãos do "delinquente"; postes para os pés são passados através dos dois postes do lado de fora. Uma vez que o homem está assim seguro, os postes são lentamente empurrados para fora até que o homem seja despedaçado no meio. O inventor está encostado na coluna com os braços e as pernas cruzados, fazendo ares como se a coisa toda fosse sua invenção original, enquanto na verdade tudo o que ele fez foi observar o açougueiro na frente de sua loja, esticando um porco estripado.

A razão pela qual eu pergunto se você não vai ter medo é porque a pessoa sobre quem você escreve não existe e nunca existiu; o de Viena não existia nem o de Gmünd, mas se alguém existiu, foi o último e que ele seja amaldiçoado. Isso é importante saber porque — caso nos encontremos — o vienense ou mesmo o homem de Gmünd reaparecerá, com toda a inocência, como se nada tivesse acontecido, enquanto lá embaixo a pessoa real, desconhecida de todos e de si mesma, que existe menos que os outros, mas é mais real do que qualquer coisa, por que ele finalmente não sobe e se mostra? Se erguerá ameaçadoramente e destruirá tudo uma vez mais.

✳✳✳

Praga, setembro de 1920

Sim, Mizzi Kuh esteve aqui, as coisas correram muito bem. Mas se for possível, não escreverei mais sobre outras pessoas; a intromissão em nossas cartas é a culpa de tudo. Mas não é por isso que não vou mais escrever sobre elas (afinal, elas não têm culpa de nada, apenas abrem caminho para a verdade e o que quiser seguir). Não quero puni-las com isso — caso isso possa ser considerado um castigo — só me parece que elas não cabem mais aqui. Está escuro aqui, um apartamento escuro onde apenas os habitantes podem encontrar o caminho, e só o fazem com dificuldade.

Eu sabia que passaria? Eu sabia que não. Quando criança eu tinha feito algo muito ruim, embora nada ruim ou nada tão ruim no sentido literal da palavra, mas algo muito ruim no meu sentido privado (o fato de não ter sido publicamente reconhecido como ruim não atestava o meu mérito tanto quanto mostrava que o mundo estava cego ou adormecido), admirava-me que tudo continuasse no seu curso inalterado; os adultos, embora um tanto sombrios, moviam-se inalterados em torno de mim, e suas bocas permaneciam caladas, de uma maneira natural, que eu admirava desde a mais tenra infância. Tudo isso me levou a concluir, depois de ter observado um pouco, que eu não poderia ter feito nada de ruim, em nenhum sentido, e que era infantil da minha parte temer que eu tivesse feito; consequentemente, pude recomeçar exatamente onde havia parado no meu primeiro momento de choque. Mais tarde, essa noção do meu ambiente mudou. Primeiro, comecei a acreditar que outras pessoas prestavam muita atenção a cada coisa, além disso, elas expressaram suas opiniões com clareza suficiente, o meu olho só não era suficientemente afiado, embora eu logo tenha consertado isso. Mas, em segundo lugar, apesar de eu ainda estar espantado como os outros eram imperturbáveis, se de fato o eram, isso ainda não podia ser considerado como evidência que poderia ser usada em meu favor. Tudo bem, então eles não notavam nada, nem se eu entrasse no mundo deles, para eles eu era irrepreensível; assim era o caminho do meu ser, o meu caminho, e me levou para fora do mundo deles. Se esse ser era um riacho, então, pelo menos um ramo forte fluía fora desse mundo.

✳✳✳

Não, Milena, por favor, peço-lhe que pense em outra possibilidade de escrever. Você não deve ir ao correio em vão, nem mesmo o seu carteiro — onde está? Se você não encontrar outra possibilidade, terei que aturar, mas pelo menos faça algum esforço para encontrar uma.

✳✳✳

Ontem sonhei com você. Eu mal me lembro dos detalhes, só que continuamos nos fundindo, eu era você, você era eu. Finalmente você de alguma forma pegou fogo. Lembrei-me de que o fogo pode ser abafado com pano, peguei um casaco velho e lhe bati com ele. Mas então as metamorfoses recomeçaram e foram tão longe que você nem estava mais lá; em vez disso, era eu que estava pegando fogo e também era eu quem estava apagando o fogo com o casaco. A surra não ajudou, e só confirmou meu antigo medo de que coisas assim não podem abafar um incêndio. Enquanto isso, os bombeiros chegaram e você foi salva de alguma forma. Mas você estava diferente de antes, como um fantasma, desenhado contra a escuridão com giz, e você caiu sem vida em meus braços, ou talvez você simplesmente desmaiou de alegria por ser salva. Mas aqui entrou em jogo a transmutabilidade: talvez fosse eu que caísse nos braços de alguém.

Paul Adler esteve aqui a pouco, você o conhece? Se ao menos as visitas parassem; estão todos tão eternamente vivos, verdadeiramente imortais, talvez não na direção da verdadeira imortalidade, mas para as profundezas de sua vida imediata. Tenho tanto medo deles. Por medo, gostaria de ler seus olhos para descobrir todos os seus desejos, e por gratidão, gostaria de beijar seus pés, se eles simplesmente fossem embora sem pedir que eu retribuísse sua visita. Sozinho ainda estou vivo, mas sempre que um visitante chega ele literalmente me mata, só para poder reviver-me com seu próprio poder, exceto que ele não seja poderoso o suficiente. Segunda-feira eu tenho que ir a sua casa, a ideia faz minha cabeça girar.

***

Praga, setembro de 1920

Por que, Milena, você escreve sobre nosso futuro comum que nunca será, ou é por isso que você escreve sobre ele? Mesmo quando estávamos discutindo isso em Viena uma noite, tive a sensação de que estávamos procurando por alguém que conhecíamos muito bem e sentíamos muita falta e a quem consequentemente continuamos chamando com os nomes mais bonitos, mas não houve resposta; como ele poderia responder, já que ele não estava lá, nem em qualquer lugar próximo. Poucas coisas são certas, mas uma é que nunca vamos morar juntos, dividir um apartamento, corpo a corpo, em uma mesa comum, nunca, nem mesmo na mesma cidade. Quase disse agora mesmo, parece-me tão certo como a certeza de que amanhã de manhã não vou levantar-me para ir trabalhar (devo levantar-me sozinho! Vejo-me carregando uma cruz pesada que me pressiona no chão; tenho que trabalhar duro só para me agachar e levantar o cadáver um pouco acima de mim) — é verdade também. Tenho certeza de que não vou me levantar, mas se levantar exige força um pouco mais do que humana, isso eu posso alcançar. Eu posso me levantar, mas mal. Mas não leve tudo isso ao pé da letra; não é tão ruim; meu acordar amanhã ainda é mais certo do que a possibilidade mais distante de vivermos juntos. Aliás, Milena, você deve concordar quando examina a si mesmo e a mim e faz sondagens do "mar" entre "Viena" e "Praga" com suas ondas intransponíveis. E no que diz respeito à sujeira, por que eu não deveria continuar expondo a minha única posse (a única posse de todos)? Por modéstia? Essa seria a única objeção justificável. O pensamento da morte deixa você ansiosa? Só tenho muito medo da dor. Isso é um mau sinal. Querer a morte, mas não a dor, é um mau sinal. Caso contrário, pode-se arriscar a morte. O homem foi simplesmente enviado como uma pomba bíblica e, não encontrando um ramo verde, desliza de volta para a escuridão da arca.

Recebi os folhetos sobre os dois sanatórios, não poderiam conter nenhuma surpresa, ou no máximo em relação aos preços e a distância de Viena. Nesse aspecto, eles se assemelham. Excessivamente caros, mais de 400 K por dia, provavelmente 500 K, e mesmo isso está sujeito a alterações. A cerca de três horas de trem de Viena e outra meia hora de carruagem, também muito longe, quase tão longe quanto Gmünd, mas com o trem local. Aliás, Grimmenstein parece ser um pouco mais barato e, portanto, em caso de emergência, mas apenas em caso de emergência, eu o escolheria.

✳✳✳

Você percebe, Milena, como eu negligencio todo o resto e só penso em mim incessantemente, ou mais precisamente no estreito terreno que compartilhamos, que tanto meu sentimento quanto minha vontade dizem que é tão crucial para nós. Eu nem agradeci por *Kmen* e *Tribuna*, embora mais uma vez você tenha se apresentado tão lindamente. Vou lhe enviar minha própria cópia que tenho aqui na mesa, mas você também pode querer alguns comentários, caso em que terei que o ler novamente e isso não é fácil. Eu gosto muito de ler suas traduções da escrita de outras pessoas. A conversa de Tolstoi foi traduzida do russo? [...]

O recinto. Para que você também receba de mim algo que a faça rir de uma vez. "*Jé, ona neví, co je biják? Kindásek*".

✳✳✳

Praga, setembro de 1920

Então você teve gripe? Bem, pelo menos eu não tenho que me repreender por ter me divertido particularmente aqui. (Às vezes eu não entendo como as pessoas se deparam com o conceito de "diversão"; provavelmente foi apenas abstraído como um oposto de tristeza.) Eu estava convencido de que você não me escreveria mais, mas não fiquei surpreso nem triste com isso. Não fiquei triste porque parecia necessário além de toda tristeza e porque provavelmente não há pesos suficientes no mundo inteiro para levantar meu pobre peso, e não fiquei surpreso porque eu realmente não teria ficado surpreso de forma alguma se você tivesse dito antes: "Eu fui amigável com você até agora, mas agora vou parar." Na verdade, todas as coisas são surpreendentes, mas essa seria uma das menos surpreendentes; é muito mais surpreendente, por exemplo, alguém se levantar da cama todas as manhãs. Mas isso não é uma surpresa que inspira confiança tanto quanto uma curiosidade que ocasionalmente pode causar náuseas. Você merece uma boa palavra, Milena? Aparentemente eu não mereço te dizê-las, senão eu poderia. Vamos nos ver mais cedo do que eu penso? (estou escrevendo "ver", você escreve "viver juntos") No entanto, acho que nunca vamos viver juntos e nunca poderemos (e vejo isso confirmado em todos os lugares, em coisas que nem relacionadas conosco são, tudo está dizendo a mesma coisa), e "mais cedo" do que "nunca" ainda é apenas nunca.

Acontece que Grimmenstein é melhor de qualquer maneira. A diferença de preço é provavelmente cerca de 50 K por dia; além disso, no outro sanatório você tem que trazer tudo o que você precisa (protetor de pés, travesseiros, cobertores etc., eu não tenho nenhum desses), em Grimmenstein tudo isso pode ser emprestado, no " Wiener Wald" você tem que pagar um grande depósito, em Grimmenstein não; além disso Grimmenstein está em uma altitude mais alta, e assim por diante. De qualquer forma, ainda não vou embora. É certo que me senti mal o suficiente por uma semana inteira (uma febre leve e muita falta de fôlego, tive medo de me levantar da mesa, também muita tosse), mas isso parece ser o resultado de uma longa caminhada durante a qual conversei um pouco; estou muito melhor agora, então mais uma vez o sanatório tornou-se menos importante. Agora eu tenho os folhetos aqui: no Wiener Wald o preço mais baixo para um quarto com varanda e exposição ao sul é de 380 K, em Grimmenstein o quarto mais caro custa 360 K. Por mais caro que ambos sejam, a diferença é excelente. Claro que a possibilidade de injeções deve ser levada em consideração, as próprias injeções custam mais. Eu ficaria feliz em ir para o campo, ainda mais feliz em ficar em Praga e aprender algum ofício; a última coisa que quero fazer é ir a um sanatório. O que devo fazer lá? O médico-chefe me pega entre os joelhos e usa seus dedos carbólicos para enfiar carne na minha boca e garganta abaixo até eu engasgar?

***

Agora eu fui ver o diretor também, ele me chamou, aconteceu que Ottla esteve aqui para vê-lo semana passada contra a minha vontade, contra a minha vontade fui examinado pelo médico da empresa, contra a minha vontade terei licença médica.

"Kupec" é impecável. Aparentemente você supõe que há erros porque você não pode imaginar que o texto em alemão seja realmente tão ruim quanto é. Mas é exatamente tão ruim. Só para você ter uma ideia: em vez de *bolí uvnitř v čele a v spáncích-uvnitř na ...* ou algo assim — o pensamento é que assim como as garras podem trabalhar na testa do lado de fora, isso também pode acontecer do lado de dentro; *potírajíce* significa ficar confuso? Para frustrar um ao outro? Logo depois disso, em vez de *volné misto*, pode ser melhor dizer *náměstí-pronásledujte jen*, eu não sei se "*nur*" é "*jen*" aqui, você vê que esse "*nur*" é uma enfermeira judia de Praga, significando um desafio, como "vá em frente e faça".

As palavras finais não são traduzidas literalmente. Você separa a criada e o marido, enquanto em alemão eles se fundem. Você está certa sobre "cartas fantasmas". Mas eles são reais; eles não estão apenas vestindo lençóis.

✯✯✯

Praga, setembro de 1920

Estou deitado no sofá há duas horas, quase não pensando em nada além de você. Você esquece, Milena, que estamos realmente lado a lado observando esse ser que sou eu no chão; mas nesse caso, o que está olhando, é então sem ser. A propósito, o outono também está brincando comigo. Às vezes estou com um calor suspeito, às vezes com um frio suspeito, mas não vou investigar isso, não deve ser nada ruim. Aliás, até pensei em passar direto por Viena, mas só porque meus pulmões estão realmente piores do que estavam no verão — isso é de se esperar — e qualquer coisa que se assemelhe a falar lá fora é difícil para mim e tem consequências desagradáveis. Se eu tiver que sair desta sala, gostaria de me jogar na espreguiçadeira em Grimmenstein o mais rápido possível. Mas talvez a viagem em si me faça bem; e o ar de Viena, que uma vez considerei ser o verdadeiro ar da vida. "Wiener Wald" pode estar mais perto, mas a diferença de distância não pode ser muito grande. O sanatório não fica em Leobersdorf, mas mais longe e para ir da estação ao sanatório leva mais meia hora de carruagem. Então, se eu pudesse facilmente ter ido de lá para Baden — naturalmente contra os regulamentos — posso viajar facilmente de Grimmenstein para Wiener-Neustadt, isso provavelmente não faz grande diferença para você ou para mim.

Como é, Milena, que você ainda não está com medo de mim ou com nojo de mim ou algo assim? Existe algum limite para a profundidade de sua sinceridade, sua força!

Estou lendo um livro chinês, *Ghost Book*, que menciono porque trata exclusivamente da morte. Um homem está em seu leito de morte e na independência conquistada pela proximidade da morte, ele diz: "Passei minha vida lutando contra o desejo de acabar com ela". Então um aluno zomba de seu professor, que só fala de morte: "Você está sempre falando sobre a morte e mesmo assim você não morre". "E mesmo assim, ainda vou morrer. Estou apenas cantando minha última canção. A canção de um homem é mais longa, a de outro homem é mais curta. No máximo, porém, elas diferem apenas por algumas palavras." Isso é verdade e é injusto rir do vocalista da ópera que canta uma ária deitado no palco, mortalmente ferido. Deitamos no chão e cantamos por anos. Também li *Magische Trilogie*. Que imensa energia vital! Apenas um pouco doentia em uma passagem, mas é ainda mais exuberante em todas as outras e até a própria doença é exuberante. Eu terminei de lê-lo com avidez em uma tarde.

O que está atormentando você agora "lá"? Antes eu sempre me achava impotente para ajudá-la, mas só agora eu realmente sou. E você está doente com tanta frequência.

✳✳✳

Praga, 22 de outubro de 1920

Milena, recebi esta carta para Vlasta. Talvez seja uma confusão, um pequeno infortúnio, evidentemente destinado a me atormentar depois de esgotar todas as outras possibilidades. No começo eu queria enviar uma carta apressadamente para Vlasta, mas isso teria sido extraordinariamente estúpido, já que ela teria percebido que tinha a carta, se fosse realmente o caso. De qualquer forma, foi extraordinariamente inteligente da minha parte não o fazer ou realmente não tão inteligente, pois era apenas um problema envolvido que me segurava. De qualquer forma, a coisa toda não é tão ruim, apenas uma pequena entrada no meu catálogo de falhas. Hoje, sexta-feira, recebi a carta anexa de Illový. É completamente insignificante em si mesma, mas pode ser vista como uma ligeira intervenção em nossos assuntos e, consequentemente, eu teria tentado impedi-lo se soubesse disso antes. (Illovy, uma pessoa exageradamente modesta e quieta — "e até mesmo o pequeno Illovy" como foi dito recentemente em Cerven, quando eles estavam listando os judeus do partido de direita — estava em algumas de minhas aulas no ensino médio; não falei com ele em muitos anos e esta é a primeira carta que recebo dele.) Agora é quase certo que vou embora. Minha tosse e falta de ar estão me forçando a fazê-lo. Também tenho certeza de que vou ficar em Viena e que nós nos veremos.

✷✷✷

Praga, 27 de outubro de 1920

Você me fez feliz com o horário do trem, que estou estudando como um mapa. Pelo menos uma coisa é certa. No entanto, eu sei que não irei por mais duas semanas, provavelmente mais tarde. Ainda há algumas coisas no escritório me segurando; o sanatório, que costumava me responder prontamente e de boa vontade, agora silencia sobre o assunto de dietas vegetarianas. Estou pedindo um pouco mais de determinação aqui e ali, dando um pouco mais de incentivo a esta ou aquela pessoa, até que finalmente todos estejam prontos. Além do mais, quase tenho medo de viajar; quem, por exemplo, vai me aturar em um hotel se eu estiver tossindo como ontem, das 9h45 às 13h sem parar? (Pela primeira vez em anos, eu estava na cama às 9h45.) Então adormeço, mas me mexo na cama e por volta das 12h começo a tossir novamente e continuo até 13h. Eu nem sonharia em pegar uma cabine-dormitório, embora no ano passado o tenha feito sem nenhum problema. Eu leio corretamente? Littya? Não reconheço o nome. Não é exatamente assim, Milena. A pessoa que está escrevendo para você agora é a pessoa que você conhece de Merano. Depois disso fomos um, não havia mais conversa de conhecer um ao outro, e então mais uma vez estávamos divididos. Eu gostaria de falar mais sobre isso, mas estou engasgando e não consigo tirar a palavra da minha garganta.

"Mas talvez você esteja certa, talvez outras pessoas possam traduzi-lo melhor" — estou apenas repetindo essa frase aqui para que não seja perdida tão sem cerimônia. Aliás, recebi a carta de Illovy na sexta-feira, e é estranho que "Perante a Lei" tenha aparecido no domingo.

Não é minha culpa, pelo menos não inteiramente, que o anúncio não tenha saído no jornal de domingo. Hoje é quarta-feira, faz uma semana que entreguei o anúncio ao escritório de publicidade (aliás, tinha recebido sua carta no dia anterior). Se o escritório tivesse enviado o anúncio imediatamente, como prometeram, teria chegado em Viena na quinta-feira e no jornal no domingo. Quase fiquei triste quando não o vi na segunda-feira. Então ontem eles me mostraram a nota da Presse dizendo que tinha chegado tarde demais. Como deve ser executado em um domingo, e porque provavelmente é tarde demais para este domingo, ele aparecerá no domingo seguinte.

Praga, 8 de novembro de 1920

Sim, houve um pequeno atraso, aparentemente porque uma de suas cartas se perdeu. Então o anúncio finalmente apareceu ontem. Parece que você queria "tcheco" no meio; infelizmente isso é impossível, em vez disso eles preferem colocar uma vírgula sem sentido entre praticante e professor. Aliás, tratei injustamente a agência de publicidade, acabei de voltar de lá e devo admitir: é difícil conhecer a natureza humana. Eu acusei as mulheres que trabalhavam lá do seguinte:

1) que, apesar de eu já ter dado a eles anúncios suficientes, eles aparentemente cobram muito mais do que o real preço, que eles alegam não saber, e não podem ser levados a calculá-lo corretamente; 2) que foi culpa deles esse anúncio estar atrasado; 3) que não me deram nenhum recibo do último pagamento, ou seja, de um pagamento de um anúncio que está constantemente atrasado e já meio esquecido; 4) que eles não prestaram atenção em mim duas semanas atrás, quando solicitei que o anúncio finalmente fosse publicado em 8 de novembro e em negrito — embora admitamos que o escritório estivesse cheio de pessoas.

Então fui lá hoje convencido de que o anúncio não tinha sido publicado. Além disso, pensei que teria que me esforçar muito para esclarecer o pagamento não confirmado, que eles não acreditariam em mim e que eu acabaria tendo que ir para outro escritório, onde seria ainda mais enganado. Em vez disso: o anúncio foi publicado, correto, quase do jeito que eu queria, e quando eu comecei a pedir mais recebidos a moça disse que eu não tinha que pagar mais nada no momento, eles acertariam as contas comigo depois que o anúncio fosse publicado. Não é maravilhoso? Decidi continuar vivendo um pouco, pelo menos durante a tarde, até que o assunto seja novamente esquecido.

***

Praga, meados de novembro de 1920

Milena, perdoe-me, posso não ter escrito o suficiente ultimamente, chateado como estava por reservar o quarto no sanatório (o que, agora, foi revelado que não aconteceu). Eu realmente pretendo ir para Grimmenstein, mas ainda há alguns pequenos atrasos que um homem de força média (que não iria para Grimmenstein em primeiro lugar, é claro) teria resolvido há muito tempo — mas não eu. Também fiquei sabendo agora que, ao contrário do que o sanatório havia afirmado, preciso de uma autorização de residência das autoridades locais, que provavelmente a concederão, mas certamente não antes de enviar o pedido. Eu tenho passado todas as tardes nas ruas, chafurdando em ódio antissemita. Outro dia ouvi alguém chamar os judeus de "raça sarnenta". Não é natural deixar um lugar onde se é tão odiado? O sionismo ou o sentimento nacional não são necessários para isso. O heroísmo de permanecer é, no entanto, apenas o heroísmo de baratas que não podem ser exterminadas, mesmo do banheiro. Apenas olhei pela janela: policiais montados, gendarmes com baionetas fixas, uma turba gritando se dispersando, eu, aqui em cima, na janela, com vergonha repugnante de viver sob proteção constante.

Isso já estava escrito há algum tempo. Eu simplesmente não consegui enviar, estava tão absorto em mim mesmo, além disso, só consigo pensar em uma razão pela qual você não está escrevendo. Já enviei o pedido de autorização de residência; se for concedido, todo o resto (a reserva do quarto e passaporte) será rápido e eu irei. Minha irmã quer me acompanhar até Viena; ela pode vir, ela quer ficar um ou dois dias em Viena para fazer uma pequena viagem antes de ter seu filho, que já está no quarto mês. Ehrenstein... bem, de acordo com o que ele escreveu para você, ele é mais perspicaz do que eu pensava. À luz disso, ficaria feliz em revisar minha impressão sobre ele, mas como não poderei mais vê-lo, isso não será possível. Senti-me muito à vontade com ele — embora não tenha sido muito mais do que um quarto de hora — nem um pouco como um estranho, embora também não atingíssemos as esferas mais elevadas; era algo como a sensação que tive na escola sobre o menino sentado ao meu lado, uma sensação de estar relaxado e não com um estranho. Eu era bom para ele, ele era indispensável para mim, éramos aliados contra todos os terrores da escola, fingia menos com ele do que com qualquer outra pessoa — mas era essencialmente uma relação muito patética. Foi parecido com isso, não senti nenhuma troca de força. Ele tem boas intenções e fala bem e se esforça muito, mas mesmo se alto-falantes como esse fossem instalados em todas as esquinas, eles ainda não fariam o Dia do Juízo Final chegar mais cedo, embora fizessem o dia de hoje mais insuportável. Você conhece Tanya, a conversa entre o padre ortodoxo russo e Tanya? É — sem querer ser — um modelo dessa ajuda tão indefesa. Nós assistimos Tanya morrer sob esse íncubo de consolo. Em si mesmo tenho certeza que Ehrenstein é muito forte; o que ele leu em voz alta ontem à noite foi extraordinariamente belo (mais uma vez com exceção de algumas passagens do livro sobre Kraus). E como eu disse, ele também é muito observador, muito afiado. A propósito, Ehrenstein engordou — em todo caso, ele é enorme (e absolutamente lindo; como você pôde deixar de notar isso!) e sabe pouco mais sobre pessoas magras do que elas. Mas tenho certeza de que o conhecimento é suficiente para a maioria das pessoas, inclusive eu, por exemplo.

Os diários estão atrasado. Vou explicar porque quando tiver uma chance, de qualquer forma eles chegarão.

Não, Milena, não temos a possibilidade compartilhada que pensávamos ter em Viena, de forma alguma. Nós também não tinhamos isso: eu estava olhando "por cima da cerca", segurando-me apenas com as mãos, e então caí de volta, com minhas mãos completamente dilaceradas. Deve haver outras possibilidades compartilhadas, o mundo está cheio de possibilidades, só que ainda não sei quais são.

***

Praga, meados de novembro de 1920

É assim que é comigo também. Muitas vezes penso: tenho que escrever-lhe isso ou aquilo, mas acontece que não consigo. Talvez o sargento Perkins tenha segurado minha mão e só quando ele soltar por um momento é que eu posso lhe escrever uma palavra rápida em segredo. O fato de você ter escolhido precisamente essa passagem para traduzir é um sinal de que temos gostos semelhantes. Sim, a tortura é extremamente importante para mim — minha única ocupação é torturar e ser torturado. Por quê? Pela mesma razão que Perkins e, tão impensadamente, mecanicamente e de acordo com a tradição; ou seja, para tirar a maldita palavra da maldita boca. Certa vez, expressei a estupidez contida nisso da seguinte maneira (não ajuda em nada reconhecer a estupidez): "o animal arranca o chicote do mestre e se anima para se tornar o mestre, sem saber que isso é apenas uma fantasia criada por um novo nó no flagelo do mestre". Torturar também é patético, é claro. Afinal, Alexandre não torturou o nó górdio porque não queria desatar-se.

Aliás, isso também parece estar de acordo com uma tradição judaica. O Venkov, que agora está imprimindo muito contra os judeus, publicou recentemente um artigo principal demonstrando que os judeus arruínam e corrompem tudo, até! [...] flagelantismo da Idade Média. Infelizmente não explicou com mais detalhes, apenas citou um texto em inglês. Sou muito "pesado" para ir à biblioteca da universidade, mas gostaria muito de saber o que os judeus deveriam ter em comum com aquele movimento (medieval), que, afinal, deve ter sido muito remoto para eles. Talvez algum conhecido seu saiba algo sobre isso.

Enviei os livros. Declaro expressamente que isso não me incomoda — na verdade, é a única coisa ligeiramente sensata que fiz em muito tempo. Ales está esgotado e só estará disponível novamente próximo ao Natal, eu optei por Chekhov. Por outro lado, o *Babicka* está tão mal impresso que é praticamente ilegível, se você o tivesse visto talvez nem tivesse comprado, mas você tinha encomendado... Estou enviando apenas um livro de ortografia rimada para satisfazer suas necessidades imediatas; primeiro eu tenho que encontrar um bom livro para ortografia e taquigrafia. Você recebeu a carta que escrevi explicando porque o anúncio estava atrasado?

Você leu mais sobre o incêndio do sanatório? De qualquer forma, Grimmenstein agora se tornará superlotado e arrogante. Como H. pode me visitar lá? Afinal, você escreveu que ele está em Merano.

Seu desejo de que eu não conheça seu marido não pode ser mais forte que o meu. Mas, a menos que ele decida vir me visitar — o que dificilmente fará —, é praticamente impossível nos encontrarmos.

Minha viagem está sendo adiada um pouco mais porque tenho coisas para fazer no escritório. Você vê que não tenho vergonha de escrever que "tenho coisas para fazer". Claro, isso poderia ser um trabalho como qualquer outro; no meu caso é o meio-sono, e tão perto da morte quanto o sono. O Venkov está muito correto. Emigra, Milena, emigra!

***

Praga, novembro de 1920

Milena, você não entende isto. Tente entendê-lo chamando-o de doença. É uma das muitas manifestações de doença que a psicanálise afirma ter descoberto. Não chamo de doença e considero a parte terapêutica da psicanálise um erro inútil. Todas essas supostas doenças, por mais tristes que pareçam, são questões de fé, ancoragens em algum solo materno para almas aflitas. Consequentemente, a psicanálise também sustenta que as religiões têm a mesma origem das "doenças" no indivíduo. É claro que hoje a maioria de nós não tem nenhum senso de comunidade religiosa; as seitas são incontáveis e limitadas a indivíduos, mas talvez só pareça assim da nossa perspectiva atual. Por outro lado, essas ancoragens que estão firmemente fixadas no solo real não são apenas posses isoladas e intercambiáveis — elas são pré-formadas no íntimo do homem e continuam a formar e reformar seu íntimo (assim como seu corpo) ao longo das mesmas linhas. E isso eles esperam curar? No meu caso pode-se imaginar três círculos: um círculo mais interno A, depois B, depois C. O centro A explica a B porque este homem é obrigado a atormentar e desconfiar de si mesmo, por que ele tem que desistir (não é desistir, isso seria muito difícil — é apenas ter que desistir), porque ele pode não viver. (Não estava Diógenes, por exemplo, muito doente nesse sentido? Qual de nós não teria ficado feliz, quando finalmente fosse favorecido com o olhar tão radiante de Alexandre? Mas Diógenes pediu rispidamente para não ser privado do Sol — que queima constantemente, enlouquecendo as pessoas. Aquele barril estava cheio de fantasmas.) Nada mais é explicado a C, o ser humano ativo; ele simplesmente recebe ordens de B. C age sob a maior pressão, em um esforço medonho (há algum outro suor que irrompe na testa, bochechas, têmporas, couro cabeludo — em suma, ao redor de todo o crânio? É o que acontece com C). Assim, C age mais por medo do que por compreensão; ele confia, ele acredita que A explicou tudo a B e que B entendeu tudo e transmitiu corretamente.

✳✳✳

Praga, novembro de 1920

Eu não sou insincero, Milena (embora eu tenha a sensação de que minha caligrafia costumava ser mais clara e aberta, não é?). Sou tão sincero quanto os "regulamentos prisionais" permitem e isso é muito; também os "regulamentos" estão se tornando cada vez mais frouxos. Mas não consigo acompanhar "isso"; é impossível acompanhar "isso". Tenho uma peculiaridade que me distingue de todas as pessoas que conheço, não em essência, mas muito em grau. Afinal, ambos conhecemos numerosos exemplos típicos de judeus ocidentais; até onde sei, sou o mais judeu-ocidental de todos. Em outras palavras, para exagerar, nem um segundo de calma me foi concedido; nada me foi concedido, tudo deve ser conquistado, não apenas o presente e o futuro, mas também o passado — algo que é, talvez, dado a todo ser humano — isso também deve ser conquistado, e isso provavelmente implica o trabalho mais duro de todos. Se a Terra virar para a direita — não tenho certeza — então eu teria que virar à esquerda para compensar o passado. Mas do jeito que está, não tenho forças para todas essas obrigações. Eu não posso carregar o mundo em meus ombros! Mal consigo carregar meu casaco de inverno. Aliás, essa falta de força não é necessariamente algo a ser lamentado; que força seria suficiente para tarefas como essas! Cada tentativa de passar por isso com minhas próprias forças é loucura e é recompensada com loucura. É por isso que é impossível "acompanhar isso", enquanto você escreve. Sozinho, não posso seguir o caminho que quero — nem mesmo posso querer segui-lo. Eu só posso ficar quieto. Não posso querer mais nada, e não quero mais nada.

É um pouco como se, em vez de apenas ter que se lavar, pentear o cabelo etc., antes de cada caminhada — o que já é bastante difícil — uma pessoa estivesse constantemente perdendo tudo o que precisa levar consigo, e assim cada vez ela tem que costurar suas roupas, fazer suas botas, fabricar seu chapéu, cortar sua bengala, etc. Claro que é impossível fazer tudo isso bem; pode aguentar alguns quarteirões, mas de repente, no Graben, por exemplo, tudo desmorona e ele fica ali nu com trapos e pedaços. E agora a tortura de voltar correndo para o Altstadter Ring! E no final ele se depara com uma multidão enfurecida no Eisengasse, em perseguição aos judeus. Não me entenda mal, Milena, não estou dizendo que um homem assim está perdido, de jeito nenhum, mas está perdido no minuto em que vai ao Graben, é uma vergonha para si mesmo e para o mundo. Recebi sua última carta na segunda-feira e escrevi de volta no mesmo dia.

Ouvi dizer que seu marido quer se mudar para Paris. É uma nova empreitada dentro do plano antigo?

✱✱✱

Praga, novembro de 1920

Duas cartas chegaram hoje. Claro que você está certa, Milena. Estou tão envergonhado de minhas cartas que mal ouso abrir suas respostas. Minhas cartas são verdadeiras ou pelo menos se aproximam da verdade, o que eu poderia fazer, diante de suas respostas, se minhas cartas fossem mentiras? A resposta é fácil: eu ficaria louco. Portanto, não estou realizando nenhum grande feito ao falar a verdade; na verdade, isso é muito pouco. Continuo tentando transmitir algo que não pode ser transmitido, explicar algo que não pode ser explicado, algo em meus ossos, que só pode ser experimentado nesses mesmos ossos. Em essência, pode não ser nada mais do que aquele medo que já discutimos tantas vezes, mas estendido a tudo, medo das maiores coisas assim como das menores, medo, medo convulsivo de pronunciar uma única palavra. Por outro lado, talvez esse medo não seja simplesmente medo, mas também anseio por algo maior do que qualquer coisa que possa inspirar medo. "Destroçada em mim" é um absurdo total. Só eu tenho culpa, porque havia muito pouca verdade da minha parte, além de muito pouca verdade havia principalmente mentiras, mentiras contadas por medo de mim mesmo e medo das pessoas. Esse jarro foi quebrado muito antes de ir para o poço. E agora estou de boca fechada para ficar um pouco com a verdade. Mentir é horrível, não há pior agonia mental. Portanto, peço-lhe: deixe-me calar, agora em minhas cartas, em Viena em palavras. "Destroçada em mim" você escreve, mas vejo apenas que você está se torturando — enquanto escreve — que você encontra paz lá fora nas ruas e em nenhum outro lugar, enquanto estou sentado aqui em um quarto quente de roupão e chinelos, tão pacificamente quanto minha "mola de relógio" permitir (pois ainda tenho que "mostrar a hora").

Não posso dizer quando vou embora até obter a autorização de residência. Para ficar mais de três dias, agora é necessária uma autorização especial das autoridades locais. Eu solicitei isso há uma semana.

Por que você não precisa mais dos diários? Enviei os cadernos, também um pequeno volume de Capek. De onde você conhece a garota? Conheço dois parentes que têm a doença e, embora tenha diminuído em ambos os casos, nunca desapareceu completamente. Claro, é muito pior se a garota está na miséria. (Em Grimmenstein existe um departamento exclusivo para tais doenças.)

Mais uma vez, estou pensando em "destroçada em mim", é tão incorreto quanto, digamos, apresentar a possibilidade oposta. Isso não é defeito meu nem de outras pessoas. É que eu pertenço ao silêncio mais silencioso, é o que é certo para mim.

Eu recortei esta história para você. Levine foi executado por um pelotão de fuzilamento em Munique, não foi?

***

Praga, novembro de 1920

Hoje é quinta-feira. Até terça-feira eu estava honestamente determinado a ir para Gr., embora ocasionalmente sentisse algo ameaçador dentro de mim quando pensava nisso. Percebi também que o contínuo adiamento da minha viagem foi em parte causado por isso, mas acreditei que poderia facilmente superar a coisa toda. Terça-feira durante o dia alguém me disse que não é necessário esperar em Praga pela autorização de residência; isso pode muito provavelmente ser obtido em Viena. Com isso o caminho ficou claro. Agonizei, então, no sofá por uma tarde inteira; à noite escrevi uma carta para você, mas não a enviei — ainda esperava ser capaz de superar meu sentimento, mas passei a noite inteira sem dormir praticamente me contorcendo de agonia. Duas pessoas lutavam dentro de mim; aquele que quer ir e aquele que tem medo de ir — ambas apenas partes de mim, ambas, sem dúvida, patifes. Acordei na manhã seguinte como nos meus piores momentos. Não tenho forças para sair, não consigo suportar a ideia de que possa estar diante de você — não consigo suportar a pressão em meu cérebro. Sua carta em si é uma grande e inevitável decepção para mim, e agora isso também. Você escreve que não tem esperança, mas tem a esperança de poder me deixar completamente.

Não posso explicar a você ou a ninguém como é dentro de mim. Como eu poderia começar a explicar. Não consigo nem explicar para mim mesmo. Mas mesmo isso não é o principal; o principal é óbvio: é impossível viver como um ser humano ao meu redor, você vê isso e ainda não quer acreditar?

***

Praga, novembro de 1920

Sábado à noite

Ainda não recebi a carta amarela, vou enviá-la de volta fechada. Eu estarei terrivelmente enganado se a ideia de pararmos de escrever um ao outro não provar ser boa. Mas não estou enganado, Milena. Eu não quero falar sobre você, não porque não é da minha conta, é da minha conta! Só não quero falar sobre isso. Por isso, direi apenas isto de mim: o que você é para mim, Milena, além de todo o mundo que habitamos, não pode ser encontrado em todos os pedaços de papel diários que lhe enviei. Do jeito que estão, essas cartas não fazem nada além de causar angústia, e se não causarem angústia é ainda pior. Elas só podem evocar um dia em Gmünd, produzir mal-entendidos e vergonha, uma vergonha que quase nunca passa. Quero vê-la tão claramente quanto a vi pela primeira vez na rua, mas as cartas causam mais distração do que toda a Lerchenfelderstrasse com seu barulho. Mas nem isso é decisivo; o fator decisivo é minha incapacidade crescente (letra por letra) de ir além das cartas: sou impotente em relação a você e a mim mesmo — receber cartas de você e conquistar desejos de mim não me convencerão do contrário — e (talvez como resultado dessa impotência, mas aqui todas as causas estão enterradas na escuridão) o que é igualmente decisivo é a voz irresistivelmente forte, literalmente sua voz me dizendo para ficar em silêncio. E agora tudo a seu respeito permanece não dito; é claro que é encontrado principalmente em suas cartas (talvez na amarela também, ou mais corretamente: no telegrama que você enviou — naturalmente com razão — exigindo que eu devolva a carta), frequentemente nas passagens que temo e evito como o diabo evita um lugar consagrado.

Estranho, eu também queria lhe enviar um telegrama. Brinquei com a ideia durante muito tempo, na cama esta tarde, no Belvedere esta noite, mas ela dizia apenas isto: "Peço resposta explícita e afirmativa à passagem sublinhada na última carta". No final isso parecia conter uma injustificada e feia falta de confiança, e eu nao enviei.

Eu fiquei pensando nessa carta até 1h:30 da madrugada sem fazer mais nada, apenas olhando para ela e, através dela, para você. Às vezes — não em sonho — vejo em minha mente: seu rosto está escondido por seu cabelo, que consigo separar à direita e à esquerda, seu rosto aparece, corro minhas mãos pela testa até as têmporas e seguro seu rosto em minhas mãos.

Segunda-feira eu queria rasgar essa carta, não a enviar, não responder ao seu telegrama, telegramas podem significar tantas coisas diferentes — mas agora tanto o cartão postal quanto a carta foram enviados; esse cartão, essa carta. Mas mesmo diante deles, Milena, e mesmo que eu tenha que morder minha língua em pedaços, quero tanto falar — como posso acreditar que você precisa das minhas cartas agora, quando a única coisa que você precisa é paz, como você mesma tantas vezes tem dito, meio inconsciente? E essas cartas realmente são pura angústia, são causadas por angústias incuráveis e causam angústias incuráveis. Além disso, está até piorando — de que servirão minhas cartas neste inverno? A única maneira de viver é ficar em silêncio e quieto, aqui e ali, com alguma tristeza, tudo bem, que diferença isso faz? Torna o sono mais profundo e mais infantil. Mas a angústia puxa seu arado durante o sono — durante todo o dia também — e isso é insuportável.

NA MARGEM: Se eu for para um sanatório, é claro que vou escrever para você.

★★★

Praga, final de março de 1922

Faz tanto tempo que não escrevo para você, senhora Milena, e ainda hoje escrevo apenas por coincidência. Na verdade, eu não preciso me desculpar por não ter escrito, afinal, você sabe o quanto eu odeio cartas. Todo o meu infortúnio na vida — não quero reclamar, apenas fazer uma observação geralmente instrutiva — deriva, pode-se dizer, das cartas ou da possibilidade de escrever cartas. As pessoas quase nunca me enganaram, mas as cartas sempre o fizeram, e na verdade não as de outras pessoas, mas as minhas. No meu caso, esse é um infortúnio particular que não quero discutir mais, mas também é geral. A simples possibilidade de escrever cartas — de um ponto de vista puramente teórico — deve ter trazido destroços e ruínas às almas do mundo. Escrever cartas é, na verdade, uma relação com fantasmas e não apenas com o fantasma do destinatário, mas também com o próprio fantasma, que se desenvolve secretamente dentro da carta que se escreve ou mesmo em toda uma série de cartas, onde uma letra corrobora outra e pode se referir a ele como testemunha. Como as pessoas tiveram a ideia de que poderiam se comunicar umas com as outras por carta! Pode-se pensar em alguém distante e agarrar-se a alguém próximo; tudo o mais está além do poder humano. Escrever cartas, por outro lado, significa expor-se aos fantasmas, que esperam avidamente justamente por isso. Beijos escritos nunca chegam ao seu destino; os fantasmas os bebem ao longo do caminho. É esta ampla nutrição que permite que eles se multipliquem enormemente. As pessoas sentem isso e lutam contra isso; para eliminar o máximo possível o poder dos fantasmas e obter um intercâmbio natural, uma tranquilidade de alma, inventaram trens, carros, aviões — mas nada mais ajuda: são, evidentemente, invenções do momento da queda. O lado oposto é muito mais calmo e forte; depois do sistema postal, os fantasmas inventaram o telégrafo, o telefone, o rádio. Eles não passarão fome, mas nós pereceremos.

Estou surpreso que você ainda não tenha escrito sobre isso, não para evitar ou conseguir algo com sua publicação, é tarde demais para isso, mas pelo menos para que "eles" saibam que foram expostos. Aliás, "eles" também estão expostos pelas exceções, pois às vezes acontece que deixam uma carta passar intocada, e ela chega como o aperto de mão leve e gentil de uma mão amiga. Mas provavelmente isso também apenas parece ser assim; tais casos podem ser os mais perigosos de todos, e devem ser guardados com mais cuidado do que os outros. Por outro lado, se isso é um engano, pelo menos é um engano completo. Algo assim aconteceu comigo hoje e foi por isso que pensei em escrever para você. Recebi uma carta de uma amiga que você também conhece; não nos escrevemos há muito tempo, o que é extremamente sensato. Um corolário do exposto é que as cartas são uma excelente pílula para tirar o sono. Em que forma elas estão quando chegam! Desidratadas, vazias e provocadoras, um único momento de alegria com muito sofrimento a seguir. Enquanto se lê se esquece de si mesmo, o pouco sonho que se tem levanta, voa pela janela aberta e não volta por muito tempo. É por isso que não escrevemos um ao outro. Mas muitas vezes penso na minha amiga, mesmo que muito de passagem. Todo o meu pensamento é muito ágil. Ontem à noite, porém, pensei muito nela, por horas e horas; passei as horas profundas da noite na cama — essas horas que me custam tanto porque são tão hostis — usando as mesmas palavras repetidamente para dizer certas coisas para ela em uma carta imaginária, coisas que naquele momento pareciam extremamente importantes para mim. E de manhã chegou uma carta dela, contendo, além disso, a observação de que há um mês minha amiga tinha a sensação de que ela deveria vir me ver, uma observação que estranhamente coincidia com coisas que eu havia experimentado. Esse incidente da carta me induziu a escrever e, já que comecei, como não escrever para você também, senhora Milena, já que talvez você seja a pessoa para quem mais gosto de escrever. (Na medida em que escrever pode ser desfrutado, e que só adiciona aos fantasmas que cercam minha mesa, esperando e cobiçando.)

Faz muito tempo que não encontro nada seu nos jornais, exceto os artigos de moda que — com algumas pequenas exceções — recentemente pareceram felizes e calmos, especialmente o último sobre a primavera. Mas é verdade que eu não tinha lido o *Tribuna* por três semanas (vou tentar achar as cópias)! — estava em Spindelmühle.

***

Praga, setembro de 1922

Querida senhora Milena, devo confessar que certa vez invejei muito alguém porque era amado, bem cuidado, guardado pela razão e pela força, e porque jazia pacificamente sob as flores. Eu sou sempre rápido para invejar. Acho que fiz bem em concluir do *Tribuna*, que leio com frequência, embora não constantemente, que você teve um bom verão. Uma vez li um exemplar em Planá na estação; duas mulheres conversavam entre si e uma segurava o suplemento com as mãos para trás, virado para mim; minha irmã então pediu-o emprestado. Se não me engano você tinha um artigo muito engraçado atacando os *spas* alemães. Uma vez que você escreveu sobre a felicidade de passar o verão em lugares distantes indo de trem, isso também foi interessante; ou era o mesmo artigo? Creio que não! Como sempre, quando você apareceu no *Národní Listy* e deixou a escola judaica (de moda) para trás, seu artigo sobre as vitrines foi muito superior. Você traduziu o ensaio sobre os cozinheiros — por quê? Sua tia é peculiar: uma vez ela escreveu como as pessoas devem carimbar suas cartas corretamente, depois como elas não devem jogar coisas pela janela, todas questões indiscutíveis — mas lutas sem esperança, no entanto. Ocasionalmente, porém, algo adorável, comovente e bom surge de qualquer maneira, se prestarmos muita atenção; ela simplesmente não deveria odiar tanto os alemães — os alemães são maravilhosos e continuarão assim. Você conhece o poema de Eichendorff: "*Oh, valleys wide, oh, mountains*"! Ou o poema de Justinus Kerner sobre a serra? Se não, vou copiá-los para você algum dia. Haveria várias coisas a dizer sobre o Planá, mas agora já acabou. Ottla foi muito gentil comigo, apesar de ter outro filho além de mim. Meus pulmões estavam bem, pelo menos lá fora. Ainda não fui ao médico aqui, embora já esteja de volta há 14 dias. Mas não deve ser tão ruim se, por exemplo, eu fosse capaz — vaidade sagrada — de cortar lenha do lado de fora por uma hora ou mais sem me cansar, e até ficar feliz ao fazê-lo, pelo menos às vezes. Outras coisas, o sono e a vigília que me acompanham, ocasionalmente eram piores. E quanto ao seu pulmão, aquela criatura orgulhosa, forte, atormentada, inabalável?

Acabei de receber a encantadora carta anexada de sua amiga Mares. Há alguns meses, na rua — já que nossa amizade na verdade é apenas um conhecimento de rua — ela me perguntou num momento de súbito entusiasmo se poderia me enviar seus livros; fiquei emocionado e implorei para ela fazer isso. No dia seguinte seu livro de poemas chegou com uma bela dedicatória: "Para meu amigo de muitos anos". Alguns dias depois, no entanto, um segundo livro veio com uma fatura postal. Fiz a coisa mais fácil possível, não agradeci, nem paguei (a propósito, o segundo livro, *Policejni Stara*, é muito bom; você gostaria?) e, agora, vem esse convite que não posso recusar, vou mandar o dinheiro para ela e uma pequena nota na fatura, e espero que isso a leve a devolver o dobro do valor. Um gato deveria estar na foto? Por quê? A farpa na cabeça é suficiente.

K.

***

Praga, janeiro-fevereiro de 1923

Querida senhora Milena, acho melhor não falar muito sobre a guarda da retaguarda e tudo o que isso envolve, assim como se evita falar em alta traição em tempos de guerra. Essas são coisas que não se pode entender completamente, na melhor das hipóteses apenas adivinhar, coisas que reduzem a alguém a ser uma "nação". E como tal, pode-se influenciar os acontecimentos, pois sem nações não há guerra; isso leva a assumir o direito a uma voz na realidade, porém, os acontecimentos serão julgados e decididos unicamente na insondável hierarquia das autoridades. E mesmo que alguém conseguisse influenciar os acontecimentos com suas palavras, isso só causaria danos, porque tais palavras são incompetentes, são pronunciadas incontrolavelmente como se durante o sono, e o mundo está cheio de espiões ouvindo. Diante disso, o melhor recurso é ser calmo, digno e acostumado a provocações. E aqui tudo é realmente uma provocação, até a grama onde você se senta ao lado do longo canal. (Totalmente irresponsável, diga-se de passagem, em um momento em que sinto que estou pegando um resfriado, embora meu quarto esteja aquecido e eu esteja deitado na cama debaixo de uma almofada de aquecimento, dois cobertores e um edredom.) Afinal, só tenho opiniões sobre como a aparência exterior afeta o mundo e, a esse respeito, minha doença me coloca em vantagem sobre suas caminhadas, que parecem muito terríveis. Porque se eu falar assim da minha doença ninguém vai acreditar em mim, e na verdade é só uma brincadeira. Vou começar a ler Donadieu muito em breve, mas talvez devesse mandá-lo antes, sei o que é ter tanta saudade e sei que se guarda rancor de quem retém tal livro. Por exemplo, eu tinha preconceito contra várias pessoas porque, embora eu não pudesse provar nada, eu suspeitava que cada um guardasse aquele exemplar do *Verão Indiano*. O filho de Oskar Baum voltou correndo para casa de uma escola ao ar livre perto de Frankfurt porque não tinha seus livros lá, especialmente seu favorito, *Stalky & Co.* de Kipling, que ele já havia lido 75 vezes, eu acho. Então, se isso se aplica a Donadieu, eu vou enviar, mas gostaria de ler. Se eu tivesse os folhetins, talvez não lesse os artigos de moda. Onde eles estavam neste último domingo. Você me agradaria muito se sempre indicasse as datas. Eu vou pegar o "Diabo" assim que eu puder sair; por enquanto ainda sinto um pouco de dor.

    Georg Kaiser! Não sei muito sobre ele e não queria saber mais, embora ainda não tenha visto algo dele no palco. Dois anos atrás, seu julgamento me impressionou muito. Li os relatórios no Tatra, especialmente a grande defesa em que ele proclamou seu direito incontestável de tirar coisas dos outros, comparou seu lugar na história alemã ao de Lutero e exigiu que as bandeiras na Alemanha fossem hasteadas a meio mastro se ele fosse condenado. Aqui na minha cabeceira ele falou principalmente do filho mais velho (ele tem três), um menino de dez anos que ele não deixa ir à escola, mas que ele também não vai ensinar, então o menino ainda não pode ler ou escrever. No entanto, o menino desenha bem e passa o dia inteiro perambulando pela floresta e à beira do lago (eles moram aqui em uma casa de campo isolada em Grünhaide, nos arredores de Berlim). Quando eu disse a Kaiser (quando ele estava saindo): "bem, isso é uma grande coisa a se fazer em qualquer caso", ele disse: "É também a única coisa que vale a pena fazer, todo o resto é bastante inútil". Estranho e não inteiramente agradável vê-lo assim, meio louco, meio berlinense empresário, descuidado feliz. Ele não parece completamente abalado, embora em parte pareça; supostamente o clima tropical o arruinou e nada mais (quando jovem ele foi empregado na América do Sul, voltou doente, por oito anos ficou no sofá sem fazer nada e depois começou a reviver em um sanatório). Seu rosto também revela essa dicotomia: plano com olhos azuis-claros incrivelmente vazios, que, no entanto, se movem rapidamente para frente e para trás como várias outras partes de seu rosto, enquanto outras são tão imóveis que parecem paralisadas. Aliás, Max tem uma impressão completamente diferente dele; ele o considera cheio de alegria e é por isso que em sua preocupação amigável ele provavelmente forçou Kaiser a vir me ver. E agora ele está ocupando a carta inteira. Ainda há algumas coisas que eu queria dizer. O farei na próxima vez.

***

Praga, janeiro-fevereiro de 1923

Cara senhora Milena, eu li o *Diabo*, é admirável, não como instrução, nem mesmo como descoberta, mas pela presença de uma pessoa inconcebivelmente corajosa, e isso é ainda mais inconcebível — uma pessoa que, como a última frase mostra, sabe de outras coisas além de coragem, mas permanece corajosa mesmo assim. Não gosto de fazer a seguinte comparação, mas ela se sugere muito fortemente. O que oferece ao leitor é, em si mesmo, como um casal ou talvez o filho de um casamento: uma nação judaica que está à beira da autodestruição quando é tomada pela poderosa mão de um anjo (o anjo não é mais claramente visível, tendo sido obscurecido na Terra pelo casamento, mas em todo caso provavelmente era impossível vê-lo antes, pois ele é grandioso demais para os olhos humanos), pela mão poderosa de um anjo que ama tanto esses judeus que se casa com toda a nação para que não pereça. E agora o filho desse casamento está aqui olhando ao redor e a primeira coisa que ele vê é o diabo na lareira, uma aparição terrível que nem existia antes do filho nascer. De qualquer forma, era desconhecido para os pais da criança. Em geral, os judeus que chegaram ao seu... Quase escrevi: final feliz — não conhecia esse diabo em particular; já não sabiam diferenciar entre várias coisas infernais, consideravam o mundo inteiro um demônio e obra do demônio — e aquele anjo? O que um anjo, desde que não seja um caído, tem em comum com o diabo? Mas, por outro lado, a criança vê o diabo de pé sobre sua lareira com muita certeza. E agora, a luta dos pais começa na criança, a luta de suas convicções tentando escapar do diabo. De novo o anjo carrega os judeus para o alto, para onde eles deveriam se defender, e novamente eles caem de volta e o anjo tem que voltar com eles se não quiser que sejam engolidos completamente. E não há razão para censurar nenhum dos lados, ambos são do jeito que são, um judeu, um angelical. Então, esse começa a esquecer sua alta herança e o primeiro, sentindo-se seguro no momento, torna-se altivo.

Seus diálogos intermináveis podem ser resumidos em frases como estas, embora seja inevitável que os judeus distorçam as palavras do anjo sempre que possível:

Judeus: "Se há algo que vinga a si mesmo neste mundo, é cálculo e contabilidade em casos espirituais."

Anjo: "A única boa razão para duas pessoas se casarem é se for impossível para elas não se casarem."

Judeus: "Bem, então aqui estão os cálculos."

Anjo: "Cálculos?"

Ou

Judeus: "O que está lá no fundo é enganoso, mas você pode conhecer uma pessoa pela superfície."

Anjo: "Mas por que as pessoas não prometem umas às outras que não vão gritar quando enfrentadas por problemas etc.?"

Judeus: "Você quer dizer que uma pessoa deve contar mentiras, mesmo superficialmente. Mas isso não precisa ser pedido, aliás; ela teria feito isso há muito tempo por sua própria vontade, se pudesse."

Ou

Judeus: "Você está absolutamente certo: por que eles não prometem um ao outro a liberdade do silêncio, do espaço, de estar sozinho?"

Anjo: "Eu disse isso? Nunca, isso iria contradizer tudo o que eu disse."

Ou

Anjo: "Ou aceite seu destino... humildemente..., ou busque seu destino..."

Judeus: "... buscar requer fé!"

Neste ponto, finalmente, santo Deus, o anjo carrega os judeus de volta para baixo e se liberta. Um ensaio maravilhosamente estimulante, onde o raio do seu pensamento é particularmente bem direcionado e poderoso. Quem ainda não foi atingido por ele — e a maioria das pessoas provavelmente já — se abaixa, quem foi atingido se estica novamente para dentro de um sonho. E nesse sonho diz a si mesmo: por mais triviais que sejam essas exigências, elas não são triviais o suficiente. Não existem casamentos infelizes, existem apenas casamentos incompletos e são incompletos porque foram feitos por seres humanos incompletos, seres humanos que não evoluíram totalmente, que foram arrancados do campo antes da colheita. Enviar essas pessoas para o casamento é como ensinar álgebra na primeira série. Na série superior correspondente, a álgebra é mais fácil do que um fator um na primeira série, na verdade é uma vez um, mas nesse momento é impossível saber e só confunde todas as crianças, e talvez até outros também. Mas parece que o judeu é quem está falando aqui, e devemos tapar a sua boca.

Então, sua carta chegou. É algo estranho estes dias com a minha escrita. Você deve ser paciente comigo — quando não foi? Durante anos não escrevi a ninguém; eu poderia estar morto, não senti necessidade de me comunicar com ninguém. Era como se eu não fosse deste mundo, mas também não fosse de nenhum outro; era como se ao longo dos anos eu tivesse feito tudo o que me era exigido secretamente, enquanto na realidade eu só ouvia para saber se estava sendo chamado — até que a doença realmente chamou do quarto ao lado e eu corri e passei a pertencer-lhe cada vez mais. Mas o quarto está tão escuro e é difícil dizer se realmente é a doença. De qualquer forma, pensar e escrever tornaram-se muito difíceis para mim; ocasionalmente, enquanto escrevia, minha mão percorria a página vazia; isso acontece agora também — eu nem vou mencionar o pensamento (de novo e de novo eu me surpreendo com seu raio de pensamento, a forma como um punhado de frases se junta e então esse raio cai). De qualquer forma, você deve ser paciente comigo, esse broto abre lentamente e é nada mais que um botão, porque as coisas fechadas são chamadas de botões. Comecei *Donadieu*, mas li pouco, não estou me interessando muito; além disso, o pouco que li dele não me disse nada. Ele é elogiado por sua simplicidade, mas a simplicidade está em casa, na Alemanha e na Rússia. O velho é encantador, mas não o suficiente para me impedir de passar por ele. As passagens mais bonitas do que li até agora (ainda estou em Lyon) são, na minha opinião, características da França, mas não de Philippe, um reflexo fraco de Flaubert, por exemplo, o súbito deleite em uma esquina (talvez você se lembre do parágrafo). É como se dois tradutores trabalhassem na tradução, às vezes é muito bom, às vezes quase incompreensível. (Wolff está publicando uma nova tradução.) De qualquer forma, estou gostando muito. Tornei-me um leitor muito bom, mas bem lento. Claro, minha fraqueza de ficar tão inseguro em torno de garotas me atrapalha a ponto de não acreditar que as garotas do escritor realmente existam, porque não posso acreditar que ele ousou se aproximar delas. É um pouco como se o escritor tivesse feito uma boneca e a nomeasse Donadieu apenas para desviar a atenção do leitor da verdadeira Donadieu, que é uma pessoa completamente diferente e em um lugar completamente diferente. E apesar de todo o seu encanto eu realmente sinto que esses anos de menina são muito manipulados, como se o que está sendo contado aqui não tivesse realmente acontecido, apenas o que vem depois, e que isso foi apenas uma abertura inventada depois do fato de acordo com as leis da música e então sintonizado com a realidade. E há livros em que esse sentimento dura até o fim. Eu não conheço

On the High Road. Mas eu amo muito Chekhov, às vezes completamente sem sentido. Nem li *Will of the Mill*, ou qualquer coisa de Stevenson, só sei que ele é um dos seus favoritos. Vou enviar-lhe *Franzi*. Tenho certeza que você não vai gostar nada desse, exceto de alguns trechos. Isso pode ser explicado pela minha teoria de que autores vivos têm uma relação viva com seus livros. Com sua própria existência, eles lutam a favor ou contra eles. A vida verdadeira e independente do livro não começa até a morte do autor, ou mais corretamente algum tempo depois de sua morte, pois esses homens zelosos continuam lutando por seus livros mesmo um tempo depois de terem morrido. Mas então o livro é deixado sozinho e tem que confiar na força de seu próprio batimento cardíaco. Por isso, por exemplo, foi tão sensato da parte de Meyerbeer querer ajudar esse batimento cardíaco deixando algo de herança para cada uma de suas óperas, talvez variando a quantidade de acordo com sua confiança em cada uma. Mas outras (se não muito importantes) coisas poderiam ser ditas sobre isso. Aplicado a *Franzi*, isso significa que o livro do autor vivo é realmente o quarto no final de seu apartamento, destinado aos beijos se ele for feito para tal e horrível em qualquer outro caso. Dificilmente seria um veredicto sobre o livro se eu dissesse que gosto dele ou se você — mas talvez não — dissesse o contrário.

Hoje li mais *Donadieu*, mas não consigo chegar a lugar nenhum com ele. Nem é provável que eu chegue a lugar algum com essa explicação, já que minha irmã está conversando com a cozinheira na cozinha ao lado; é claro que eu poderia interrompê-las com minha primeira tosse leve, mas não quero, pois essa garota está conosco há poucos dias, ela tem 19 anos, extremamente forte, mas é a criatura mais infeliz do mundo, sem razão, ela só está infeliz porque está infeliz e precisa do consolo da minha irmã, que por sinal sempre — como meu pai diz — "prefere sentar com a empregada". O que quer que eu diga superficialmente contra o livro será injusto, porque todas as objeções vêm do núcleo, e não me refiro ao núcleo do livro. Se alguém cometeu um assassinato ontem — e quando poderia um ontem desses se tornar o dia anterior — ele não será capaz de ler mistérios de assassinato hoje. Para ele, elas significam tudo ao mesmo tempo: são dolorosas, chatas e inflamatórias. A solene falta de solenidade, a parcial imparcialidade, a admirável ironia do livro — não quero nada disso. Quando Raphael seduz Donadieu é sem dúvida muito importante para ela, mas o que o escritor faz na sala do aluno, e há até uma quarta pessoa, o leitor, para que a salinha se transforme em auditório da Faculdade de Medicina ou Psicologia. Além disso, o livro contém pouco além de desespero. Ainda penso no seu ensaio com frequência. Curiosamente, eu realmente acredito que pode haver casamentos — transformar o diálogo imaginado em um diálogo real: Esses judeus! — e até casamentos nobres e conscientes que não nascem do desespero da solidão, e acho que o anjo compartilha essencialmente dessa crença.

Pois o que se ganha casando-se por desespero? Se uma solidão é colocada dentro de outra, o resultado não é um lar, mas uma *katorga*. Uma solidão se reflete na outra mesmo na mais profunda noite escura. E se a solidão for acompanhada de segurança, será ainda pior para a solidão (a menos que seja uma terna solidão inconsciente de menina). Assumindo uma definição clara e estrita, porém, casar significa: ter certeza.

No momento, o pior é — nem eu esperava — que não posso mais escrever essas cartas, nem mesmo essas cartas importantes. A magia maligna de escrever cartas está se acomodando e destruindo minhas noites, ainda mais do que elas já estão destruindo a si mesmas. Tenho que parar, não posso mais escrever. Ah, sua insônia é diferente da minha. Por favor, não vamos escrever mais.

✳✳✳

Dobrichovice: 9.V.23

Senhora Milena Pollak
Viena VII
Lerchenfelderstrasse 113/5

Muito obrigado por suas saudações. Quanto a mim: estou aqui há alguns dias; estava ficando mal em Praga. Mas ainda não conta como uma viagem, apenas um bater de minhas asas completamente inadequadas.

K.

✳✳✳

Senhora Milena Pollak Viena VII

Lerchenfelderstrasse 113/5
Dobrichovice: 9.V.23

Prezada senhora Milena,

Espero que tenha recebido meu cartão de Dobrichovice. Eu ainda estou aqui, mas vou voltar para casa em 2, 3 dias — é muito caro (eles também não devolvem o troco corretamente, às vezes muito e às vezes muito pouco, é difícil verificar porque o garçom é tão rápido e alerta), muito insone e assim por diante, embora, claro, lindo além de qualquer medida. No que diz respeito a viagens futuras, essa pode ter me tornado um pouco mais capaz de viajar, mesmo que apenas para destinos a meia hora de distância de Praga. É que, em primeiro lugar, temo os custos — é tao caro aqui, é mesmo apenas para passar os últimos dias antes da morte, quando não resta mais nada — e em segundo lugar, temo o céu e o inferno. Além disso, o mundo está aberto para mim.

Cordiais saudações

K.

(Aliás, é a terceira vez desde que nos conhecemos que — com algumas linhas — você de repente, em um momento específico e extremo, me avisou ou me acalmou ou como quer que qualquer um expresse isso.)

***

Berlim, final de novembro de 1923

Quando você de repente (mas não surpreendentemente) desapareceu após nosso último encontro, não tive notícias suas até o início de setembro é muito ruim para mim. Enquanto isso, em julho, algo grande aconteceu comigo — que grandes coisas existem! Eu tinha ido para Müritz, no Báltico, com a ajuda de minha irmã mais velha. De qualquer forma, longe de Praga, fora da sala fechada. No começo eu me senti completamente enjoado. Então, em Müritz, surgiu inesperadamente a possibilidade de ir a Berlim. Afinal, eu queria ir para a Palestina em outubro — conversamos sobre isso —, naturalmente, isso nunca teria acontecido; era uma fantasia, como a fantasia de alguém convencido de que nunca mais sairá da cama. Se eu nunca vou sair da minha cama, por que não deveria ir pelo menos até a Palestina? Mas em Müritz encontrei uma colônia de verão dos judeus Volksheim de Berlim, a maioria deles era de judeus orientais. Eu fui muito tentado por isso, estava no meu caminho. Comecei a considerar a possibilidade de me mudar para Berlim. Na época, essa possibilidade não era muito mais real do que o plano da Palestina, mas depois se tornou. Claro que era impossível (em todos os aspectos) para mim viver sozinho em Berlim, e não apenas em Berlim, mas em qualquer lugar. Em Müritz, no entanto, a ajuda com isso também surgiu, à sua maneira igualmente inesperada. Então, em meados de agosto, fui para Praga e fiquei mais um mês com minha irmã mais nova em Schelesen. Ali ouvi falar da carta queimada. Eu estava desesperado, escrevi-lhe imediatamente para aliviar o meu fardo, mas afinal não enviei a carta, pois não tive notícias suas, e por fim queimei a minha carta antes de partir para Berlim. Até hoje não sei nada sobre as outras três cartas que você mencionou. Eu estava desesperado por causa de alguma desgraça terrível que havia sido infligida a alguém, embora não soubesse exatamente em qual das três pessoas envolvidas. Mas tenho certeza de que não teria evitado o desespero de qualquer forma, mesmo que fosse de outro tipo, mesmo que tivesse recebido a carta em Müritz como deveria. Então, no final de setembro, fui para Berlim; pouco antes de partir, recebi seu cartão da Itália. Realizei minha partida com as últimas forças que pude encontrar, ou mais corretamente, completamente desprovido de força, como um moribundo. E agora estou aqui; até agora as coisas em Berlim não foram tão ruins quanto você pensa. Estou praticamente morando no campo, em uma pequena vila com jardim. Parece-me que nunca tive um apartamento tão bonito, também tenho certeza de que logo vou perdê-lo — é lindo demais para mim (aliás, é o segundo apartamento que tenho aqui). Até agora a comida não foi essencialmente diferente da comida de Praga, ou seja, da minha comida. O mesmo vale para a minha saúde. Isso é tudo. Não ouso dizer mais nada. Já falei demais, e os fantasmas do ar estão engolindo tudo pela garganta insaciável. E você diz ainda menos em sua carta. Sua situação geral é boa ou suportável? Eu não consigo descobrir. É claro que não se pode nem mesmo decifrar os próprios enigmas; esse é precisamente o significado de "medo".

***

Berlim-Steglitz 25.12.1923

Senhora Milena Pollak
Viena VII
Lerchenfelderstrasse 113/5

Querida Milena, há tanto tempo que um pedaço de carta está aqui pronto para você, mas não consigo terminá-la, pois a velha dor, a velha dor me encontrou aqui também, me atacou e me derrubou um pouco. Tudo exige esforço, cada traço da caneta, tudo o que coloco no papel me parece grandioso demais, desproporcional a minha força, e se escrevo "cumprimentos cordiais", esses cumprimentos são realmente fortes o suficiente para entrarem na selva, barulhenta, cinzenta e urbana de Lerchenfelderstrasse, onde era impossível para mim e para tudo que é meu sequer respirar? Consequentemente, não escrevo nada, apenas espero por tempos melhores, ou ainda piores, e a propósito, estou sendo cuidado gentilmente e bem até o limite das possibilidades terrenas. Minha única fonte de notícias sobre o mundo — mas é uma fonte muito vívida — é o aumento do custo de vida. Não recebo nenhum jornal de Praga e não posso pagar os de Berlim. Como eu gostaria de receber um recorte ocasional do *Národní Listy* — do tipo que uma vez me deu tanto prazer. Aliás, nas últimas semanas meu endereço tem sido: Steglitz Grunewaldstrasse 13 c/o Hr. Seifert. E agora meus "melhores cumprimentos", afinal — o que importa se eles desabam no portão do seu jardim; talvez sua força seja ainda maior.

K.